KB263410

아무르 만에서 부르는
백조의 노래

아무르 만에서 부르는 백조의 노래
－북한과 소련의 문학·예술인들 회상기－

초판 1 쇄 인쇄 2005. 5. 27.
초판 1 쇄 발행 2005. 6. 8.

지은이   정상진
펴낸이   김경희
펴낸곳   ㈜지식산업사
        서울시 종로구 통의동 35-18
        전화 (02)734-1978(대) 팩스 (02)720-7900
        인터넷한글문패   지식산업사
        인터넷영문문패   www.jisik.co.kr
        전자우편   jsp@jisik.co.kr
        등록번호   1-363
        등록날짜   1969. 5. 8.

책값은 뒤표지에 있습니다.

ⓒ 정상진, 2005
ISBN 89-423-7032-2   03810

아무르 만에서 부르는
백조의 노래

북한과 소련의 문학·예술인들 회상기

정 상 진 지음

지식산업사

차 례

제1부 북한의 문학·예술인들

제2부 소련의 고려인 문학·예술인들

제1부
북한의 문학·예술인들

잊지 못할 순간들

나 자신은 스스로를 문학가로, 예술가로 생각해 본 적은 없다. 단지 문학·예술을 어렸을 때부터 너무나 사랑했기 때문에 일생을 문학·예술인들 속에서 살아 왔으며, 지금도 그처럼 귀중한 추억 속에서 내가 존경하고 사랑하던 문학·예술인들과 계속 대화하듯이 살고 있다. 그분들은 한반도 문학·예술사에서 커다란 획을 그었던 위대한 분들이라고 나는 자신 있게 말할 수 있다.

내가 이야기하려는 일부 작가·예술인들은 북한에서는 '인민의 원수'로, '종파주의자'로, '퇴폐 문인' 또는 '퇴폐 예술인'으로 인정되어 창작세계에서 제거되어 버렸으며, 한국에서는 거의 잊혀져 버린 분들이다. 숙청당한 이태준, 최승희, 김순남은 나와 너무나 친숙했으며, 진심으로 사랑하는 분들이였다. 그러나 이들은 너무 참혹하게 숙청되었으며 심지어는 창작 금지까지 당하고 말았다. 홍명희, 이기영, 조기천, 박팔양, 조벽암, 송영, 신고송, 김사량, 민병균, 김조규, 황철, 문예봉, 김백봉 등과 같은 문학·예술인들도 또한 내가 무척 존경하고 사랑하는 한반도의 대가들이다. 한설야에 대하여는 별도로 이야기하고 싶다.

　나 자신은 윗분들과 비교도 안 되는 인물이지만 이분들에 대한 추억은 후대에 남겨 놓아야 할 것이라고 생각한 끝에 보잘것없는 회고록을 쓰려고 결심했다. 될 수 있는 대로 정직하게, 객관적 시각에서 추억을 정리해 가면서 쓰기 시작했다. 회고록에는 거짓이 없어야 하며 어디까지나 깨끗해야 된다고 나는 생각한다.

　이런 기회를 이용하여 소련에서 일어난 1937년의 조선족 강제 이주, 내가 조국으로 가게 된 경로와 사연 등도 이야기하고 싶다. 그렇게 함으로써 독자들은 회고록의 필자에 대해, 소련에서 조선족이 겪은 고난에 대해 알게 될 것이며, 소련 공산체제의 죄악상을 느낄 수 있을 것이다.

1. 조국과 사랑은 영원하다*
— 조국 해방전투 회상기 —

나와 나의 부친

나는 부친을 무척 사랑했다. 나의 부친 정치문은 하동정씨河東鄭氏로서 함경북도 명천군明川郡 하고면下古面에서 출생하였다. 구舊학문 공부를 철저히 하신 분으로, 살아계셨을 당시 상당한 인텔리로서 존경받는 인물로 알려졌다. 내 나이 5세부터 부친이 강요하다시피 하여 천자문을 배웠고, 국문이라고 하는 조선 글까지 배웠다. 이렇게 부친은 나의 교양자로, 계몽가로, 선생으로 되였댔다.

처음에는 모친께서 러시아 학교에 데리고 가서 입학시켰는데, 부친께서 크게 성을 내셨다.

"당신이 무엇을 알아서 애를 러시아 학교에 입학시켰소! 일생 러시아에서 살 작정이오? 조선에서 일본 놈은 쫓겨 나가고야 말아. 우리는 반드시 제 나라를 찾아 가야해! 조선 해방은 오래지 않아! 이것은 우리 임시 거처지야!"

---

* 이 장은 《고려일보》, 1993년 8월 14·21·28일자에 처음 연재되었던 글을 다시 손보아 실은 것이다.

이런 생각은 그 당시 러시아 연해주에 살고 있던 조선족의 일치한 이념이었을 것이다. 그 뒤 부친은 내가 입학한 러시아 학교를 찾아 오셔서 학업실에서 끌어내다시피 하여 조선 학교에 입학시켰댔다.

러시아 연해주에는 1920~1930년대에 한반도에서 망명한 애국 지사들이 많이 들어와 있어서, 우리는 이들의 영향 아래서 애국사상에 대한 많은 서적들을 읽었다. 을지문덕 장군, 강감찬 장군, 이순신 장군 등 명장들의 유훈에 대하여서도 부친은 자주 이야기하시면서 홍범도, 김좌진 같은 의병장들에 대하여서도 환희롭게 말씀해 주셨다. 특히 부친은 안중근 의사에 대하여 때로는 눈물을 흘리면서까지 열렬하게 이야기해 주셨다.

부친은 또한 나에게 종종 이렇게 말씀하셨다.

"너는 일본 놈들과 싸울 때가 올 것이다. 그놈들은 우리 민족의 용서 못할 철천의 원수다. 너는 그 놈들과 싸워 이겨야 조선 땅에 발을 놓기가 부끄럽지 않을 것이다."

이런 말씀을 하시면서 깊은 한숨을 내쉬시고는 눈물을 지으시는 것을 나는 자주 목격했다.

부친은 깊은 한문 지식을 소유하신 분이어서 자주 나를 앞에 앉혀 놓고는 중국의 위대한 소설들인 《삼국지》, 《수호지》, 《홍루몽》, 《서유기》 등을 조선말로 번역해서 이야기해 주셨다. 그 뒤 물론 조선말로 번역된 《삼국지》, 러시아말로 번역된 《삼국지》를 수차 읽었다.

나는 지금도 《삼국지》는 세계 문학에서 찾아 볼 수 없는 위대한 소설이라고 여기고 있다. 《삼국지》는 우선 생활철학과 충의忠義 교훈이 있고, 생활의 지혜와 현명성이 너무나 밝게 빛나고 있다. 나는 지금도 이따금 《삼국지》를 펼쳐 보군 한다. 나는 박태원

청년단 시절의 필자(맨 아래 오른쪽에서 두 번째). 사진 : 이혜승·최아리따.

씨가 번역한 《삼국지》를 읽었는데, 그는 내가 북한에서 무한히
존경하던 분이다. 이처럼 나의 부친은 나에게 중국의 위대한 문
학세계, 내가 그때까지 알 수 없었던 고대 중국의 위대한 세계를
열어 주시었다.

부친은 연해주 해삼시(블라디보스토크) 신한촌에서 노인들의
존경을 받는 분이였다. 노인들은 자주 우리 집에 모였는데, 부친
은 그들에게도 장시간 《삼국지》, 《수호지》, 《서유기》, 《홍루몽》
을 이야기해 주셨다. 그래서 이들은 우리 부친을 통해서 이런 세
계가 있음을 알고 무한히 기뻐하였다.

———— · ————

강제이주에 대한 소련 정부와 공산당의 결정이 실천되기 전야
에, 즉 1937년 8월부터 조선족 인텔리들의 검거와 대학살이 시작

되었다. 소련 내무인민위원회1)는 연해주에서 조선족의 강제이주를 앞두고 2천 8백 명의 조선족 인텔리들을 체포하여 예심도, 재판도 없이 무차별 총살해 버렸다. 이렇게 총살된 인텔리들 가운데는 나의 부친도 들어 있었다. 나는 지금도 부친의 묘소를 모르고 있다. 수천 명을 합장해 버렸다고들 하였다. 이렇게 소련 정부와 공산당은 우리의 마음속에 들어 있던 공산주의 신념, 레닌에 대한 존경까지도 조선족 인텔리들과 함께 총살해 버렸다.

1937년 소련 연해주에서 실시한 조선족의 강제이주는 세계 역사에서 유래를 찾아 볼 수 없는 가장 잔혹하고 비참하고도 야만적인 이주였으며, 스탈린과 그의 추종자들, 공산체제가 저지른 이러한 범죄 행위는 인류가 잊어서는 안 될 교훈으로 남을 것이다. 소련에서 독일민족, 체첸민족, 칼미키야족, 크림-타타르족 등 다른 민족들도 강제이주를 당하였다. 이들의 이주는 조선족의 강제이주보다 더 처참하였다.

강제이주를 당한 조선족은 카자흐스탄과 우즈베키스탄의 초원들에서 집도, 가구도, 농구도, 돈도 없이 땅굴을 파고 추운 겨울을 나지 않으면 안 되였다. 그 결과 1937~1938년 이주 초년 동안 토질병과 추위에 죽은 자가 2~3만여 명에 달하였다. 나는 그 당시 이주된 친척·친지들을 찾기 위해 돌아다니면서 각 촌락들에서 매일 많은 장례를 목격한 바 있다.

병원도, 의사도, 약도 없이 초원에서 죽어가는 조선족의 비참한 처지를 목격하면서도 자기의 분노를 토로할 수도, 어디에 송사訟

---

1) 엔케베데NKVD. 러시아혁명과 내전 시기에 반혁명분자들을 색출 처단하기 위한 조직이었던 보안경찰 체카Cheka는 1922년 내전이 종결된 뒤 국가의 공식기구인 게페우GPU, 즉 국가정치관리국으로 되었고, 1934년 내무인민위원회로 그 조직과 기능이 통합되었다. 게페우·엔케베데는 1954년에 성립된 국가안보위원회KGB의 전신이라고 할 수 있다.

강제이주 뒤 중앙아시아에 정착했던 고려인들이 지었던 반지하 오두막. 1930년대 후반에서 제2차 세계대전이 끝나기까지 대부분의 콜호스에서 볼 수 있던 가옥양식이다. 사진 : 이혜승·최아리따.

事할 수도 없는 운명에 우리는 처하였다.

진실로 파인巴人 김동환金東煥의 시 〈손톱으로 새긴 노래〉에서처럼……

벽은 말할 줄 모르고
나는 할 말을 못하니
종일 두 벙어리
마주 앉았으니
죽었음인가 살았음인가?!
하늘과 땅도 이렇게 있다간
소낙도 울고 벼락도 치거늘
때만 오면 때만 오면 하고
나는 다만 빈주먹만

쥐였다 폈다…….

　이처럼 무서운 고개는 우리의 운명에 얼마였던가? 이럴 때마다 우리의 가슴속에서는 분노가 치솟고 있었으나 송사할 곳도, 분풀이할 곳도 우리에게는 없었다. 단지 멀고 먼 고국산천이 그리웠고, 일제 밑에서 신음하는 모국의 슬픈 모습만을 가슴에 새겼을 뿐이였다. 부친의 유언대로 일본과 싸울 수 있는 기회만을 운명을 향하여 빌고 있었을 뿐이다.

소련군 해병대 장교가 되어

　1945년 8월 15일! 한반도 광복의 날!
　한인치고 이날을 기다리지 않은 사람은 없을 것이다. 나는 너무나 오래 기다렸다. 진실로 1945년 8월은 나의 운명에 '제2의 탄생'을 가져다주었다고 해도 지나친 말이 아니다. 모국의 광복과 함께 나의 생애, 나의 세계가 전변된 나는 이 역사적인 날을 잊을 수가 없다. 너무나 신성하기에…….
　나는 1945년 3월에야 비로소 소련 태평양함대 해병대의 일원으로 편입되었다. 스탈린의 민족차별 정책에 따라 고려인은 소련에서 불신임의 민족으로 인정되어 소련 헌법에 소련 공민의 신성한 의무로 규정되어 있는 군대 복무도 금지되어 있었기에 소독전쟁蘇獨戰爭에 참전할 권리조차 박탈당하였다.
　소련에서 고려인은 국내에서 이동할 자유도, 모국어로 공부할 권리도, 위신 있는 대학들에서 공부할 권리도 전부 박탈당하였다. 모스크바, 레닌그라드(지금의 상트페테르부르크), 키예프 등과 같은 대도시들에서의 거주권마저 없었다. 이것은 고려인에 대한 모독이었으며 멸시였다. 이것은 결국 민족말살 정책이었다. 그 결과 고려인들의 절대 다수가 동화되어 버렸다.

그럼에도 나는 매년 군사동원부를 찾아가서는 소독전쟁에 보내줄 것을 애원하였다. 그때 나는 파쇼 독일과 일본 제국주의를 우리 민족의 동일한 적국들로 여겼기 때문에 소독전쟁에 참전하는 것을 항일 투쟁으로 생각하면서 어떤 방법으로든지 일제를 반대하는 성전聖戰에 참전하는 것을 고려인 각자의 성스러운 의무라고 믿었다. 그러나 군사동원부는 매번 단호히 거절하곤 했다.

1944년 8월에 나는 우연히 한 좌석에서 태평양함대 정보처에서 고려인들을 징병한다는 이야기를 들었다. 나는 집에 돌아와서 잠을 이룰 수가 없었다. 정보처의 정찰병으로, 정탐으로, 간첩으로 된다는 것이 좀 불쾌하기는 했으나 일제를 반대하는 일이라면 정찰병도, 정보원의 위험한 일도 꺼리지 말아야 한다고 나는 굳게 결심했다.

이튿날 즉시 군사동원부를 찾아 가서 태평양함대 정보처에서 복무할 준비가 되었다는 청원서를 냈다.

"동무는 얼마나 위험한 복무라는 것을 알고 있습니까?"

군사동원부장은 웃으면서 나를 쳐다보는 것이었다.

"중좌 동무, 매일같이 우리 동년배들이 전선에서 영용무쌍하게 싸우다가 전사하지 않습니까? 이런 시기에 후방에서 평안히 살아 있기는 너무나 부끄럽습니다. 나도 성전에서 죽기를 결심했습니다. 보내 주십시오. 간절히 부탁합니다."

이렇게 나의 결심을 열렬히 토로하였다.

"왜 전사할 것부터 결심하십니까? 삶을 위한 성전인데……."

군사동원부장은 내 손을 굳게 잡고 격려하였다.

"이기고 돌아오시기를 빕니다."

나는 그때 소련군이 파쇼 독일군을 타승打勝하고 일제와 전쟁을 꼭 하리라고 굳게 믿었다.

그 뒤로 7개월이 지난 1945년 3월에야 비로소 소원이 이루어져 태평양함대 정보처 직속 해병대의 일원으로 편입됐다. 나는 준엄한 내일을 예감하면서도 일편 기쁘기도 했다. '남자는 감기에 죽지 말고 전사해야 한다'는 러시아 사람들의 속담도 있지 않은가.

집에는 병환 중에 계시는 모친이 중학을 다니는 철부지 동생을 데리고 어렵게 살 것을 알면서도 내 결심을 버릴 생각은 없었다. 눈물을 흘리면서 일본과의 싸움터로 나간다고 어머님께 결심을 알렸을 때,

"너의 아버지가 그처럼 일본 놈들과 싸우지 못해서 늘 고민하시더니 네가 싸우게 됐고나……. 나는 너의 길을 막지 못하겠다."

이렇게 말씀하시고는 어머님은 그만 울으시었다.

이렇게 나는 사랑하는 모친, 어린 동생들을 두고 태평양함대 해병대를 찾아 기차로 연해주 블라디보스토크 시를 향하여 떠났다.

— • —

1945년 8월 9일! 대일 전쟁이 포고되었다.

소련의 2중 영웅2) 레오노프 빅토르 니콜라예비치Leonov Victor Nikolaevich 대위가 지휘하는 태평양함대 정보처 직속 해병대의 일원으로서 북한 웅기雄基(지금의 선봉), 나진羅津, 청진淸津, 어대진漁大津의 해방전투에 참전하게 된 것을 나는 일생을 두고 진정 행복으로 자랑한다. 내가 생애에서 무엇을 해놓았다고 하면 그것은 곧

---

2) '2중 영웅'이란 영웅 칭호를 두 번 받은 사람을 말한다.

앞의 전투들이다. 그 외에 나는 이웃을 위하여 해놓은 일이라곤 없다고 생각한다.

오, 모국의 땅!

1945년 8월 9일 저녁에 소련 외무상 몰로토프V. M. Molotov가 일본에 선전포고를 성명하였다. 해병대 군영에서 라디오로 이 성명을 들었을 때 나도 모르게 눈시울이 뜨거워졌다. '오, 때는 왔구나! 그처럼 기다리던 시각이 닥쳐오는 구나!' 하고 나는 감탄하면서 곁에 앉은 전우를 껴안았다. 그 전우는 내가 왜 이처럼 격동되고 있는지 이해할 리가 없었다. 조선 사람이 아니곤 이런 격동의 위대한 순간을 감촉할 수가 없었을 것이다.

8월 9, 10일 양일 동안 소련군 항공기들과 태평양함대는 북한의 웅기, 나진, 청진, 원산에 계속 폭격과 함포사격을 가하였다. 이것은 8월 11일로 예정된 이 항구들에 대한 상륙전을 준비하는 작전이었다.

8월 11일 아침 블라디보스토크 해군기지에서 60명으로 편성된 어뢰정 6척이 소련 2중 영웅 레오노프 대위의 지휘 아래 북한 웅기항을 향하여 출전했다. 해병대원들의 기분은 좋았다. 이들 전부가 소독전쟁의 가열한 전투들에서 세련된 해병대원들이었다.

우리는 모두 이번 전투에서 돌아오지 못할 것을 각오하고 있었다. '그 가운데 나 자신도 전사할 수 있지 않는가?' 그러나 그들의 얼굴에서는 웃음기가 질 줄을 몰랐다. 이들의 자신만만한 자세를 보면서, 이런 사람들로 된 민족은 죽지 않고는 싸움에서 패할 수가 없을 것이라고 생각하면서, 나 역시 이들의 힘과 정신을 이어

받아 모든 것을 이겨낼 것 같은 자신감이 마음속에서 자라남이 느껴지는 듯싶었다.

6척의 어뢰정은 동해의 가슴을 헤쳐 가면서 날듯이 달렸다.

레오노프 대위는 다정스레 내 어깨에 손을 얹으면서 말했다.

"자네 조국을 향하여 우리가 달리는 셈이야, 응!"

"어때, 몹시 기쁘겠지? 자네 조국은 해방되면 자유로운 나라가 될 터이지. 36년 동안 왜놈들의 치욕 속에서 신음했으니……. 잘 싸우게, 응!"

대위는 웃으면서 나의 어깨를 힘차게 흔들어 주는 것이었다.

"감사합니다. 우리 민족은 슬기롭고 근면하여 그렇게 될 것입니다. 저는 꼭 믿습니다."

나는 기쁘게 대답하였다.

얼마 안 되어 조국의 푸른 산들이 연한 안개 속에서 그려졌다. '아, 저기가 나의 조상들의 땅이구나!' 나의 가슴은 떨리는 듯 흥성거렸다. 조국을 그처럼 보고 싶어 하시던 아버님 생각이 머릿속에서 떠오르는 것이었다.

"우리 앞에는 웅기항! 전투 준비!"

부대장의 전투 명령이 내렸다.

웅기항은 타오르는 연기 속에 잠겨 있었다. 아군 항공기의 폭격과 함포사격에 맞아 항구 시설들이 타고 있었다. 침몰된 선박들이 이곳저곳에 찌부러져 있었다. 우리는 인적기가 없는 웅기항에 상륙했다. 아무 저항도 없었다. 흐린 날씨였다.

얼마 안 되어 피난 갔던 시민들이 모여들기 시작하였다. 나는 그들을 향하여 외치다시피 하며 말하였다.

"몹시 그립던 형제자매들이여! 당신들은 오늘 이 순간부터 해방된 땅의 자유로운 사람들입니다."

이렇게 말을 시작하자 내가 조선 사람이라는 것을 알게 된 사람들은 달려와서 손을 잡고 포옹하였다.

"선생님, 아이구! 조선분이구만……."

나를 둘러싸고 해방의 기쁨을 표시하였다. 내 곁에 서있던 여인들은 눈물을 흘리면서, "선생님, 감사합니다" 하고는 머리를 숙였다. 나도 역시 그만 참지 못하여 울었다. 부끄럽지 않았다. 나는 최대의 행복감을 느끼는 듯싶었다.

"일본 놈들은 어제 저녁에 벌써 도망쳤습니다."

한 청년이 아주 기쁜 어조로 말하였다.

"해방군을 위하여 식사라도 준비해야 하겠는데……. 이걸 어떻게 하면 좋아."

이렇게 말하는 여인의 이쁜 얼굴도 눈물에 젖었다.

나는 지금도 눈물에 젖은 그 여인의 깨끗하고도 고상한 얼굴, 눈물에 빛나는 그의 눈을 잊을 수가 없다. 그 여인보다 이쁜 미모를 그 뒤 어디에서도 본 적이 없다. 그녀 자체가 해방된 모국의 상징으로 보였다. 이렇게 한 방의 총소리도 없이 웅기항은 1945년 8월 11일에 해방되었다.

나진항을 향하여

웅기.항의 해방은 내 생애에서 그 무엇과도 견줄 수 없는 기쁨이었으며, 나의 희망의 첫 실현이기도 했다. 온 세상이 온통 나의 것인 양 환희로웠다. 바로 웅기항에서 처음 해방된 모국의 땅을 밟아 봤으며, 형제들의 자유의 환성을 들었으며, 첫 감격의 눈물을 흘렸다. 이런 순간을 갖지 못한 인간은 불행한 인간이다. 이런 한 순간이 일생을 빛낼 수도 있기 때문에…….

1945년 8월 12일. 나진항을 향하여 달리는 어뢰정에 몸을 실은 내 마음은 가볍고도 자신만만하였다. 도망치는 일본군을 추격하는 나는 벌써 스스로를 승리자로 생각했으며, 승리자의 자랑찬 마음과 모국 해방자의 긍지감을 감출 수가 없었다. 정말 행복했다. 해군들이 '물새'라고 자랑스레 부르는 어뢰정들은 동해의 정다운 은파銀波를 헤쳐 가면서, 일본군의 해군기지로 유명한 나진항을 향하여 일제 침략군에 최후의 치명적 타격을 가하려 쏜살같이 달렸다.

우리가 나진항에 상륙한 때는 저녁 무렵이었다. 이곳 항구 시설과 선박들은 아군 항공기의 폭격과 함포사격으로 파괴되어 불에 타고 있었으며 부두에는 인적기가 없었다. 바로 이때였다. 항구 오른쪽에서 한 사람이 한쪽에는 술통을 다른 쪽에는 안주를 가득 담은 바구니가 달린 멜대를 진 채 흔들흔들 하면서 우리를 향하여 다가오는 것이었다. 그의 한쪽 손에는 붉은 기가 쥐여져 있었다. 아마 '붉은 군대'를 환영한다는 표식이었다고 생각된다.

"우리는 소련군을 환영합니다."

그는 우리를 향해 서투른 조선말을 하면서 우리와 악수하였다. 그제야 그가 중국인임을 알게 되었다. 우리는 중국인의 배려에 감사를 표하면서 술과 안주를 나누었다. 그때, 피난 갔던 나진 시민들이 '만세'를 외치면서 항구로 달려오기 시작하였다.

"소련군 만세!"

"조선독립 만세!"

이렇게 울려 나오는 만세의 함성과 동시에 사람들의 머리 위에서는 붉은 기와 태극기가 이곳저곳에서 나부끼었다. 많은 사람들의 눈에서는 눈물이 빛났다. 특히 여인들의 눈물이 나의 마음속에서 오래오래 심정을 젖히고 있었다.

사람들은 우리를 찾아와서 많은 질문을 하였다. '어떤 주권이 세워지겠는지', '독립국가가 수립될 것인지', '소련군들은 얼마나 조선에 남아 있을 것인지' 등등의 질문을 하면서 몹시 조심스레 행동했다.

"여러분들! 우리는 단지 당신들의 나라를 일제의 기반羈絆에서 해방할 뿐 어떤 제도, 어떤 국가를 세울지는 당신들의 의사, 전체 조선 인민의 의사에 달렸습니다. 자유로운 독립국가를 우리는 충심으로 축원합니다. 당신들을 축하합니다."

이렇게 레오노프 대위는 시민들을 향하여 말하였다. 나는 그 축하 연설을 통역하면서 그렇게 되기를 진심으로 굳게 믿었다. 그때 나진항에 모였던 사람들도 진정 믿었기에 눈물에 젖은 만세를 끝없이 외쳤을 것이다.

그러나 그 뒤 소련 주둔군의 정책은 조선 인민에게 실망, 비극을 가져왔다는 사실은 세계가 공인하는 바다. 소련은 자기의 반反인민적 붉은 식민지 정책으로써 일본 식민지 통치자들보다 더 무서운 참극을 전체 한반도 인민에게 가져다주었다고 해도 지나친 말이 아닐 것이다. 이에 대하여는 북한의 비참한 현실이 웅변으로 증시證示하여 주고 있지 않는가?

이제 태평양함대의 앞에는 일본군의 대大해군기지로 널리 알려진 청진항이 놓여 있었다. 우리 정찰부대는 청진항의 해방을 앞두고 더 굳건히 전투 준비를 갖추고자 블라디보스토크 해군기지로 돌아갔다.

청진항 해방전투

1945년 8월 13일. 청진항에서 8월 13일부터 18일까지 조선 해방전에서 가장 가열한 전투가 6일 동안 벌어졌댔다. 나는 진짜 전투 세례를 바로 이곳에서 받게 되었다.

6척의 어뢰정에서 내린 60명의 해병대원들이 청진항에 상륙했다. 때는 낮 12시 무렵이나 되었다고 생각된다. 궂은비가 내렸다. 도시는 조심스러운 긴장 속에 잠긴 듯했다. 이러한 긴장된 침묵을 일본군이 발사한 박격포탄의 폭발이 깨뜨렸다. 이것이 바로 청진시 해방전투의 시작으로 되었다.

시민들의 말에 따르면 시 주변의 산꼭대기와 항구 북쪽의 등대 지역에 한 연대의 일본군 병력이 복병하고 있었다. 적어도 3천 명의 병력을 뜻하였다. 이렇게 우리 부대는 강대한 적을 대상으로 하고 있었다. 60명과 한 연대! 역량 대비는 너무나 컸다.

우리 해병대의 임무는 청진시 주변 적군의 배치 정형情形, 병력, 장비 상태 등에 대한 정확한 정보를 해군본부에 신속히 전하는 데 있었다. 바로 이런 전투 과업을 받고 우리 태평양함대 해병대 정찰부대는 출전했던 것이다. 이런 정보를 얻으려면 적군 부대와 직면, 전투정찰을 개시해야 했다. 60명으로 편성된 우리 부대는 3~4조로 나뉘어 각 방면으로 소전투를 개시하였다.

이런 소전투에서 포로가 된 일본 군인들과 장교들도 역시, 시내에 1개 연대의 병력이 주둔했는데 장비는 아주 보잘 것 없어서 일식日式 보총步銃과 박격포밖에는 더 없다는 것을 증언하였다. 61밀리미터 박격포가 가장 큰 무기였다. 이럼에도 적군은 우리 정찰부대의 공격에 계속 반격을 시도했다.

아군 항공기들은 8월 9일부터 계속 각종 선전 삐라들을 북한 일대에 산포散布하였다. 일부 남한 지역에서 이런 삐라를 보았다는 사람들도 있었다. 그 삐라의 내용은 대개 이러했다.

연합군의 무력은 강대하다.
무의미한 유혈을 피하고 소련군에 항복하라!

이것은 일본군 부대에 보내는 호소였다. 조선 인민에게 보내는 호소를 담은 삐라들도 많이 산포했다. 그 내용은 대략 다음과 같았다.

소련군은 해방군으로서 조선 인민을 일제의 기반羈絆에서 해방하고 그에게 자유롭게 살며, 일하며, 자기의 의사대로 나라를 세워 행복한 생활을 꾸미게끔 방조와 가능성을 주기 위하여 조선에 왔다.

그 호소문에는 조선 애국자들도 일본군을 반대하여 무장투쟁을 전개함으로써 소련군과 협동할 것을 호소하였다. 위 호소문들을 시인 조기천 선생이 썼다는 것을 그 뒤에 알게 되였다. 선생도 아마 그 호소문을 쓰시면서 그 내용의 실천을 믿었을 것이다. 그러나 유감스럽게도 우리는 웅기, 나진, 청진항들에서 벌인 전투 때 한 명의 공산주의자도, 혁명가도, 조선인민혁명군도 볼 수가 없었다.

나 자신은 포석 조명희, 파인 김동환, 춘원 이광수, 이상화, 연성용, 채영, 김기철 등 작가들의 작품들에서 교양되고 애국심을 키웠기에 그들 작품의 주인공과 같은 씩씩한 혁명가들, 투사들, 애국지사들을 전투장에서 만나기를 소년 시절부터 꿈꾸어 왔다. 나는 청춘 시절 꿈속에서 그들과 열렬한 대화를 할 만큼, 그들을 무척 사모했다. 그들은 또한 나의 정신적 수령들이기도 했다.

그러나 이 모든 것은 꿈으로만 남고, 27세의 무명 청년인 내가 조선 해방전투에 나선 유일한 조선인 전사라고 생각했을 때, 너무나 우울했다. 조선에는 이렇게 투사들이 없다는 말인가?

"조선 사람들이여, 어서 나와 총을 잡고 우리와 함께 민족의 천추의 원수들과의 결사전에 나서라."

이렇게 막 외치고 싶었다. 그 시각 실망 비슷한 무거운 감정이 나의 가슴을 누르는 듯싶었다.

8월 13일의 전투정찰도 끝이 났다. 밤에는 이곳저곳에서 외로운 총소리만 들릴 뿐 전투는 없었다. 해방을 앞둔 청진시의 하늘에서는 별들이 나의 불행한 모국에 많은 복을 약속하듯이 유난히도 반짝였다. 우리는 다음 날의 전투를 앞두고 청진항 해변 모래 위에서 우리가 손수 만들어야 할 내일의 생활, 가능하면 행복을 꿈꾸고 있었다.

8월 14일 아침 청진제강소 쪽에서 박격포탄이 날아오기 시작하였다. 레오노프 대위는 나와 함께 9명의 해병대원으로 한 개의 소대를 편성하고 미쓰비시三菱제철소로 가서 철교를 사수하라고 명령하였다. 대위는 나머지 대원들을 거느리고 청진방직공장 쪽으로 길을 방어하고 있었다. 동시에 대위는 해군본부에 응원부대를 보내줄 것과 청진항 등대 부근에 복병한 일본군 부대를 폭격해달라는 무전을 보냈다.

9명으로 편성된 우리 소부대는 일본군의 계속되는 공격을 격퇴하였다. 우리는 철교 저편에 복병하고 있는 일본 군인들의 철모를, 또 얼굴까지도 볼 수 있었고, 때로는 말소리까지 들려오군 하였다. 그들에게는 일식 보총이 있을 뿐 자동총은 없었다. 그래서

인지 공격은 자주 하였지만 적극성을 잃은 공격이였다. 사기를 잃은 군대임이 틀림없었다. 우리가 상식으로 알고 있던 그런 규율 있고 기동성 있는 사무라이 정신의 군대는 아마 대동아전쟁大東亞戰爭 4년 동안 동남아시아의 광범한 대지, 중글리3)에서 녹아버린 모양이었다.

아침 8시부터 연속된 공격전에서 일본군은 적지 않은 유생역량有生力量4)을 잃은 것 같았다. 이렇게 저녁 10시까지 전투가 계속되었다. 우리는 14시간 동안 계속된 공격전에서 철교를 지켜냈다. 철교 저편에는 일본군의 자취가 없어졌다. 도망친 모양이었다.

8월 15일 아침. 시내에서 전투가 한창일 때 어데서인지 깨끗하게 한복 차림을 한 여인이 나타나 우리에게로 다가왔다. 그녀는 다가오면서 우리들 가운데 조선 사람이 있는가 묻는 것이었다.

"저 조선 사람입니다. 사모님 전투가 한창인데 좀 피해 서시요."

나는 그녀를 안전한 곳에 안내하였다.

"이런 성스러운 날에 죽으면 무엇합니까? 선생님들과 손잡고 함께 싸웠으면……! 얼마나 그대들을 기대렸다구!"

이렇게 말하고는 손수건으로 흐르는 눈물을 닦으면서 말을 계속했다.

"선생님은 소련 어디에서 살았습니까?"

"이주 전에는 블라디보스토크에서 살았습니다."

"그러면 채계도라는 분을 아십니까?"

"잘 압니다. 채계도 선생님의 누이동생 채계로 씨도 잘 압니다. 계로 씨는 어렸을 때 나의 시월동5) 지도자로도 되였댔습니다."

---

3) 중글리dzhungli는 정글jungle을 뜻하는 러시아말이다.

4) 여기서는 인명人命을 뜻한다.

이렇게 내가 이야기했을 때 그녀는 나의 두 팔을 잡아 쥐며 말했다.

"선생님, 너무 너무 감사합니다. 채계도는 나의 오빠입니다."

그리고는 목 놓아 울기 시작했다. 그녀는 너무나도 이쁜 여인이었다.

이렇게 나는 청진 해방전투장에서 내가 그처럼 존경하고 사랑하는 극작가·연출가·배우인 채계도(채영) 선생의 친누이를 만났댔다. 너무나 기쁜 상봉이였다. 그러나 그 뒤 나는 그녀를 더는 만나보지 못했다.6)

8월 15일 아침 11~12시 무렵에 시내 북쪽으로부터 아군 25군단 선봉대가 미로노프Mironov 소장의 지휘 아래 청진시에 들어와 우리 해병대와 연결되였다. 안심의 한숨이 막혔던 가슴을 활짝 열어주는 듯싶었다.

"용감한 해병대 동무들! 여러분은 부과된 자기 전투 과업을 영예롭게 수행했습니다. 지금부터는 우리가 싸울 테니 좀 쉬십시오."

소장은 이렇게 말하고 손을 들어 우리를 환영하고는 선봉대와 함께 시내로 들어갔다. 시가전은 계속되었다.

8월 15일 13시 무렵에 전투 개시 뒤 처음으로 청진 상공에 아군 경폭격기들이 나타나더니 적 진지를 폭격하기 시작하였다. 불시에 그 가운데 폭격기 한 대가 검은 연기를 뿜으면서 청진항 바다에 떨어졌다. 우리는 모두가 벌떡 일어서면서 외쳤다.

---

5) 시월동十月童은 아직 학교에 들어가기 전에 아이들이 속하는 단체를 말한다. 학교에 들어가면 삐요네르(소년단)에 가입하게 되고 14세가 되면 공청동맹원, 18세가 되면 공산당 당원이 될 수가 있었다.

6) 이 여인은 채계복이다. 러시아 블라디보스토크 한인사회의 원로 독립운동가였던 기독교 장로 채성하蔡成河가 채계도·채계복·채계로의 아버지이다.

"비행사를 살려야지!"

마침 항구에 있던 어뢰정 한 척이 재빨리 바다에 나가 낙하산을 타고 떨어진 비행사를 건져 왔다. 물에 폭 젖은 비행사를 봤을 때 우리 모두가 달려가 그를 껴안으면서,

"아참, 일본 천황의 목욕탕에서 나온 셈이구나! 하하하!"

하고는 모두 다 경쾌하게 웃어댔다.

구원된 비행사는 손을 들어 우리를 향하여 인사하고 수줍은 웃음을 얼굴에 그렸다.

"모두들 감사하네! 좀 우습게 된 것 같애!"

그리고는 우리들 곁에 앉아 우리가 권한 담배를 조용히 피웠다.

저녁때 어떤 젊은 장교가 달려오더니 말했다.

"동무들, 기쁜 소식이 있네! 일본 천황이 무조건 항복을 선포했다네!"

"그래도 미카도7)가 독일 히틀러보다는 좀 영리한 셈이지. 응!"

이렇게 부언하고 손을 높이 내저으면서 외쳤다.

"동무들, 승리를 축하하세! 우라!8)"

"그런데 그놈 미카도가 왜 싸움은 계속하는 거야!"

우리 부대장 레오노프 대위는 불만스레 대꾸하였다.

"천황의 명령이 아직 하달되지 못한 게지!"

그 군관은 이렇게 말하고는 쾌활하게 웃었다. 진정 승리자의 웃음이었다.

시가전은 계속되었다. 8월 18일에야 시가전이 끝나고 청진시가 해방되었다. 또 이날 36년 동안 한반도를 통치하던 일본군 나남사단羅南師團이 흰 기를 들고 나와 소련군 25군단 앞에서 항복하였다.

---

7) 미카도御門·帝는 일왕日王의 별칭이다.

8) 우라Ura는 '만세'라는 뜻의 러시아말이다.

8월 18일, 전 생애를 두고 잊지 못할 또 한 순간을 이날 체험했다.

레오노프 대위가 어디 잠깐 갔다 오더니 나에게 말했다.

"정 동무, 영광스러운 부탁이 하나 있네! 자네가 우리 부대에서 유일한 조선 사람이 아닌가? 청진형무소의 문을 열고 정치 수인(囚人)들을 석방할 사명을 자네에게 맡기네! 얼마나 영광인가, 응?"

그리고 나의 손을 잡아 쥐고는 힘껏 흔들어 주는 것이었다.

햇빛 찬란한 날이었다. 거리는 해방을 찾은 사람들의 기쁨으로 차고 넘었다. 나는 레오노프 대위, 25군단 정치부 장교와 함께 자동차를 타고 청진형무소를 찾아갔다. 일본인 형무소 관리들은 전부 도망친 모양이어서 형무소에서 근무하던 한 사람이 우리에게 형무소 열쇠를 내주었다. 상징적으로 내가 첫 문을 열고 다음 문들은 간수 놈이 열었다. 정치범들이 쏟아져 나오기 시작하였다.

"동무들! 당신들은 해방된 나라의 자유로운 사람들입니다. 일본 제국주의는 패전했습니다. 당신들의 투쟁은 승리했습니다. 어서들 나와서 건국에 착수하십시오."

내가 목청을 높여 연설을 할 때 정치범들이 막 달려와 나를 포옹하였다.

"또와리씨! 스드라스투이체!"9)

서투른 러시아말로 우리와 인사하는 이도 있었다.

"아이구, 조선 동포구만……. 감사합니다."

이렇게 인사하는 분도 있었다. 그리고 말없이 서서 서로 끌어안은 채 우는 사람들도 있었다.

그런데 갑자기 정치범들 속에서 "상진아!" 하고 울면서 달려오는 한 여인이 있었다. 나는 무슨 영문인지 몰라 우두커니 서 있었

---

9) "동지들! 안녕하십니까!"라는 뜻의 러시아말이다.

다. '정치범들 가운데 나를 아는 여인이 있담?' 그녀는 달려와 나의 가슴에 안기면서 목 놓아 느껴 우는 것이었다.

"상진아! 네가 나를 못 알아보는구나! 내가 이렇게 돼 버렸으니……."

울음을 그치지 못하고 말을 계속하였다.

"아이구, 상진아, 나는 그래도 행복하고나! 너를 이렇게 다시 볼 줄이야……."

아! 10년 전의 김안나구나! 중학 시절 그처럼 이쁘고 명랑하고 깨끗하던 안나! 안나는 1935년 방학 때 깜짝스레 잃어졌댔다. 블라디보스토크 신한촌新韓村에서는 한 개의 화젯거리로 되였댔다. 남자 애를 가로채고 도망쳤다느니, 어느 교원과 성적 관계를 맺어 애를 배고 슬쩍 잃어졌다느니 등등의 소문들은 나의 마음을 몹시 괴롭혔다. 그러나 나는 그 모든 어지러운 소문을 믿지 않았다. 안나는 그런 처녀가 아니었다. 그런데 어디로 가버렸는가? 나를 그처럼 고민 속에서 신음하게 하던 수수께끼가 이렇게 밝혀질 줄이야……!

"상진아, 나는 혁명과 나라에 변절은 하지 않았어! 나는 너와 나라 앞에서 깨끗하다!"

안나는 눈물 없는 흐느낌을 계속하면서 사람들 앞에서 자기의 가슴과 등을 벗겨 보이는 것이었다. 안나의 가슴과 등에는 빈틈없이 전부 상처뿐이였다. 안나는 나의 가슴에서 떨어지지 않으려고 꼭 나를 껴안고 다시 느껴 울었다. 나도 그만 안나를 포옹한 채 함께 울었다. 이런 순간은 신성하고 영원하다.

이렇게 1945년 8월 18일 청진시는 해방되었다. 그날 어대진 또한 전투가 없이 해방되었다.

원산시 해방전투에는 내가 참여하지 않았다. 8월 20일 스투제

니츠니코프Studenichnikov 중좌가 지휘하는 해병부대가 원산시를 해
방하였다.

역사를 속일 수는 없다

나는 이상과 같이 조선 해방전투에 참전했다. 이것으로써 이야
기를 끝낼 수도 있다. 그러나 웅기, 나진 해방에 대한 다른 설說이
떠돌고 있기 때문에 조선 사람으로서 그 다른 해방설에 대하여
후대들에게 진실을 이야기하는 것이 당연한 도리라고 생각한다.

북한 출판물들은 벌써 20여 년 동안 계속 조선인민혁명군이 만
주 일대와 북한을 해방했다고 선전하면서 역사적 사실을 왜곡, 위
조하고 있다. 북한에서는 1945년 8월 9일 오백룡吳白龍 장군이 웅
기를 가열한 전투 끝에 해방했으며, 8월 12일에는 나진시를 해방
했다고 공식 선전하고 있다. 그리고 웅기를 조선인민혁명군이 처
음 해방한 도시라고 해서 그를 선봉시先鋒市라고 이름을 바꾸기까
지 했다.

그런데 8월 9, 10일 양일에 걸쳐 소련군 항공기들과 태평양함대
가 웅기항, 나진항 들에 계속적인 폭격과 함포사격을 가했는데 어
느 틈에 오백룡 장군이 상륙했을 것이며, 어떤 상륙선을 이용했는
지 너무나 의심스럽다. 태평양함대가 오백룡 장군에게 한 척의 군
함도 준 일이 없다는 것을 나 자신은 너무나 잘 아는 바이다.

우리 해병대가 웅기, 나진, 청진 해방전투의 포화 속에서 피를
흘리면서 격전을 할 때 오백룡 장군과 그의 동료들은 하바로프스
크 시 부근 왜트스코예Vyatskoe 촌에 주둔한 소련군 88여단10) 군영
에서 9월 중순까지 편안히 살면서 소련군의 명령을 기다리고 있

소련 군함 푸가초프 호號. 러시아의 농민반란 지도자의 이름을 딴 이 배는 현재 '개선호'라
는 이름으로 원산항에 보존되어 있다.

지 않았는가? 어떻게 소련군 88여단의 한 개 조선인 부대가 조선
인민혁명군으로 급변하여 소련 연해주 하바로프스크 시 부근 왜
트스코예 촌에 앉아서 8월 9일부터 만주 일대와 북한의 웅기, 나
진, 청진, 어대진을 해방할 수 있었을 것인가? 아직은 역사에서
역사를 위조하고 백성과 세계를 무사히 속이는 데 성공한 자는
없었다. 위조는 폭로되고 밝혀지기 마련이기 때문이다.

　나는 웅기에서도, 나진에서도, 청진에서도, 원산에서도 한 명의
인민혁명군도, 항일 투사도, 혁명가도 해방전투장에서 본 일이 없
다. 그러나 해방전투가 끝난 뒤 해방된 사람들이 해방된 땅에서
매일 명절 기분에서 살던 1945년 9월 19일(이날이 바로 8월 추석
이였다)에야 태평양함대 운송 군함 푸가초프Pugachov 호를 타고
조용히 상륙하는 소련군 대위 김성주 일행을 마중하던 그 날이

---

10) 정식 이름은 '88특별저격여단'(여단장은 중국인 주보중)으로 동북항일
　　연군東北抗日聯軍 교도려教導旅의 후신이다. 김일성은 이 부대에서 제1 대대
　　장을 맡고 있었다. 부대 이름은 여단이지만 실제로는 대대급 규모로서 6
　　백 명가량의 중국인·조선인·소련인으로 이루어진 다민족부대였으며
　　이 가운데 조선인은 60명 선이었다.

1945년 10월 14일 평양공설운동장에서 열린 '김일성장군환영 평양시민대회'에 나온 김일성. 왼쪽 가슴에 소련의 '적기훈장'을 달고 있다.

어제같이 회고되고 있다. 그 운송 군함이 소련 태평양함대가 김성주 대위가 지휘하는 부대에 빌려준 유일한 군함으로 되었다.

그날, 1945년 9월 19일 추석날 김성주 대위 일행을 소련군 정치부의 지시에 따라 원산시 인민위원회 부위원장 태성수, 원산시당 조직부장 한일무, 시 상공부장 박병섭, 시 교육부 차장 정률[11] 외에 몇몇 사람이 조용히 마중했다. 소련군 사령부 측에서는 누구도 없었다. 그때 원산 부두에서 우리와 악수하면서 김성주 대위는 "김성주입니다"라고 자기를 소개하였다. 그의 왼편 가슴에는 소련 '적기훈장'이 박혔댔다. 김성주 일행은 그날 아침식사 뒤 원산시 공설운동장에 마련된 8월 추석놀이에 참여하고 저녁기차로 평양으로 출발했다. 전체 일행은 60~70명가량이었다. 그 뒤 신문을 읽으면서 김성주가 김일성으로 변한 것을 알게 되었다.

---

11) 정률鄭律은 저자 정상진이 북한에 들어와서 쓴 이름이다. 저자의 러시아 이름은 정 유리 다닐로비치이다.

제2 해방을 기다리며

해방된 조선은 세계와 인간, 삶에 대한 나의 정신세계를 견줄 바 없이 넓혔다. 물론 나는 어린 시절부터 이광수, 김동인, 최남선, 김동환, 조명희, 이상화, 김소월 등 조선 문학 대가들의 작품들을 읽은 바 있었으나, 조선에서 조선 문예계의 산 활동가들과 접촉할 수 있었던 것은 나에게 유다른 세계를 열어 주었다.

나는 조선에서 홍명희, 이태준, 이기영, 임화, 박영호, 김사량, 전재경, 한태천, 김조규, 민병균, 박세영, 최승희, 황철, 김순남, 정관철, 백석, 조기천 등과 같은 문예활동가들과 함께 일할 수 있었으며, 그들 가운데 일부 작가·예술가들과는 친숙해져서 친우들로도 되었다. 그러나 공산체제의 1인 독재자에게는 영리하고 현명한 천재들이 필요 없었다. 그 독재자 자신이 천재적인 학자며, 평론가며, 언어학자며, 철학가며, 작가·예술가로 나섰기 때문에 다른 사람이 천재로 될 수가 없다. 만일 천재가 나타나면 그는 죽어야 한다. 그렇게 북한에서 위대한 작가·예술가들인 이태준, 임화, 김순남, 최승희와 같은 천재들이 학살당하였다. 그러나 그들은 통일된 한반도의 문화예술의 하늘에서 영원히 빛날 것이다.

2. 원산·함흥에서 만난 문인들
— 구상, 박영호, 한설야 —

나는 원산元山이 해방된 뒤 5일 만인 8월 25일에 원산시에 도착했다. 원산은 아름답고 깨끗하고도 정다운 동해변 도시다. 바로 원산시 교외에 명사십리明沙十里로 이름난 송도원松濤園이 자리를 잡고 있다. 나는 지금도 종종 꿈에서 이 해안 도시를 보군 한다. 이 도시는 나에게 많은 아름다움과 교훈을 준 도시이기도 하다.

바로 이 도시에서 나는 처음으로 북한의 문인들인 구상 선생, 박경수 선생, 박영호 선생 들을 만나 문학에 대하여 이야기를 나눌 수 있었다. 무척 인정스러운 분들이였다. 특히 박경수 선생님과는 친숙할 정도로 가까웠댔다. 아마도 해방된 기분 속에서 소련에서 온 나에게 적지 않은 기대도 걸고 있었을 것이다.

1945년 9월에 나는 원산시 인민위원회 교육부 차장으로 임명되었다. 그 당시 조선공산당 원산시 시위원회 책임비서로는 유명한 공산주의자 이주하李舟河 선생님이 사업하시였고, 시 인민위원회 위원장으로는 민족운동에서 유명하셨던 강기덕康基德 선생님이 사업하셨다. 나는 지금도 이처럼 유명한 분들과 사업하게 되였던 것을 긍지롭게 회고하고 있다. 두 분은 똑같이 깨끗한 민족적 양심을 가졌었고 나라에 대한 열렬한 애국애족의 심정을 품은 분들이었다.

1945년 9월 19일 추석날 원산시 소련군 사령부의 지시에 따라 김일성 일행을 맞이한 것은 앞서 이야기한 바 있다. 일부 어용 문필가들은 마치도 그들 일행을 북조선 주둔 소련군 25군단 고위 장성들이 맞이한 것처럼 선전 묘사하기도 했지만 그것은 순전히 거짓이다. 심지어는 원산시 사회계도 모르게 비밀리에 그들을 맞이하여 저녁 차편으로 평양에 전송했던 것이다. 이렇게 김일성 일행을 원산항에서 맞이한 사람들 가운데 단 나 한 사람만이 살아 남았다. 이 사실을 정확히 확인하고자 1992년에 동경대 와다 하루키和田春樹 교수가 친히 나를 찾아 왔댔다.12)

1945년 10월 14일 평양 공설운동장에서 조선의 해방자인 소련군 환영 군중대회가 성대히 진행되었다. 북한은 이 군중대회를 김일성 장군의 개선 환영대회라고도 선전한다. 바로 이 군중대회에서 소련 군정 대표 레베데프N. G. Lebedev 소장이 공식으로 김일성을 소개하면서 박수를 쳤다.

"당신들의 앞에는 지금 조선 인민의 불굴의 영웅 김일성 장군이 서 있습니다. 지금 장군의 발언이 있겠습니다"

이튿날 《민주조선》지에 한재덕 씨가 쓴 김일성 장군의 개선기가 크게 실렸댔다. 한재덕 씨는 기자로서 정론가로서 또는 인간으로서 너무나 아름다운 분이였다. 바로 이 개선기에서 한재덕 씨는 문필가로서 정론가로서 기자로서 높은 재능을 유감없이 발휘하였다. 그 뒤 한재덕 씨는 《민주조선》 신문사의 사장으로 김일성

---

12) 저자의 증언이 담긴 와다 하루키의 책은 국내에도 출판되었다. 와다 하루키 지음, 서동만·남기정 옮김, 《북조선－유격대국가에서 정규군국가로》, 돌베개, 2002.

의 끊임없는 신임 아래서 활발히 신문사를 운영했으며 기자로서
빛나는 정론들을 썼다. 그리고 우리는 가까운 친구로서 몹시 친숙
해졌었다.

1952년 12월 어느 날, 어떤 이유인지는 모르겠으나 한재덕 씨가
당 중앙위원회 파견장을 갖고 나의 사무실을 찾았다. 김일성에게
불신임 받는 인사로 전락한 셈이었다. 그래서 나는 그를 문화선전
성 출판부 부원으로 임명하고 다른 사람들이 받을 수 없는 대우
를 그에게 해주었다. 나는 그때 벌써 문화선전성 제1부상(차관)으
로 임명됐을 때였다.

그런데 얼마 안 되어 한재덕 씨가 갑자기 행방불명이 되었댔다.
그 뒤 알려진 바지만 한재덕 씨가 노동당 중앙위원회 대남사업부
의 파견을 받고 남한 지하공작에서 활동하다가 전향했다고 한다.

——— • ———

원산시 교육부 차장으로 임명된 내가 할 일은 문화 부분이였다.
모든 영화관·극장·도서관 등의 운영과 통제였는데, 나는 먼저
영화 관계자들을 만나서 영화 필름 창고를 찾아보았다. 내가 찾은
영화들은 진실로 한반도 영화사에서 잊혀져서는 안 될 위대한 작
품들이였다. 〈아리랑〉, 〈들쥐〉, 〈임자 없는 나룻배〉, 〈한강〉 —— 내
가 진정 모르던 세계, 위대한 나운규羅雲奎의 영화세계가 나의 앞
에 펼쳐졌댔다.

특히 영화 〈아리랑〉은 눈물 없이 볼 수 없는 대걸작이였다. 이
영화를 보고나자, '아, 이처럼 위대한 영화감독, 배우, 작가가 우리
나라에 있었던가! 그처럼 암담하던 일제시대 우리 조국에 이런
위대한 분이 계셨어. 민족정신을 불태우면서 민족의 앞날의 길을
자기 나름대로 밝혔고나!' 하는 감탄이 나의 가슴속에서 치솟았

다. 세계 무성영화계에 지금 내놓아도 아무 손색이 없는 예술영화라고 나는 생각한다. 하지만 조선전쟁(한국전쟁)이 끝난 뒤 그 영화들을 찾아보았을 때는 흔적도 없었다. 나운규 선생은 우리나라 예술영화의 창시자로서 영원히 빛날 것이다.

바로 영화 〈임자 없는 나룻배〉에서 나는 영화배우 문예봉 씨를 처음 보았다. 너무나 아름답고도 조선 여성다운 배우였다. 또 영화 〈아리랑〉에서 악한惡漢의 역을 수행했으며 북한 영화예술 발전에 큰 공을 세운, 최초의 북한 영화촬영소 소장 주인규 씨를 보았다. 그 뒤 함흥에 가서 일하면서 주인규 씨를 만나 문화행사들에 같이 참가하면서 가까운 친구로 되기도 했다.

주인규 씨는— 1956년 9월이라고 생각되는데— 북한에서 이른바 종파 청산 소동 때 탄압을 견디지 못해서 자살하고 말았다. 이렇게 문화예술인들이 무서운 통제 아래서 신음하고 있었다. 지금도 별로 다르지 않을 것이다.

나는 이렇게 조선 땅에서 처음 김일성을 맞이할 수 있었으며 또 그와 10년 동안 일할 수 있었다.

북한 문인들과의 첫 만남과 《응향》 필화사건

1945년 9월인가로 생각되는데, 박경수라고 하는 분이 나의 사무실을 찾아와서 원산 시내 문화인들에 대한 이야기를 해 주었다. 그가 바로 원산시 문학예술총동맹(문예총) 위원장이였다. 그 뒤 나는 그 선생님과 자주 접촉하면서 시내 문화인들의 생활 형편, 창작 활동 등에 대하여 자세히 알게 되었다. 원산 문화인들을 위하여 소련군 사령부에서 식료품을 얻어 전달한 기억도 있다.

　나는 박경수 선생님을 무척 존경했었다. 그는 모든 면에서 나의 선생으로, 나의 선배로 될 수 있는 분이였다. 선생은 조선의 모든 문화·역사의 전반에 걸쳐 깊은 조예를 지닌 사람으로서 점차 내가 꼭 알고 있어야 할 분으로 되였댔다. 또한 그의 요청에 따라 원산시 문화인들 앞에서 소련 문학에 대한 강연도 자주 하군 했다. 이런 강연에서 나는 처음 구상 선생님, 강홍운 선생님, 노량근 선생님 들을 만나서 이야기를 나눈 적도 있었다.

　1946년 초라고 생각되는데, 박경수 선생님이 나의 사무실을 찾아와서 한 가지 부탁을 말씀하셨다.

　"정 선생님, 금년 8월 15일이면 우리나라 해방 1주년이 되는데 문예총에서 경축 시집 한 권을 내 보려는데 어떻게 생각합니까?"

　나는 더 생각할 여지도 없다고 여긴 나머지 좋다고 말하였다.

　"그런데 정 선생님이 발행자로 돼야 하겠습니다. 시집 원고 모집, 조직 사업을 제가 전부 하겠으니 이에 대하여는 선생님께 더 부담을 주지 않겠습니다. 그리고 선생님도 시 한 편 써 주셔야 하겠습니다."

　"아이구, 박 선생님, 내가 무슨 시인이라고 나에게 시를 부탁합니까!"

　이렇게 거절했으나, 너무나 간곡하게 청탁하기에 그 뒤 시 한 편을 써 주었댔다. 지금 기억에는 별로 남지 않았는데 아마도 웅기항 상륙 때에 받은 인상·감격을 담은 시편이라고 짐작된다. 그 시편에서 "웅기항! 눈물에 젖은 나의 발자취"라고 한 시행이 기억된다. 그 시편도 역시 박경수 선생님의 정성으로 발표되었다고 생각된다. 시집 발행 계획, 출판, 편집 등 모든 과정에 나는 전혀 참여하지 않았다. 모든 사업은 박경수 선생님이 손수 다 했었다.

"선생님이 발행인이어서 먼저 선생님께 가져 왔습니다."

몇 달 지난 뒤 박경수 선생님이 《응향》凝香이라고 표제한 시집 한 권을 가져다주시면서 몹시 만족하신 미소를 얼굴에 보였다. 이렇게 나는 모국 땅에 와서 처음 발행된 시집 《응향》의 발행인으로, '시인'으로 조선 문단에 등장하게 되었다.

저녁에 집에 가서 시집에 실린 시들을 전부 훑어보면서 깊은 만족감을 느꼈댔다. 진실로 원산시에도 이처럼 좋은 시를 쓸 수 있는 인물들이 있다는 것에 충격을 받고 이곳에서 이런 사람들과 함께 살겠다는 생각도 했다. 그런데 북한 문학계에서 이른바 《응향》 시집 사건이 일면서 큰 소동이 터졌던 것이다.

지금으로부터 56년 전 사실이여서 잘 기억되지 않기에 이 시집에서 주된 시인으로 비판의 대상으로 된 구상具常 선생님의 회고록인 《시와 삶의 노트》를 이용하기로 하자.

대체로 그 시집의 편집체제는 나와 함께 사범학교에서 국어 강좌를 담당하고 있던 해방 전 《노방초》라는 시집을 낸 강홍운 씨(1·4 후퇴 때 월남하여 현재 경남 남지여중 교장으로 계심)와, 시와 아동문학으로 이미 중앙문단에도 알려진 노량근과 나를 소위 기성 대접을 하여 권두에 자선 수편自選數篇씩을 싣고 일반 회원들은 각 한 편씩을 게재하기로 되었는데, 작품집이 나온 후 안 일이지만 그가 시를 쓰는 줄도 몰랐던 앞서 말한 박경수가 〈눈〉[雪]이라는 연작시를 약 5편 말미에 장식하고 있었다.

실상 그 시집의 책제冊題를 '응향'凝香이라고 유식하게 붙인 것도 박경수였으며 그 책의 체제를 한지韓紙를 써 고풍하게 꾸민 것도 그의 취향이며 장정裝幀은 이중섭이 맡아 〈유희하는 군동상群童像〉이 표지에 그려졌다.

......

　그래서 당시 북한의 정황 속에서는 가장 문화적 생산을 한 셈이어서(그 시집의 외장만으로 치면 현재 서울 출판계에 내놓아도 호화 속에 든다) 동인들 중에는 서창훈과 같은 공산당 간부도 있었고 정율이라는 우리 2세 소련군 장교도 있었으나 이 시집의 출간을 자랑으로 여기고 있던 판인데 얼마 안 가서 평양에서 날벼락이 떨어졌던 것이다.

......

　드디어 정월 하순 그 어느 날 평양서 검열원들이 도착하였다는 전갈이 왔다. 나는 태연을 가장하고 그 소집에 우선 응하여 첫 모임에 나아갔다.

　원산 현장에 온 검열원들은 당시 북한 문단의 거물들로서 최명익, 김사량, 송영, 그리고 1·4후퇴에 월남하여 나의 친구가 되었다가 작고한 김리석 씨(그가 별세하기 전까지 나는 이 사실을 발설하지 않았다) 이렇게 4명이었는데 그 첫 모임에서는 송영이 살기殺氣 등등한 어조로 '북조선문예총'이 시집 《응향》을 단죄하게 된 소위 보고연설이 있었다.

　나는 그 자리에 모멸감과 불안에 휩싸여 앉았다가 일단 휴게로 들어가자 계속 모임부터 각 필자들의 자아비판이 행해진다는 얘기를 듣고는 절대절명의 상태라는 느낌에서 그만 뺑소니를 치고 말았다. 그날 내가 원산거리와 골목을 지향 없이 헤매며 치르던 남모르는 정신적 고통과 신음은 영원히 잊을 수가 없다.

이렇게 구상 선생님은 시집 《응향》의 필화사건 전말을 회상하고 있다.

시인 구상(1919~2004)과 시집 《응향》 필화사건의 전말을 기록한 그의 수필집 《詩와 삶의 노트》의 표지.

　　나는 구상 선생님을 직접 알고 있었으며 그를 존경했다. 그 뒤 구상 선생님은 월남하셔서 한국 시단의 대표적 시인으로 활동하시다 2004년 5월에 돌아가셨다. 1989년에 내가 처음 서울에 갔을 때 나의 요청에 따라 MBC 방송국은 구상 선생님과 김백봉 씨를 만나 이야기를 나눌 수 있는 기회를 주었댔다. 우리 셋은 MBC의 방송 프로그램에도 함께 나와 좋은 상봉으로 되었댔다.

　　시집 《응향》에서 가장 문제된 구상 선생님의 시 한 편을 보기로 하자. 과연 그 시편으로 하여 재능 있는 시인을 억압, 탄압할 수 있었을 것인가? 독자들과 함께 이 시편을 읽어 보기로 하자!

동이 트는 하늘에
가마귀 날아

밤과 새벽이 갈릴 무렵이면

‘카쓰바’ 마냥 수상한 이 거리는
기인 그림자 배회하는 무서운
골목……

이윽고
북이 울자

원한에 이끼 낀 성문이 뻐개지고
구렁이 잔등같이 독이 서린 한길 위를

횃불을 든 ‘시빌’*이
깨어라!
외치며 백마白馬를 날려

말굽소리
말굽소리

창칼 부닥치어
살기殺氣를 띠고

백성들의 아우성
또한 처연凄然한데

떠오른 태양 함께
피 토하고
죽어가는 사나희의 미소가
고웁다.
　　*시빌 : 희어, 선지자

〔구상, 〈여명도〉黎明圖〕

이상과 같은 시편들에 북조선 문예총은—물론 공산당의 지시에 따라—치명적인 비판을 가하였다. 문예총은 자기의 결정서에 시집 《응향》은 북조선 현실에 대한 회의적, 공상적, 퇴폐적, 도피적, 절망적, 반동적 경향을 가졌다고 지적하였다. 그리고 시집 판매를 즉시 금지시킬 것을 결정하였다.

이상에서 훑어 본 바, 시집 《응향》의 필화사건은 북한 사회를 공산당이 지배하는 초기 과정에서 일어난 문화적으로 하나뿐인 큰 사건이었을 뿐 아니라 북한의 모든 비극적 정치사건 가운데 공식적으로 표면화된 최초의 사건으로서, 그들의 진보적 민주주의를 가장한 공산주의 독재 이념의 정체와 야만적 방법과 수단을 그대로 탄로한 사건이라 하겠다. 한편 이것이 해방 직후 남북 문단 또는 범汎문화예술계에 경악과 충격을 불러일으키고 여러 가지 논쟁과 파문을 던짐으로써 남한 민족문화 진영의 결속을 공고하게 하였다고도 말할 수 있다고 구상 선생은 자기의 회고록에 썼다.

나는 형식상 시집 《응향》의 발행인으로서 그 시집에 참여한 시인들 앞에서 지금도 죄송함을 억제할 수가 없다. 지금도 박경수 선생님, 강홍운 선생님, 모량근 선생님 들을 보고 싶다. 이들의 운명은 어떻게 되었는지?

작사가 박영호와의 만남

1945년 가을이라고 생각되는데, 박경수 선생님이 나를 찾아오시더니 서울서 박영호 선생님이 오셨는데 '소련서 오신 정 선생을 만나고 싶다' 하신다고 말씀하셨다. 나는 쾌히 승낙하고 박영호 씨가 있는 여관에 갔었다. 그 여관방에는 원산시 문화인 여러분들이 모여 있었다. 내가 들어서자 박영호 씨가 벌떡 일어서 나오면서 인사를 했다.

"저 서울서 온 박영호입니다. 소련서 오신 첫 분인 정률 선생님을 만나서 악수하게 된 것을 몹시 기쁘게 생각합니다. 참 보고 싶던 소련 동포입니다. 그래 얼마나 고생하셨습니까?"

이렇게 말하고는 손목을 놓지 않고 자기 곁에 앉히면서 술잔을 들어 권주하였다.

"첫 소련 동포, 정률 선생의 건강을 위하여 한 잔 듭시다."

술잔을 비운 다음 박영호 씨는 말을 계속하였다.

"사실 저는 서울 문화예술인들의 부탁을 받고 원산시를 찾아왔습니다. 지금 서울 문화예술인들은 몹시 궁금해 하고 있습니다. 북한의 소련 군정은 조선 문화예술인들에 대하여 어떤 태도를 취하고 있는지, 그들이 북한에서 실시하려고 하는 문화 정책은 어떤 내용인지 알고 싶습니다."

"소련 문화 정책에 대하여서는 소문으로라도 알고 있으리라고 생각합니다. 문학에서는 막심 고리키, 숄로호프, 알렉세이 톨스토이 백작, 예술에서는 모스크바 대극장, 모스크바 예술극장, 러시아 발레예술, 음악, 미술이 각 면에서 세계적으로 널리 알려져 있지 않습니까!"

나는 아는 대로 설명해 주었다. 그리고 소련에는 조선극장, 조선말 라디오 방송, 조선 신문이 활동하고 있다는 것도 자세히 이야기해 주었다.

알고 보니 박영호 씨는 극작가로서 1930~1940년대에 유행가 가사 창작으로 널리 알려져 있는 분이었다. 그는 주로 북한에서 작곡가로 유명했던 이면상 씨 하고 함께 유행곡 창작에 주력했던 모양이었다. 그 뒤 안 일이지만 소련 고려인들 사이에도 박영호 작사로 된 유행가들이 많이 불려지고 있었다. 물론 사람들은 노래를 부르면서 박영호 작사라는 것은 알 리가 없었다.

모두들 술이 좀 취했을 무렵 박영호 씨가 문득 물었다.

"정 선생님, 소련에서는 동포들이 대개 어떤 노래들을 부릅니까?"

몹시 알고 싶어 하는 표정이었다.

"소련 동포들은 조선서 들어간 노래들을 자주 부릅니다. 〈창덕궁가〉, 〈강남제비〉, 〈독립군 행진곡〉, 〈이수일과 심순애〉 등과 같은 노래들이 유행되고 있습니다. 나는 노래를 잘 부르지도 못하지만 박 선생님이 알고 싶어 하니 한 노래 불러 드리지요."

나는 그 당시 소련 동포들이 즐겨 부르는 노래를 불렀다. 나는 가사의 작사자·작곡자도 모르면서 한 곡 불렀다.

달빛 아래 칠백 리
낙동강변 너머로
은혜로운 봄바람
한가히 불어 올제
기포에 물레방아
목놓아 우나이다.

봄철마다 들리는
아름다운 노래여
만백동을 기르는
영원한 어머니라
그대의 젖꼭지에서

세월은 흐르나이다.

창포에 저 비석
제비똥 가득한데
밭고랑에 청기와장
간장을 끊는고나!
기포에 물레방아
언제나 깨어나리!
[박영호 작사, 김용환 작곡, 〈낙동강 칠백 리〉]

노래가 끝나자마자 박영호 씨는 벌떡 일어나 물었다.

"선생님 그런 노래도 소련서 부를 수 있습니까?"

그리고는 손수건을 내어 눈물을 씻는 것이였다. 그는 너무나 감동된 듯싶었다.

"그럼요. 소련 동포들이 즐겨 부르면서 고국을 그리는 노래이기도 합니다."

하고 내가 부연하자,

"선생님, 그 노래의 가사가 내 것입니다"

라고 하면서 그는 너무나 기뻐하였다.

나도 역시 진실로 기뻤다. 우리 소련 고려인이 기꺼이 부르는 노래, 그 노래 속에서 조국을 그리는 노래! 우리들이 이 노래를 부르면서 술좌석에서 또는 기념 모임에서 얼마나 많은 눈물을 흘렸던가? 이 노래의 가사를 쓴 시인이 바로 나의 곁에 앉아서 나와 함께 술을 마실 수 있게 된 이 순간! 나는 믿어지지를 않았다. 꿈 같기도 했다.

그 뒤 우리는 친숙해져서 가까운 친구로 되었댔다. 박경수 씨는 월북한 뒤로 주로 희곡 창작을 했다. 가사는 더 쓰지 않았다. 그의 희곡 가운데서 기억나는 것은 《홍수》라는 희곡이었는데 국립극장 무대에서 본 기억이 난다. 일반 작가들과 마찬가지로 생활 형편은 어려웠다. 이따금 내가 도와주기는 했지만 어쨌든 계속 어려운 생활을 했다. 한국전쟁 때에는 종군기자로 일했는데 창작은 별로 한 것 같지 않다.

1952년 말이었다고 생각되는데, 그가 군병원에 입원했다는 소식을 듣고 곧 찾아갔다. 그가 좋아하는 술 한 병과 안주를 갖고 갔댔다. 군병원에 가서 원장을 찾아 박영호 씨의 병환을 알아봤다. 폐결핵이었는데 의사들의 말에 따르면 희망이 전혀 없다는 것이었다. 아무 음식이나 그가 즐겨하는 음식을 권할 수 있다고들 했다. 내가 병실에 들어섰을 때 그는 침대에 누워 있었다. 나를 쳐다보고는 몹시 기뻐했다.

"내가 방금 네 생각을 했다. 이 자식이 알면 올 텐데……."

숨소리가 어려웠다. 죽어가는 친구가 너무나 슬펐다. 그처럼 친절하고 감동적이고 쾌활하던 친구가 사경에 처하여 있는 것을 보면서 정말 할 말이 없었다.

"오케이. 무얼 먹고 싶어?"

내가 물었다.

"정률아, 너하고 술 한잔 마셔봤으면……. 꼭 너하고만……."

나는 두 8모 잔에 한 병의 술을 똑같이 부어서 한 잔을 그에게 주었다. 그는 나와 술잔을 마주치고는 꿀떡꿀떡 그 한 잔을 다 마시고는 아무 말도 없이 벽 쪽으로 돌아눕는 것이었다. 그가 잔다고 생각하고는 병실에서 나와 사무실로 돌아왔을 때였다. 전화 신호가 들렸다. 군병원장이었다.

"정 선생님, 박영호 선생이 갔습니다."

이렇게 박영호 씨는 세상을 떴다. 북한에 와 잘 살아 보지도 못하고 창작도 마음대로 못하고 세상을 떴다. 그가 죽은 지도 벌써 50년이 지났다. 그에 대하여 생각하며 지금 글을 쓰고 있는 사람도 아마 나 한 사람뿐일 것이다.

한설야의 진면모

나는 1946년 7월에 함경남도 인민위원회 교육부 차장으로 임명되어 함흥咸興으로 전근됐다. 함흥은 우선 북도北道의 고유한 사투리로 나를 맞이하였다. 실은 소련 고려인들이 함경도 사투리로 대개 말하고들 있다. 때문에 나에게는 그 사투리를 받아들이기에 그렇게 어렵지 않았다. 원산에 근 1년 있는 동안 원산 말씨에 관습돼서 처음에는 좀 어색한 점도 없지는 않았다.

나는 지금도 원산 말씨를 듣고 싶고 그 고장 사람들을 보고 싶다. 몹시 순수하고 정답고 연한 말씨였다. 특히 원산 여자들의 말씨는 그 어떤 다정하고도 고요한 음악 소리와도 같이 지금도 나의 기억 속에서 잔잔히 흐르고 있다.

함흥! 내가 이 도시에 와서 처음 찾은 것이 함흥 성천강城川江 위에 놓인 만세교萬歲橋다. 부친께서는 자주 만세교 말씀을 하시면서 가 보지는 못했다고 하셨다. 아침에 오르면 저녁때에야 다른 편에 다다른다는 전설의 만세교! 보고 싶었다. 그러나 내가 본 만세교는 목조였다. 10분이면 건너가고 건너올 수 있는 목조 다리였다. 그리고 그 만세교를 넘나드는 촌사람들을 보면서 너무나 우울하였다.

남루한 옷 입은 남녀노소들, 그 가운데서도 헐벗고 발 벗은 여인들의 모습을 봤을 때 너무나 슬펐다. 촌에서 오는 여인들은 대개 머리 위에 무거운 짐을 이고 발 벗은 채 만세교까지 와서는 짐과 함께 머리 위에 놓은 초신을 끄집어 내려 신고는 만세교에 오르는 것이었다. 이렇게 그 당시 여인들은 촌에서 만세교까지는 맨발로 그 무거운 짐을 이고 함흥시장으로 오는 것이었다.

이것이 그 당시의 우리 조선인들의 신세였다. 그러나 사람들은 그래도 일본인들이 없는 제 나라라는 기분 속에서 내일을 그리면서 오늘의 어려움을 견디고 참고 했을 것이다. 그때로부터 60여 년이 지난 오늘의 만세교를 넘나드는 우리 겨레들의 생활이 그때보다 더 나아졌다고 생각하기에는 너무나 어렵다.

바로 함흥에서 나는 조선 작가 한설야를 만나 이야기를 나누기도 했다. 첫인상은 너무나도 좋았다. 좋은 점심도 함께 먹으면서 친절한 분위기에서 시간이 흘렀다. 몹시 선하고 착한 사람으로 느껴졌다. 그러나 그 뒤 10년 이상 살면서 내가 알게 된 한설야는 전혀 다른 사람이었다. 이런 사람에 대하여 글을 쓰기는 너무나 어려우나 후대들에게 진실을 알려주는 것이 우리의 신성한 임무가 아닌가 생각하고 반드시 이에 대하여 글을 써야 하겠다고 결심했다.

물론 한설야를 만나기 전에 그의 장편소설 《탑》도 읽었고, 또 특히 해방 뒤 신문 ——《함남일보》라고 생각된다 —— 에서 그의 커다란 정론政論 세 편을 읽어 본 적이 있어서 그를 만나는 것이 초면이라고 느껴지지 않았다. 그 신문에서 본 세편의 커다란 정론이라고 할까, 거저 논문이라고 할까 하는 작품들은 —— 1945년 12월이라고 생각되는데 —— 전부가 김일성을 찬미하는 것들이었다. 〈인간 김일성〉, 〈영웅 김일성〉, 〈장군 김일성〉 —— 이런 제목으로 세 편의 정론이 발표되었다. 또 이 작품들이 바로 한설야가 정치

한설야(1900~1976)의 월북 뒤 모습.

무대에 오르게 된 도약대로, 발판으로 되었다고 하는 것이 정당할 것이다.

그 뒤 안 일이지만 그 세 논문이 평양의 공산당 중앙위원회에서 한설야를 알게 된 계기로 되었으며, 또 김일성이 그 세 논문을 너무나 마음에 들어 했다고들 한다. 진실로 그 논문이 나의 마음에도 들었다. 나 자신이 스탈린을 우상화하고 있는 나라에서 왔기 때문에 그런 논문들의 발표가 공산주의 나라에서는 정상적인 현상이라고 생각되었기 때문이다.

나는 이 세 정론 작품을 읽으면서 한설야 자신이 김일성을 잘 아는 분이라고 생각하기도 했다. 그래서 나는 그분을 만나 김일성에 대한 영웅담을 듣고도 싶었다. 그러나 한설야와 장시간 담화한 뒤 좀 실망 비슷한 느낌도 없지 않았다. 사실 한설야가 김일성을 만나보지도 못하고 이런 장황한 세 작품을 썼다는 것을 생각했을 때, 이것은 모순적인 아부·아첨이 아닌가 하는 느낌도 있었다. 물론 이상 작품들에서 문장력이나 그만의 필체, 문필가로서의 솜씨 같은 것을 엿볼 수는 있었다. 특히, 1945년 10월 14일 평양 공설운동장에서 '민족의 영웅 김일성 장군'이라는 소련 군정의 공인을 받았기 때문에 그렇게 쓸 수도 있었으리라고 생각했다.

세 작품의 실효는 즉각적이였다. 한설야는 즉시 평양에 초청되어 처음에는 조선공산당 북조선분국 중앙위원회 문화부장으로,

다음에는 북조선인민위원회 교육국장으로, 1948년 9월 조선민주주의인민공화국 정부 조각組閣 때는 교육상(장관)으로도 임명되였댔다.

이렇게 한설야는 자기의 야심대로 출세하기 시작하였다. 한설야는 작가로서 창작 활동보다도 정치에 더욱 관심을 갖고 있었으며, 또 자기의 창작력을 김일성을 우상화하는 방향에서 널리 전개하였다. 작가·예술가가 정치를 못한다는 규범이나 도덕상 문제는 있을 수가 없다. 문제는 어떤 방법으로 정치하며, 어떤 힘을 빌려 출세하는지에 있다.

한설야는 자기의 출세를 위하여는 방법을 가리지 않았다. 출세를 위한 자기의 도상에서 그에게 방해된다거나 시기의 대상으로 된다고 생각하는 사람들을 사정없이 제거해 버렸다. 월북한 작가들인 이태준, 임화, 김남천 등과 김순남과 같은 예술인들의 명망이 한설야의 마음에 들 리가 없었다. 일반 작가들의 여론에 따르면 한설야는 해방 전 일제시기에 조선 문학에서 거성巨星은 될 수 없었다. 때문에 그는 나와의 담화에서 이태준, 이기영, 김남천 등 작가들에 대하여 아주 부정적으로 말하였다. 결국 이 작가들은 한설야의 묵인 아래서 비참하게 숙청당하였다. 한설야는 자기의 출세의 길을 월북 작가·예술인들의 피로써 물들이었다. 이와 같은 죄상은 한반도 문학·예술사가 용서하지 않을 것이다.

한설야는 1950~1960년대에 북조선 당 정권에서 정치적으로 가장 신임 받는 정치적 인물로 되어 있었다. 때문에 그는 김일성 앞에서의 자기 위치에서 이태준, 최승희, 김순남, 임화, 김남천 등과 같은 작가·예술인들을 옹호하여 살릴 수 있었으리라고 나는 믿어 의심치 않는다. 그리고 납북 작가들인 춘원 이광수, 파인 김동환과 같은 분들을 한설야는 자기의 위신으로 얼마든지 구원할 수 있었을 것이다. 그러나 한설야는 이와 같은 한국 문학·예술의 거성巨星들의 운명에 대하여 무관심했으며, 오히려 이들에 대하여 문학·예술인들의 모임에서 악설을 퍼부었다는 이야기도 들은 바 있다. 출세에 눈 어두운 한설야는 달리 행동할 수가 없었을 것이다.

광복 뒤 한설야가 창작한 것을 본다면 중편으로 된 《력사》라는 소설이 하나 있을 뿐이다. 《력사》는 김일성의 항일투쟁을 중심으로 쓰인 작품이다. 이 작품도 역시 그의 정치적 출세의 발판으로 된 그의 세 논문인 〈인간 김일성〉, 〈영웅 김일성〉, 〈장군 김일성〉의 연장·보충작으로 되었다고 하는 것이 진실에 가까울 것이다. 또 한설야가 자기 소설에서 김일성의 생애를 우상화했다기보다는 전설화, 신화화했다는 것이 정당할 것이다.

두뇌를 가진 독자는 이 중편 《력사》를 읽으면서 김일성에 대한 존엄·친애감보다는 오히려 부끄러움·유치함을 느낄 수 있을 것이다. 우리는 김일성이 항일 유격 투쟁을 만주 벌판에서 전개한 영웅이며 장군임을 인정한다. 오늘 누가 감히 이 사실을 부정할 수가 있을 것인가?

그러나 장군이 귀국해서 최고 권좌에서 저지른 죄악상에 대한 것은 다른 문제이다. 영리하고 총명하고 현명한 독자는 소설 《력사》를 문학 작품으로 여길 수는 없을 것이며, 더구나 김일성 장군의 실제로 했던 일로는 도저히 받아들일 수가 없을 것이다. 신화神話는 신화로서 존재할 뿐, 오늘의 생활을 신화화할 수는 없는 것이다.

아첨과 아부를 일삼던 한설야는 자기가 그처럼 우상화하고 신화화하던 김일성에 의하여 숙청당한 뒤에 원산으로 추방되어 외롭게 최후를 맞았다는 이야기를 들었을 때, 내 마음속에서는 비애

라기보다 차라리 응당한 천벌을 받았다는 느낌이 앞섰댔다.

이와 같이 한설야는 한반도 문학사에 출세주의자로, 자기의 출세를 위하여 많은 문학·예술인들을 제거해 버린 범죄 작가로 남아 있을 것이다. 이렇게 한설야는 한반도 문학사에 피비린내 나는 발자취 외에는 아무것도 남겨 놓지 않았다.

나는 함흥에서 1년 동안 사업하다가 1947년 봄에 평양에 올라와 북조선 문학예술총동맹 부위원장으로 임명됐다. 그 당시 문예총위원장 자리에는 한설야가 있었다. 또한 나와 함께 문예총 부위원장으로 최승희 씨의 남편 안막 선생이 일하고 있었다.

러시아 동포화가 변월룡이 그린 한설야의 초상(1953년 작). 그림 : 문영대·김경희, 《러시아 한인 화가 변월룡과 북한에서 온 편지》, 문화가족, 2004.

3. 월북 예술인들
― 최승희, 문예봉, 황철, 김순남 ―

내가 평양에 도착하여 처음 생각한 것이 모란봉牡丹峰과 청류벽淸流壁이었다. 1934년 소련 연해주 해삼시의 조선극장에서 연극 《장한몽》長恨夢을 본 뒤부터는 서울보다 평양이 계속 나의 마음속에서 그려졌던 것이다. 이수일과 심순애의 절망적인 사랑, 그리고 그들이 대동강변 모란봉 청류벽에서 사랑을 속삭이면서 산책하던 곳…… . 나의 청춘 시기 평양은 나의 마음속에서 전설의 도시처럼 그리어졌다.

평양에 와서 보니 내가 아는 친구 하나가 있었다. 그는 북조선 인민위원회 체신부 부국장으로 일하는 박병섭이였다. 그는 나와 함께 해병대에서 같이 복무하면서 몹시 친숙했던 친구였다. 그에게서 대충 평양 사정들을 알 수 있었다. 평양에는 소련서 나온 사람들이 있기는 했는데 전부 소련 정보처의 지시에 따라 변명變名했으니 도저히 누가 누구인지 알 수가 없었다. 그래서 나도 북조선에서는 정률鄭律로 통하였다. 때문에 북한에서 월남한 분들은 정상진을 알 리가 없다.

나는 박병섭이 하라는 대로 했다. 북조선 노동당 중앙위원회를 찾아 간부부에 가서 임명을 받고 직접적인 지도를 받아 움직였다. 선동선전부에서 박창옥朴昌玉 씨를 봤을 때 놀라지 않을 수 없었다. 해삼시 조선사범대학 언어학부 2년 선배인 박창옥 씨, 카자흐스탄 크질오르다 주州 치일리Chiili 구역 교육부장으로 일하던 그가 오늘 북조선노동당 중앙위원회 선동선전부장으로 되었다는 사실은 나를 무한히 기쁘게 하였다. 우리는 지나온 어렵던 이야기를 장시간 나누면서 즐겁게 담화했다. 그는 그 뒤 10여 년 동안 당 중앙위원회 부위원장, 당 중앙위원회 정치국 위원, 정부 부수상까지 올랐다가 숙청되어 1960년에 김일성의 지시에 따라 총살되었다는 이야기를 들었다.

박창옥 씨는 총명하고 집행력이 강한 사람으로서 어떤 일이든 능숙하게 하였으며 부하들에 대한 요구성이 강한 실무적인 좋은 일꾼이었다. 그러나 그 당시 내가 보기에는 좀 경솔한 편이었고 현명치 못한 점이 좀 우려가 되었던 것이다. 바로 그런 결함들이 그를 저락시켰다고 보는 것이 정당할 것이다. 물론 지금도 총살형은 너무 지나친 것이라고 생각하고 있으며, 또 그 뒤 북한에서 탈출한 전우들의 이야기도 그러했다.

나는 그의 안내대로 북조선 문학예술총동맹을 찾아갔다. 문예총 청사는 대동강변 모란봉 청류벽에서 멀지 않은 곳에 자리 잡은 매우 아름다운 2층 건물이었다. 이 청사 2층에서 문예총 부위원장 안막安漠 씨를 만났다. 또 그가 바로 평양에 올라와 내가 처음 만난 문화인이기도 했다.

안막 선생은 장시간 문예총 사업에 대하여 자세히 나에게 이야기해 주었다. 그의 이야기에서 소련식 사업 체계, 문학·예술에 대한 노동당의 빈틈없는 통제력을 느꼈다. 해방된 지 2년 동안에 소련식이 이처럼 굳건히, 재빨리도 북한의 사상체계에 뿌리를 내

리다니……. 소련 군정의 억센 손길을 감촉할 수 있었다. 그러나 달리는 될 수가 전혀 없지 않은가!

소련 군정은 당 중앙위원회 박창옥 선동선전부장을 통하여 북조선의 문화·선전·언론계를 통제하였으며, 또 그를 통하여 소련 정부의 시책을 북한에서 실시하였다. 그 당시 소련 군정은 나를 통하여 문예총 활동에 대한 모든 상황을 알게 되었다. 북한의 모든 문화·교육·언론 체계는 소련 체계의 반복이었으며 철저한 소련화의 계속이었다.

나는 그 당시 이에 대하여 정상이라고 생각하였으며 당연한 것으로 받아들였다. 나는 조선 해방전투에 참전하면서 이른바 신민주주의의 햇빛 아래에서 조선이 광복 뒤에 좀 달라질 것을 크게 기대하기도 했다. 물론 나는 소련의 체제를 너무나 잘 알고 있었기 때문에 그 체제의 반복이 조선의 미래 발전에 좋은 기여가 되지 않을 것이라는 것을 희미하게나마 느끼고 있었다. 때문에 이런 체제의 반복을 나는 진심으로 원치 않았다. 그러나 나는 너무나 무능력하였다. 이런 사태를 달리할 수 있는 힘도, 저력도, 용감성도 나에게는 없었다.

안막 선생은 나와 담화를 끝내고 점심식사를 자기 집에 가서 하자고 청하였다. 아마 사전 연락이 있었던 모양이다. 물론 담화 중에 안막 선생의 부인이 최승희 씨라는 것을 알았다. 최승희 씨가 한반도 예술의 하늘에서 거성巨星으로 되어 있다는 것은 조선에 와서야 알게 되었다. 철의 장막 속 소련에서는 최승희의 존재를 알 수가 없었다.

최승희의 예술세계

원산에서부터 최승희崔承喜의 예술에 대하여 많은 이야기들을 들은 바 있다. 그 가운데 전설적인 이야기도 적지 않았다. 그래서 나는 최승희 씨를 무척 보고 싶었다. 그 기회가 지금 닥쳐 온 것이라고 나는 기쁘게 생각하였다.

노동당과 정부는 최승희 씨에게 무용예술을 발전시킬 수 있는 모든 조건을 조성해 주었다. 대동강변에 자리 잡은 아주 아름다운 3층 청사에 '최승희무용연구소'라는 커다란 간판이 붙어 있었다. 그리고 청사 안에 최승희 씨의 모든 일가, 안막 선생의 일가들이 함께 살고 있었다.

최승희 씨의 오빠인 작가 최승일 씨와 함께 그의 딸 최 로사, 최 마샤, 둘째 오빠인 최승호 씨의 가족이 함께 살았다. 안막 선생의 아우인 안재승 씨는 김백봉 씨의 남편으로서 최승호 씨와 함께 무용연구소의 모든 경리, 의상, 무대장치의 설계, 제작 등을 담당하고 열심히 노력했으며 최승일 씨와 안막 선생은 최승희 씨의 모든 예술 선전, 광고, 프로그램 및 시나리오 작성을 담당했다. 최승일 씨의 딸 최 로사는 김일성대학 노문학부에서 나의 제자로서 공부를 착실히 하여 졸업한 뒤 시인으로, 가요 작사자로서 유명하였다. 그의 작사로 된 노래, 〈샘물터〉에서는 지금도 기꺼이 부르는 노래로 되어있다.

이렇게 최승희 씨는 전쟁 전까지는 당과 정부의 깊은 배려와 지원 아래서 북한의 어려운 경제 상황에서도 넉넉히 생활을 해 나갔으며 자유롭게 활동했다. 특히 김일성의 성원과 신임을 받으면서 최승희 씨는 진실로 조선 무용예술의 발전·보급을 위하여 최선을 다했다고 나는 확신 있게 말할 수 있다.

내가 청사에 들었을 때 나를 맞이한 여인이 바로 내가 신문지 상에서 자주 보던 최승희 씨였다. 최승희 씨를 처음 보면서 악수할 때 받은 인상은 나의 상상을 초월했다. "너 같은 존재를 아직 하늘이 창조한 바 없다"고 한 위대한 페르시아 시인 오마르 하이얌Omar Haiyam의 시행詩行이 나의 머릿속에서 읊어지는 듯싶었다. 진실로 절세의 미인이었다. 실로 최승희 씨의 곁에 서 있는 안막 씨는 좀 그늘져 보였다.

그의 면모는 조선 여성이 가져야 할 이상적인 특색, 선, 미를 담은 미모였다. 최승희 씨는 완벽한 미인으로서 그의 얼굴, 손, 육체, 체격 그 모든 것이 벌써 예술이었다. 그는 어디까지나, 언제나 조선 여자였으며 그 자신이 한반도의 미모로 된다고 나는 자신 있게 말할 수 있다. 이런 예술가, 미인과의 상봉, 또는 그에 대한 회상은 어느 때나 깨끗하고 아름답다. 이런 회상 속에서 나의 삶은 영원한 듯……, 이따금 나의 늙어가는 심정은 위안이라도 받는 듯싶다.

이렇게 최승희의 견줄 바 없는 예술세계가 나의 앞에 열리기 시작하였다. 최승희 씨는 조선에 와서 처음 만난 조선 무용예술가였다. 나는 그때까지 조선 무용예술에 대하여는 그 어떤 개념조차 갖고 있지 못했다.

조선 문학에 대한 일정한 개념은 갖고 있었다. 1930년대 초에 처음 춘원 이광수의 소설 《무정》을 읽었다. 그 뒤 그의 소설 《흙》·《혁명가의 안해》, 최남선의 《천리춘색》, 김동인의 《석가여래》·《광염 소나타》, 그리고 파인 김동환, 김소월, 이상화와 같은 시인들의 시편들을 읽었다. 그 가운데서도 김동환의 장편서사시 〈국경의 밤〉이 나에게 커다란 감동을 주었다. 하루는 우연히 친구의 집에서 작가가 누구인지도 모르는 소설 《장한몽》을 가져다 읽었는데, 지금도 심순애와 이수일의 지극하고도 불행한 사랑을 잊을 수 없다.

얼마 뒤 최승희 씨의 공연을 볼 수 있는 기회가 닥쳐왔다. 1947년 11월 7일 평양 예술극장에서 소련 시월혁명 30주년 경축공연이 성대히 치러졌다. 그날 프로그램의 중심은 최승희무용연구소 무용단의 출연이었다. 공연에는 김일성을 비롯하여 당, 정부 요인들이 관람석에 자리를 차지하고 있었다. 경축공연은 반드시 〈스탈린 찬가〉, 〈모택동 찬가〉, 〈동방홍〉東方紅, 〈김일성 장군의 노래〉로써 개막하는 것이 통례로 되었댔다.

경축공연에서 가수 유은경의 콜로라투라13) 양식으로 부른 노래 〈꾀꼬리〉(알랴비에프14) 작사·작곡)가 청중의 오랜 박수를 불러 일으켰다. 유은경 씨는 그 뒤 '꾀꼬리'라고 불리며 북한 청중이 사랑하는 가수로 유명하게 되었다. 그리고 이름들은 지금 기억나지 않으나 김점순 가수 외 3명의 4중창이 예술극장의 자랑으로도 되었다.

최승희무용연구소 무용단의 공연은 나와 관중에게 무한한 만족을 주었다. 우렁찬 박수갈채는 그칠 줄 몰랐다. 한마디로 환희, 환희 또 환희였다. 최승희의 장구춤 독무 〈석굴암의 보살〉은 최승희 무용예술의 최고 표현이라고도 할 수 있게끔 너무 좋았다. 한반도 백성은 너무나 길고도 어려운 역사의 길을 걸어왔고, 지금도 어렵게 살고 있다. 이와 같이 어려운, 심지어는 고통스러운 생

---

13) 콜로라투라coloratura는 18~19세기 오페라의 아리아 등에 즐겨 쓰인 선율 또는 그 양식을 말한다. 모차르트의 《마적》 가운데 〈밤의 여왕의 아리아〉는 콜로라투라의 전형적인 예이다.

14) 알랴비에프Alexander Alexandrovich Alyabiev(1787~1851)는 러시아 가곡을 동시대 독일 가곡 수준의 예술적 경지로 끌어올린 작곡가라는 평가를 받고 있다.

다양한 표정으로 연기를 하는 최승희. ■□□ 보살춤. □■□ 옥적玉笛의 곡曲, □□■ 광상곡. 사진 : 정수웅, 《최승희》, 눈빛, 2004 ; 박용구, 《20세기 예술의 세계》, 지식산업사, 2001.

활 속에서도 낙천성이 농후한 이처럼 아름다운 장구춤을 창조했다는 사실은 정말 기적이다. 최승희가 자인하는 바와 같이 장구춤은 백성이 창작한 세기적인 무용이다.

나는 황해도에서 봉산탈춤도 보았다. 우등불빛을 받아가면서 쾌활하고도 기세 높게 춤추는 백성들을 보았을 때 나는 인민, 백성에 대한 높은 긍지를 느꼈다. 최승희도 역시 이런 백성들의 무용에서 장구춤을 창작했을 것이다. 물론 옛날부터 백성들은 장구춤을 추었을 것이다. 많은 장구춤들 속에서 무용가 최승희는 무대에 올려놓을 수 있는 유일한 자기의 장구춤을 창작해 냈다. 그 뒤 안 일이지만 최승희는 이 장구춤을 20년 동안 추고 있었다. 그러나 출연 전 반드시 또 연습하군 했다.

진실로 막노동과 비슷한 진지하고도 꾸준한 노력 속에서 최승희의 무용들이 탄생되었다는 것을 나는 직접 최승희의 연습에서 목격하였다. 나는 누구보다도 최승희 무용연구소를 자주 찾아서 그의 땀내 나는 노력을 목격하였다. 결국은 노력이 위대한 미를 창조하는 것이다.

창작적 노력에 대한 최승희 씨의 명언들이 있다.

"예술은 우선 꾸준한 노력이다."
"예술가는 자기의 생애를 몽땅 예술에 바쳐야 한다."
"너의 생활은 예술 없이 세상에 존재할 수 없다."
"예술로 자기의 생활을 시작했으면 그 정열의 불 속에서 타버릴 각오를 다져야 한다."
"생활은 다형 다채롭다. 이런 생활을 예술가는 예술화해야 한다."
"예술은 어디까지나 매력이 있어야 한다. 싫증나는 것은 예술이 아니다."

물론 문학·예술에 조예 있는 사람은 이 모든 것이 처음 듣는 새로운 진리는 아니겠지만, 최승희 씨가 이런 명언들을 학생들에게 말할 때에는 이 명언들이 나에게는 그 어떤 독특한 뜻을 품은 듯이 들렸다. 이 모든 예술에 대한 최승희 씨의 표현들은 죄다 그의 꾸준한 노력에서, 체험에서 이루어진 것이라고 생각할 때, 심지어는 최승희 씨의 미모까지도 그처럼 진지하고도 무서운 노력에서 탄생된 것이 아닌가 하고도 생각되었다. 이것이 아마 진실일 것이다.

무용 〈석굴암의 보살〉—— 나뿐 아니라 평양에서 이 무용을 본 외국 작가·예술인들도 환희와 감탄을 억제할 수가 없었다. 〈석굴암의 보살〉은 '무용시'舞踊詩라고 할 수 있는 최승희 창작의 최고 걸작 가운데 하나로 되어 있다.

　그 뒤 최승희와의 담화에서 무용의 창작 동기, 원형이 무엇인가 알고 싶어 물어 본 적이 있다. 최승희 씨가 처음 경주 석굴암을 찾아가 보살을 봤을 때 그의 환희는 가없었다. 석굴암의 보살은 헤아릴 수 없이 많은 생각을 자아냈다. '이것을 보고, 이처럼 장엄한 기적을 보면서 시·소설·무용·노래가 탄생하지 않을 수 없다. 우리나라 천재들이 수천 년 전에 기적과 같은 걸작을 창조했다는 것을 생각할 때, 이 기적을 무용화하여 만백성에게 보여줄 수 있다면…….' 그는 밤잠을 이루지 못하면서, 어떻게 보살의 존엄과 그 사색의 깊이, 그 현명성, 내부 세계의 웅대한 미를 무용으로 보일 수 있을 것인가를 생각했다고 이야기했다.

　그뿐인가! 최승희 씨는 무용 창작을 위하여 《불교성전》佛敎聖典을 찾아 읽어보기도 했다. 그러나 무용가가 《불교성전》의 어느 쪽을 읽었는지 나는 물어본 적이 없다. 최승희 씨에 대한 회고록을 쓰면서 나는 캐나다 토론토의 어느 보살이 나에게 선물한 《불교성전》을 열어 어느 편, 어떤 시편들이 무용 〈석굴암의 보살〉의 원형으로 되었는가를 찾아보았다. 혹시 《불교성전》의 다음 시 구절들이 무용의 내용으로 되지 않았는지…….

넉넉함을 알고, 법을 듣고, 진실을 보는 자
홀로 사는 것은 즐겁다.
세상 사람들을 미워하지 않고
모든 생명에 자제하는 마음을 갖는 것은 즐겁다.
세간에 대한 탐욕을 떠나
모든 욕망을 초월하는 것은 즐겁다.
나라고 하는 만심慢心을 이겨내는 것은
참으로 최고의 즐거움이다.

최승희 씨는 이런 시구절의 깊은 뜻을 무용에 담았을 수도 있다. 그렇지 않으면 다음의 시를 읽었을 수도 있지 않을까?

색色과 성聲과 향香과 미味와 촉觸이란 것은
마음을 즐겁게 하는 것이지만
그것들을 나는 떠나 버렸네.
악마여, 너는 패한 것이다.

이 무용에서 최승희는 반나체로 붉은 색과 검은 색의 의상을 하고 무대에 나섰다. 새카만 밤 같은 세상, 그 속에서 하늘의 빛을 받아 신처럼 나타났다. 진실로 엄숙하고 존엄을 떨치는 보살, 슬프고도 현명한 시선으로 어지러운 세상을 살펴보면서 사라지는 보살! 진실로 무용 〈석굴암의 보살〉은 준엄한 내막의 무용 서사시였다.

최승희 씨는 나와의 담화에서 세계의 위대한 무용가들의 예술을 많이 보기도 했고 연구도 했다고 말하면서 안나 파블로바, 이사도라 덩컨의 현대무용, 인도·페르시아·미국인디안 등 민족무용에도 많은 관심을 가졌댔다고 자주 이야기했다.

——— · ———

안기옥安基玉 선생.15) 가야금 병창의 위대한 창조자 안기옥 선생은 최승희무용연구소에서 최승희의 무용을 반주하고 있었다. 안

---

15) 안기옥(1894~1974)은 가야금 산조의 창시자 김창조金昌祖의 직계 제자이자 정남희의 스승이다. 월북 뒤에 문화선전성 민족예술국장, 국립예술학교 교장 등을 지냈으며, 1956년에 인민배우 칭호를 받았다. 1961년 숙청되었으나 1964년 복귀하여 민족음악의 권위자로 활동하다 1970년 은퇴하였다.

■□□가야금 명인 정남희. □■□1960년대 실황연주 음반 〈정남희의 예술세계〉의 표지.
□□■가야금 명인 안기옥. 사진 : 신나라뮤직.

기옥 선생님은 너무나 겸손하셨다. 선생이 직접 무대에 나타나는 때를 나는 본 적이 없었다. 선생은 최승희의 무용예술에만 너무나 충실하셨댔다. 안기옥 선생은 최승희를 받들고 그에 충실한 것을 자기의 도리로, 또 자기의 임무로 생각하면서 긍지로 여겼댔다.

가야금 예술에서 한반도의 또 다른 대가로 되는 분이 북한에 계셨다. 정남희丁南希 선생님이 곧 그런 분이였다. 그분은 평양 고전예술극장에서 일하시면서 자주 무대에 나타나군 했다. 나와 함께 1955년 8월에 소련 일대를 돌아다니면서 정남희 선생님은 자기 예술의 높이를 유감없이 시위하였다. 나는 정남희 선생을 무척 존경했다. 모스크바 대음악실에서 공연한 뒤 소련의 위대한 작곡가 하차투리안16) 선생이 무대에 친히 올라와서 정남희 선생을 껴안고, "당신은 가야금의 대명수입니다!"라고 높이 칭찬하셨다.

---

16) 하차투리안Aram Iliich Khachaturyan(1903~1978)은 프로코피예프, 쇼스타코비치와 함께 옛 소련을 대표하는 작곡가이다. 김순남이 모스크바 차이코프스키음악원에서 유학할 때 지도교수가 하차투리안이었다.

전쟁 전까지 최승희 씨는 북한에서 김일성의 신임과 지원을 받으면서 비교적 자유롭게 활동을 했으며 신진 무용가들의 교육·교양에 최선을 다하였다. 1948부터 1949년 사이에 최승희는 자기 무용단과 함께 소련과 동유럽 공산권 나라들인 폴란드·체코·루마니아·헝가리·동독 등에서 광범한 공연 활동을 하면서 이 나라들의 민속무용을 연구하고 자기가 손수 안무하여, 귀국해서는 북한의 무대들에서 이 나라들의 민속무용 세계를 화려하게 보여주었다. 이리하여 조선 관객들은 처음으로 이 나라들의 아름답고도 박력 있는 민속무용을 볼 수 있었다.

동유럽 공산권 나라들에서 순회공연을 마치고 귀국한 뒤 최승희 씨는 누구보다도 먼저 나에게 전화하였다.

"정 선생님, 안녕하셨습니까? 정말 무척 보고 싶었어요. 오늘 우리 무용연구소에 오실 수 있겠지요?"

너무나 다정하고도 듣고 싶었던 최승희 씨의 목소리였다.

"아이구, 수고 많았습니다. 동유럽 공연이 대성황이란 이야기들을 들었습니다. 지금 동유럽 나라들의 신문과 라디오는 최승희 선생의 예술에 대하여 너무나 높이 칭찬하고 있습니다. 평양 주재 동유럽 나라들의 대사들의 말에 따르면, 이 나라들의 예술사회계는 일찍이 이런 화려한 예술을 본 적이 없다고들 쓰고 있답니다."

실제로 폴란드·체코·루마니아·헝가리·불가리아 대사관들에서 계속 이런 칭찬의 전화가 오군 하였다.

문예총 청사와 최승희무용연구소 청사는 나란히 대동강변에 자리하고 있어서 5분이면 갈 수 있을 정도로 가까웠다. 그래서 나하고 최승희 씨는 자주 만나 예술·문학·정치·생활에 대하여 숨김없이 이야기를 나눌 수 있었다. 동유럽 나라들에서 순회공연이 끝나고 귀국한 뒤에 나하고 안막 선생이 있는 좌석에서 최승희 씨는 동유럽 여행에서 받은 인상을 자세히 이야기했다.

"내가 미국을 비롯한 22개 나라들에서 공연을 하면서 보여준 것도 많지만 배운 것도 많습니다. 일본 통치 아래서 살다가 서방 나라들에 가보니 진짜 모든 것이 너무나 자유롭고, 사람들이 전부가 실제적이고 실무적이고, 모든 것이 풍족하고, 하여튼 너무나 마음에 들었습니다. 그런데 이런 말이 상부에 미치면 또 서유럽지상주의로 몰릴 수도 있겠는데……, 나는 정 선생님을 믿고 하는 말입니다."

이렇게 말하면서 나의 반응을 기다리는 듯 잠시 이야기를 멈추었다. 물론 나는 굳게 약속하였다. 그렇지 않아도 그 당시는 소련을 비롯한 공산권 나라들에서 사대주의를 반대하는 소란이 극도에 달했을 때였다. 그 소란은 무자비하였다. 최승희 씨는 이야기를 계속하였다.

"동유럽 나라들에는 처음이예요. 우리 북조선에 견주면 너무나 풍족하게 문명하게 살더군요. 특히 그 가운데서도 동부 독일의 생활수준이 비교적 높더군요. 그런데 이런 말을 해도 되는지……. 정 선생님을 믿고 말씀드리지요. 그런데 왜 동유럽 사회주의 나라들의 국민들이 소련을 그처럼 미워해요? 정말 이해가 되지 않던데요. 특히 독일, 헝가리에서 더 심하더군요. 상점들에 들어가서 러시아말을 하면 판매원들이 돌아서서 상대하지도 않던데……. 그런데 우리 조선 사람들을 만나면 너무 친절하고 길가에서도 손을 들어 '최승희! 최승희!' 하면서 높이 소리쳐 환영도 하고……. 하여튼 정말 친절하게 대하더군요.

……

이 나라들의 예술이 참 너무나 높은 수준에 있어요. 민속무용이 퍽이나 나의 마음에 들었어요. 폴란드에서 쇼팽, 헝가리에서 리스트, 독일에서 괴테, 모차르트는 그 나라들의 긍지, 자랑으로 되어 있어요. 나는 저녁에는 공연하고 낮에는 이 나라들의 민속무용단들을 찾아서 민속무용을 배웠어요.”

이렇게 환희롭게 이야기하면서도 그는 나에게도 말할 수 없는 그 무엇을 감추고 있는 것 같은 느낌을 받았다. 물론 지금은 최승희 씨의 그 ‘무엇’을 이해할 수 있을 것 같기도 하다.

예술가의 심정은 예민하고도 직감이 뛰어나다. 최승희 씨는 자기가 보기에는 루마니아가 가장 어렵게 살더라고 말하였다. 특히 촌들에서 사람들이 맨발로 다니고 너무나 남루한 옷차림을 했더라는 것이었다. 특히 맨발 벗은 여자들을 봤을 때 그들이 불쌍하더라는 것이었다. 그래도 최승희무용단을 보고서는 소리쳐 환영하더라고 말하는 그의 얼굴 표정은 우울해 보였다. 그리고 불가리아는 구차하지도 않고 잘 살지도 않지만 소련에는 가장 충실한 나라더라고 말하면서, 그가 가는 곳마다에서 이 충실성을 느꼈다는 것이다.

최승희 씨의 일거일동, 눈, 얼굴 표정 전부가 소리 없이 그 무엇인가를 이야기하는 듯싶었다. 또 그 무엇인가에 생활·정치·예술 등에 대한 그 어떤 비밀이 숨어 있지 않은가! 비밀 속의 여인이 더 매력 있다는 이야기가 최승희와 같은 여인들을 두고 하는 말인가도 싶다.

——— · ———

최승희무용단은 1년에 2회 정도 전국 순회공연을 반드시 진행했다. 이것은 정말 전통이 되어버렸다. 각 도 백성들이 너무나 최승희 무용을 보고 싶어 했다. 최승희의 순회공연을 지방에서는 커다란 명절처럼 맞이하군 했다. 특히 농촌 주민들이 그러했다. 극

1935년 무렵 이시이 바쿠石井漠 무용연구소 시절의 최승희와 남편 안막 그리고 딸 안승자. 사진 : 정수웅, 《최승희》, 눈빛, 2004.

장의 입장권 살 돈이 없어서 자기의 양식, 쌀까지 팔아서라도 최승희의 무용을 보고 싶어 했다는 그때 이야기는 너무나 잘 알려진 사실이다.

최승희 무용을 보려고 온 사람들이 너무 많아서 공식 공연이 끝나면 큰 광장 같은 데다 임시 무대를 설치하고 무료 공연도 자주 하였다. 그의 무용예술보다도 최승희 자신을 보려고 오는 것 같은 느낌도 없지 않았다. 하여튼 최승희 그 자신이 예술이요, 민족의 자랑으로 된 듯싶었다. 이렇게 백성은 그를 사랑하였으며, 또 각자 일생에 꼭 한번 보아야 하는 민족의 보배로 되어 있었다.

최승희 씨는 지방 순회공연을 끝내고는 어느 때나 우울한 감정을 품고 돌아온다고 나에게 말한 적도 있다.

"선생님, 해방된 지도 3년이 지났습니다. 그러나 사람들은 여전히 우울한 표정……. 해방된 기쁜 기분을 어디에서나 볼 수도 느낄 수도 없어요. 왜 그렇지요? 이렇게 말하면 반동이니 무어니 할 텐데, 나는 안막 씨하고도 이런 기분·감정을 나누고 싶지 않아요. 그런데 정 선생님만은 믿고 싶습니다. 소련서 많은 분들이 오셨지만 정 선생님은 좀 별다른 분으로 느껴집니다.

일제시대에 나는 내 무용단과 함께 22개 나라들에서, 자유로운 사람들 속에서 자유로운 분위기에서 자유롭게 창작 사업을 하였습니다. 가는 곳마다에서 자유롭고 쾌활하고 실무적인 사람들 속에서 살며 무대공연을 하였습니다. 그런데 북한에 와서 이런 분위기, 이런 기분, 이런 자유의 실감을 나는 느끼지 못해요.

단 정 선생님만은 같이 별다른 세계에서 살며 자유롭게 심정을 토로할 수 있는 것 같아요. 물론 당과 정부는 나에게 넉넉하게 잘해 주는 셈이지요. 이에 대하여는 불만이 있을 수 없어요. 억압도 제한도 느껴지지 않지만, 설명할 수 없는 그 어떤 무엇이 늘 나의 생활, 나의 활동에 그늘을 지우고 있는 것 같은 기분 속에서 나는 살고 있어요.

선생님, 그 무엇이 나를 괴롭히는 것입니까?"

그러고는 그녀는 나의 두 손을 쥐고 흔드는 것이었다. 진실로 그가 그 어떤 고민 속에 잠겨 있는 것만은 사실인 것 같았다. 나는 그의 그런 고민·기분을 알 수 있을 것 같았다. 북한 주민들은 어려운 생활 속에서 반굶기아 상태에 처하여 있었다. 이와 같은 나라의 분위기·상황이 최승희 씨의 창작에 긍정적인 영향을 줄 수는 없었다.

최승희 씨의 이야기에 따르면 그의 아주 좋은 집들이 동경에도 서울에도 북경에도 있었다. 일제시대에도 그는 무용단과 함께 충족한 생활을 한 것으로 짐작된다. 물론 자기 예술로써 번 재산이라고 나는 의심치 않았다. 1948년에 그는 북경에 있는 자기 집을 팔았다. 이것은 공식적으로 소련 군정의 비호 아래서 한 것이었다. 내 자신이 그 서류의 작성과 수속에 참여했기 때문에 잘 알고 있다.

"남루한 옷을 입고 나의 공연을 보려고 피땀으로 지은 쌀을 팔아 극장표를 산다는 이야기를 들었을 때 나는 정말 울고 싶었습니다. 미국·서유럽 사람들처럼 활기 있게 좋은 옷차림 한 우리 백성들을 정말 보고 싶습니다."

이렇게 말하고 그는 긴 한숨을 내쉬고는 창문을 향하여 먼 하늘을 쳐다보는 것이었다. 이런 순간 예술가로서 최승희는 더 고상해 보였고, 진실한 의미에서 인민예술가라는 것을 깊이 느꼈다. 진실한 작가·예술인은 불행한 인민 속에서 행복할 수 없다. 이들은 백성의 생활·운명을 누구보다도 더 깊게, 더 폭넓게 보고 느끼게 된다. 이런 뜻에서 예술인은 선지자로도 되어야 할 것이다. 그가 바로 백성의 고난·운명을 자기의 고난으로 운명으로 지니고 살았으며, 예술 활동을 한 선지자이기도 했다.

"선생님, 저는 어렵게 사는 백성들을 위하여 쾌활하게 예쁘게 출 수 있는 조선식 대중 사교춤을 만들기로 했습니다. 얼마 뒤 정 선생도 보게 될 거예요."

이렇게 최승희 씨가 어느 땐가 나에게 말한 적이 있었다. 그 뒤 나는 이에 대하여 생각해 본 적도 없고 그저 잊어 버렸댔다.

그 뒤 어느 기념행사였는지는 잘 기억되지 않는데, 공식 기념행사가 끝난 뒤 김일성 광장에 수천 명의 남녀 청년들이 좋은 옷차림을 하고 나와서 내가 처음 보는 진짜 조선식 대중 사교춤을 추는 것이었다. 청년 남녀들 쌍쌍이 좋은 조선음악 반주에 맞추어 조선식 사교춤을 추는 광경이란 너무나 아름답고도 기뻤다. 무용은 아주 간편하면서도 너무나 보기 좋았다.

그 뒤 안 일이지만 최승희 씨는 이처럼 간편하면서도 배우기 쉬운 무용을 만들고 자기의 무용단원들을 직장·기업소들에 파견하여, 단시일 안에 수천 명의 청년 남녀들에게 이 사교춤을 배워주었던 것이다. 진실로 쾌활하게 춤추는 미소 어린 청년 남녀들을 보았을 때, 광장에 모인 사람들은 박수로 반주하는 듯싶었다. 정말 어려운 현실 속에서 조선 향기를 그윽이 담은 민족 대중 사교춤이 만민의 마음속에 이처럼 예쁘고 아름다운 내일을 꿈꿀 수 있게 하리라고 믿고 싶었다. 그 뒤 이 대중 사교춤은 전 북조선 도시·농촌들에 전파되어 기념행사 때마다 명절같이 춤을 꽃피우기도 했다. 그가 사라진 뒤 그처럼 사람들의 마음속에 기쁨과 활기를 심어 주던 대중 사교춤도 사라져 버렸을 것이다.

최승희는 자기의 예술로써 사람들에게 내일에 대한 믿음을 주고자 마지막 순간까지 힘과 지혜를 아끼지 않았다. 지금도 한반도에는 한국식 대중 사교춤이란 개념조차 없지 않은가? 이것은 청년 남녀 쌍쌍이 추는 진짜 한국 사교춤이었다. 한국 무용가들이 생각해 볼 여지가 있다고 나는 생각한다.

최승희는 조선전쟁이 끝난 뒤 1954년에 장편 무용극 〈사도성의 달밤〉을 무대에 올렸다. 사실 조선 무대예술사에서 첫 무용극이었을 수도 있다. 그러나 그 무용극은 관중들의 마음에 들지 않았다. 나는 그 무용극을 본 다음 그에게 이렇게 말한 기억이 있다.

"이 무용극은 무언극이라고 하는 것이 정당할 것입니다. 가장 중요한 것은 그 무용극에서 최승희 씨를, 아니 무용가 최승희를 찾아볼 수가 없었다는 겁니다."

이렇게 그의 무용극을 평가했을 때 그가 대로(大怒)하여 그 뒤 나와 인사도 하지 않았던 것을 나는 잊지 않았다. 그 무용극에서 최승희가 주역을 했음에도 불구하고 그의 고상한 예술은 찾아볼 수가 없었다. 예술평론가들의 평가도 그러했다. 이 무용극은 최승희의 생애에서 첫 실패였으며, 첫 교훈이기도 했다. 최승희는 어디까지나 무용가였으며 그러기에 무용예술 속에 그의 운명이 있었다고 나는 생각한다. 무용극은 최승희가 해야 할 예술이 아니었다고 나는 지금도 자신 있게 말할 수 있다.

김백봉과 안성희

　김백봉 씨는 지금 서울에서 무용단을 운영하면서 크게 성공한 것으로 나는 알고 있다. 1990년 6월 서울에 갔을 때 내가 처음 찾은 분이 김백봉 씨였다. 서울에서 언론계 인사들과 담화하면서 김백봉 씨가 한국뿐 아니라 전 세계적 범위에서 널리 알려져 있으며 어느 때나 어디에서나 그의 무용단이 대단한 인기를 자아내고 있다는 것을 알았을 때 나는 무한히 기뻤다.

　1990년 10월! 40년 만에 김백봉 씨를 만났을 때 나의 기쁨과 환희는 가없었다. 40년 전에 보던 아름답고 너무나 조선적인 미인 김백봉 씨가 그대로 나의 앞에 서 있었댔다. 바로 그날 나의 요청에 따라 초청된 구상 선생님과 김백봉 씨와 함께 MBC TV와 인터뷰하면서 나는 진짜 행복 비슷한 감을 느꼈다.

　1945년 원산에서 처음 만났던 미남 구상 선생과 김백봉 씨가 그 당시 나에게는 전체 서울이었다. 구상 선생님은 나에게 자기의 저서 《시와 삶의 노트》를 선사하였다. 바로 그 책에 시집 《응향》 필화 사건에 대한 회고가 담겼으며, 간단하나마 나에 대하여서도 이야기가 되었댔다. 귀국하여 카자흐스탄 알마티 시에서 발간되는 조선말 신문 《고려일보》에 구상 선생님과 김백봉 씨에 대한 글을 게재하기도 했다.

　나는 김백봉 씨의 창작적 운명에 대하여 생각하게 되었다. 만일 김백봉 씨가 북한에서 최승희무용단의 일원으로 계속 있었더라면 그의 운명은 어떻게 되었을 것인가? 이런 내 질문의 확답을 기

억 속에서 찾았으니 결론은
하나였다. 김백봉 씨의 월
남은 그의 무용예술 재능을
구원했으며, 그 전체가 재
생되었다. 이렇게 한국은
김백봉 씨에게 구세주로 되
기도 했다. 한반도의 불행
한 전쟁의 불속에서 김백봉
씨는 불사조인 양 재생한
것이라는 생각이 들자 나는
무한히 기뻤다.

나는 평양에서 최승희무
용연구소를 자주 찾아다니
면서 연구소 안 분위기를

김백봉·안재승 부부와 안막(가장 왼쪽). 사
진 : 정수웅, 《최승희》, 눈빛, 2004.

어느 정도 감촉할 수 있었다. 무용소 안에는 그 어떤 숨은 마찰의
분위기가 떠돌고 있는 것 같았다. 무용소에는 최승희의 영리하고
귀여운 딸 안성희가 엄마의 슬하에서 무용을 배우고 있었다. 얼마
안 되어 안성희는 무용단의 일원으로서 무대에 오르게 되었으며,
소련·동유럽 나라들의 순회공연에도 함께 다니면서 좋은 전망
을 보여주기도 했다. 최승희는 안성희에게 많은 기대를 걸기도 했
다. 어쩌면 최승희는 안성희를 자기의 후계자로 이미 생각했을 수
도 있었다고 나는 생각한다. 이럴수록 김백봉에 대한 관심이 줄어
들게 마련이었다.

나는 그 당시 북조선 문학예술총동맹 부위원장으로서 김백봉
씨의 재능을 믿었으며, 그의 내일을 굳게 믿었다. 그러나 최승희
무용연구소에서 김백봉 씨가 발전할 수 있는 전망은 너무나 희미

하였다. 최승희는 위대한 무용가로서 또한 교육자이며 교양자로서 안성희의 예술적 기능과 김백봉의 예술적 기능의 차이를 파악하고 두 천재를 똑같이 키우는 방향으로 나가야 했다. 그러나 그렇게 못했다.

그 당시 김백봉 씨는 이미 당당한 무용가였으나 안성희는 아직 학생 정도였다. 그리고 또 김백봉 씨는 서정적 무용가였으며 안성희는 엄마와 마찬가지로 드라마틱한 무용가로 커가고 있었다. 물론 그 뒤, 특히 전쟁 뒤에 안성희는 재능 있는 무용가로 되어 자기 어머니의 기대에 어그러지지 않았다. 모스크바로 유학 가서는 무용학교에서 유명한 교수들의 지도 아래서 공부도 착실히 하였댔다.

1955년 8월 '조선 해방 10주년 경축공연' 때 나와 함께 모스크바, 레닌그라드(지금의 상트페테르부르크), 타슈켄트, 알마아타(지금의 알마티), 노보시비르스크 같은 소련의 도시들을 돌아다니면서 안성희는 자기의 성숙한 무용예술을 훌륭히 보여주었다. 18명으로 구성된 예술단에서 안성희가 중심 배우로 되였댔다. 그와 함께 경축 순회공연을 다닐 때는 안성희가 진실로 최승희의 추계자로 될 수도 있을 것이라는 믿음도 없지 않았다.

55년 전 사실이라 똑똑히는 기억되지 않으나, 김백봉 씨가 나와의 담화에서 자기 무용단을 가졌으면 어떻겠는가 하고 제의한 적이 있다. 그때 김백봉 씨의 우울한 표정과 그의 너무나 큰 기대의 시선을 나는 지금 기억하고 있다. 그래서 김백봉 씨와 함께 새 무용연구소 청사를 얻으려고 다녔던 일도 생각난다.

그때 나는 소련 군정 문화교육부에도 찾아가서 이 문제를 토의해 봤고 당 중앙위원회에도 찾아가 논의한 바 있다. 소련 군정 문화교육부에서는 대찬성이었다. 군정 고위급 장교들은 김백봉 씨

를 무대에서 자주 봤기에 그의
예술을 잘 알고 있었다. 김백봉
씨는 반드시 독립하여 자기 무
용단을 가져야 했다. 그러나 당
중앙위원회에서는 절대 반대였
다. 그 가운데서도 당의 제2인
자였던 허가이가 말도 못하게
하였다.

"최승희의 무용연구소가 있
는 한 다른 무용소가 있을 필요
가 없습니다. 그리고 최승희와
김백봉 사이의 그 어떤 마찰도
완화해야 할 정 동무가 그렇게
하면 되겠습니까?"

이렇게 오히려 나를 책망하
는 것이었다.

집시춤을 추는 안성희. 사진 : 정수웅,
《최승희》, 눈빛, 2004.

나는 이런 이야기를 최승희와도 김백봉과도 한 적이 없다. 지금
회고록을 쓰면서 그 청춘 시절을 회상하게 된 것이다.

김백봉 씨가 북한에 최승희와 함께 있었더라면 함께 숙청되었
을 것이다. 이에 대하여는 의심할 바조차 없다. 어느 정치수용소
에서인가 누구도 모르게 최승희, 안성희와 함께 사라져 버렸을 것
이다. 이렇게 생각할 때, 진실로 김백봉 씨는 하늘이 도와서 지금
까지도 한국에서 화려한 예술 활동을 하고 있음을 기쁘게 생각한
다. 최승희와 그의 딸 안성희는 북한에서 학살당하고 말았다. 이
들에 대해 생각할 때마다 김백봉 씨의 운명은 기적과도 같이 생
각된다.

　김백봉 씨는 위대한 최승희의 제자다. 김백봉 씨는 이것을 긍지롭게 생각하면서 그의 위대한 예술을 계승, 발전시켰으며 또 계속 그렇게 하고 있다는 것을 자랑스럽게 생각할 것이라고 나는 믿는다. 그런데 나는 한국을 자주 찾으면서도 유감스럽게도 김백봉무용단의 공연을 한 번도 본 적이 없다. 꼭 보고 싶다.

　김백봉 씨와 함께 월남한 무용가들도 적지 않았는데 너무나 보고 싶다. 그 당시 최승희무용연구소 학생들도 전부 미인들이었다. 나는 그들을 무한히 귀여워했다. 지금 그들의 운명은 어찌 되었는지? 너무나 궁금하다. 그들을 한번 만나 함께 한자리에 앉아 대동강에 비쳐 흐르던 우리의 청춘을 추억할 때가 올는지……

———　◆　———

　한 가지 잊지 못할 추억을 더듬고 싶다. 1947년 8월 추석날을 나는 잊을 수가 없다. 너무나 화려하고 감격적인 날이었다. 이날 최승희 씨와 안막 선생은 문예총 간부들과 평양시의 유명한 작가, 시인들과 예술인들을 초대하여 무용연구소 대강당에 정말 성대한 추석놀이를 마련했댔다. 이날 추석놀이에는 이기영, 한설야, 안함광, 김사량, 이면상, 최명익, 송영, 박세영, 민병균, 김조규 등과 무용연구소 무용단 일동 백여 명이 참석하였는데, 너무나 즐겁고 흥겨웠다.

　2층 대강당에서 보이는 달빛으로 빛나는 대동강, 구름 한 점 없는 맑은 하늘, 유달리 크나큰 달, 음악 소리, 무용단원들이 부르는 조용한 노랫소리, 예쁘게 옷차림을 한 처녀들, 나는 일생 이날보다 더 인상 깊은 날을 기억하지 못한다.

　김조규와 민병균의 시 낭송도 너무나 인상적이었다. 그리고 그날 처음 안기옥 선생님의 가야금 산조를 들었다. 가야금 산조를 들는 동안 그 산조 속에 아름다운 우리나라 금수강산이 담겨 흐르는 듯한 느낌도 있었다. 진실로 안기옥 선생은 대가였다.

손님들은 술 기분에 모두들 처녀들을 껴안고 사교춤을 추기도 했지만 진짜 사교춤을 추는 사람은 나 하나뿐이었다. 내가 사교춤 왈츠를 최승희와 출 때 모든 사람들은 구경꾼으로 되어버렸다. 최승희 씨는 이날 주로 나와 사교춤을 추면서 좋은 기분이었다. 나의 기분도 날 것만 같았다.

——— · ———

무용단 가운데서 똑똑히 기억되는 처녀애가 있었다. 그가 바로 이인희 씨였다. 이인희 씨는 너무나 아름답고 상냥한, 정다운 처녀였다. 그녀는 그날 계속 나의 곁을 떠나려 하지 않았다. 이인희 씨는 1948년에 북한을 탈출하여 한국에 갔다는 이야기를 들은 적이 있다. 아름다운 무용가였다. 하지만 그 뒤 그의 운명을 나는 알수 없었다.

1992년 미국 방문 때 로스앤젤레스의 어느 한 좌석에서 이인희 씨를 뜻밖에 만났을 때 나의 기쁨은 가없었다. 44년 만에 만난 셈이었다. 역시 아름다웠다. 우리는 많은 사람들 속에서 서로 뜨겁게 포옹하고 키스까지 하였다. 우리는 그날 저녁 늦게까지 둘이 앉아 먼 지난날들을 회상할 수 있었다. 너무나 우울한, 그러나 아름다운 상봉이었다. 그리고 '세상은 너무나 비좁구나!' 하고 감탄도 했다.

——— · ———

추석놀이는 한밤중까지 계속되었다. 나는 좀 과음해서 청사 1층 어느 한 방에 가서 그만 잠들었다. 최승희 씨가 나를 깨울 때는 퍽이나 밤이 깊었을 무렵이었다. 전등을 켜지 않아도 십오야 달밤이라 방안은 밝았다.

"잘 주무셨어요? 안막 선생님은 안함광 씨와 함께 한설야 선생 댁에 가셨어요. 정 선생님도 찾더군요. …… 아마 한설야 선생 댁에도 좌석이 마련된 모양이더군요."

이렇게 말하고는 최승희 씨는 달빛에 빛나는 대동강을 내다보면서 감탄하는 것이었다.

"이 집에 살면서 세상 이렇게 예쁘고도 큰 달을 처음보네. 정말 팔월 대보름달이네……."

이렇게 나는 최승희 씨와 함께 문학, 예술, 삶의 보람, 인생 여정에 대한 기탄없는 이야기로 밤을 꽃피우면서 8월 추석날 밤을 보냈다.

1957년 10월 북한을 등지고 떠나기 전 저녁에 최승희 씨와 잠간 만나 작별인사를 나눈 뒤 우리는 더 만날 기회가 없었다. 전쟁 뒤 최승희 씨와 나는 평양 창광동의 엘리트 마을에 나란히 살고 있어서 종종 만날 기회가 있었다. 작별은 간단하면서도 어려웠다. 이 작별에서 나는 너무나 풍부하고도 아름다웠던 10년을 잃어버릴 것 같았다. 최승희 씨와 같은 위대한 무용가와 작별하면서 나는 너무나 많은 고귀한 것을 느꼈다. 최승희 씨는 한반도 예술의 최고봉으로 남아 있으면서 한반도 예술의 하늘에서 거성으로 빛날 것이다.

최승희 씨의 최후에 대하여는 북한에서 탈출해 오는 사람들에게서 알게 되었다. 최후는 너무나 비참하였다. 북한에서 지금까지도 계속되고 있는 이른바 자아비판 행사가 치열하던 1960년대, 최승희무용연구소에서도 그런 행사가 있었다. 그 자아비판 소동 때 최승희 씨의 개성에 대한, 사생활에 대한 치명적인 비판·탄압이 있었던 걸로 짐작된다. 이것은 최승희에게 수치였으며 예술계에서 일할 수 있는 기분·분위기까지도 망쳐 버린 것으로 되었다.

"나의 개체 생활은 나의 것이다. 나의 개성을 억압한다거나 나의 개체 생활, 사생활의 내막을 밝힐 권리는 누구에게도 없다."

그때에도 최승희 씨는 떳떳하게 예술인들 앞에서 이렇게 성명했다고 들었다.

이와 같은 사건이 있은 뒤 최승희 씨는 창작적 분위기, 기반을 얻을 수가 없었을 것이다. 바로 이때— 1963년이라고 생각되는데 — 일본 사회당 대표단이 북한을 방문했다고 한다. 그 기회에 최승희 씨는 당 중앙위원회의 허가도 없이 일본 사회당 대표단을 찾아가서 자기의 무용단을 일본에 초청해 달라고 요청했던 모양이다. 물론 그 뒤 최승희 씨와 그의 딸 안성희가 안전기관에 구속됐다고 한다. 그리고 그들은 일본 간첩혐의로 어느 한 재교양소에서 신음하다가 총살되었다는 이야기를 들었다.17)

민족의 보배, 민족의 자랑이 이렇게 무지하게 쓸어져 버렸다. 그러나 이들은 지금도 살아있다. 한반도의 무용예술의 심장 속에서 계속 고동치고 있다.

---

17) 1967년 숙청당한 뒤 행적을 알 수 없었으나 지난 2003년 북한 TV 보도를 통해 1969년 8월 8일 사망했음이 확인되었다. 한편 평양종합예술전문학교에서 최승희에게 무용을 배웠던 무용배우 출신 탈북자 김영순 씨는 다음과 같이 증언하였다. "북한 당국은 최근 최승희의 묘를 애국열사릉으로 이장해 정치적으로 복권시켰지만, 최승희가 죽은 장소는 평남 북창에 있는 정치범 수용소입니다. 남편 안막安漠과 딸 안성희도 강제노동과 영양실조로 처참한 말로를 맞이했지요."(《최승희·신불출, 수용소서 비참한 최후》, 《조선일보》, 2004. 6. 10.)

문학·예술인들의 월북

1945년부터 1948년 사이 소련 군정 아래서 북조선인민위원회의 정책이 북한 주민들의 지지를 받았다. 토지개혁, 남녀평등권 법령, 노동 법령 등 개혁 정책은 우선 북한에서 친일분자들의 철저한 숙청, 모든 국가·사회 생활에서 일제 잔재의 제거를 전제로 하는 조건에서 실천되었던 것이다. 특히 교육제도 개혁에서의 무료 교육, 보건에서의 무료 진료, 노동 법령에 따른 7~8시간 노동제 등과 같은 변혁들은 초시에 주민들의 마음에 들지 않을 수 없었다.

바로 이 당시 1948년 8월에 '남북 제정당·사회단체 대표자 연석회의'가 평양에서 성대히 개최 진행되었는데, 바로 이 회의에 많은 남한 정당·사회단체 지도자들과 함께 김구 선생님과 홍명희 선생님도 오셨댔다.

물론 연석회의는 모스크바의 세밀히 작성된 시나리오에 따라 소집 진행되었댔다. 이렇게 소련의 직접적인 권한 아래서 대외적으로는 평화적 통일을 광범히 선전하였으며 내부적으로는 남침 전쟁 준비를 면밀히 해 나가고 있었다. 평화 공세와 무력 통일, 이것이 북한의 진실한 내속[18]이었다. 남북 연석회의도 역시 평화 공세의 일면으로 조작 진행되었던 것이다.

남북 연석회의에 왔던 인사들은 진실로 친일분자, 일제 요소란 찾아 볼 수 없고 모든 개혁들이 실천되고 있는 것을 몸소 목격하였다. 반면 남한에서는 남한 인사들의 말대로 친일분자들이 공산주의를 반대한다는 간판 아래서 우익 정당들과 함께 마음 놓고

---

18) 속마음, 속내의 북한말.

춤추고 있을 때였다. 물론 남한의 정당·사회단체 인사들이 북한에서 실시되고 있던 모든 개혁들의 진짜 내속을 알 리가 없었다. 이상 개혁들이 북한에서 정치·경제·문화 전면에 걸쳐 오늘의 파멸 지경에 이르게 했다는 사실은 세계가 다 아는 바이다.

나 자신 연석회의 당시 김구 선생님과 홍명희 선생님이 기자들과 담화하시는 것을 목격한 바 있다. 김구 선생님은 남한 백성을 위하여 남한에 가셔야 된다고 하셨고, 홍명희 선생님은 북한의 친절한 대우와 약속에 응하여 남아 있기로 했었다. 그 뒤 홍명희 선생님은 남아 있으면서 부수상까지 되였댔다. 이 소문은 남한의 작가·예술인들을 비롯하여 적지 않은 사회 인사들에게 유혹적인 관심으로 되지 않을 수가 없었다.

공산주의자도 아닌 역대 양반계급의 대표적인 인물, 한때 한반도의 3재才[19] 가운데 한 분인 홍명희 선생님이 월북하여 1948년 9월에 조선민주주의인민공화국 정부 내각 부수상이 되었다는 사실은 많은 문학·예술인들, 사회활동가들이 월북하게 된 커다란 동기로 되지 않을 수 없었다.

바로 이 무렵에 한진섭, 황철, 심영, 김순남, 문예봉과 남편 임선규, 신불출, 최예선, 남궁년 외에 많은 문학인과 예술인들이 월북했다. 평양이 그 당시 한반도의 진짜 문화 중심지로 된 듯한 느낌도 없지 않았다. 이것이 바로 소련의 직접적인 지도 아래서 북한이 실천하였던 이른바 평화 공세의 실질적인 성과, 결실이라고 봐야 할 것이다.

모스크바는 김일성의 충성에 커다란 만족감을 표시하였다. 남북 연석회의를 전후로 하여 이에 참석한 정당·사회단체들이 각

---

19) 3재才는 최남선, 이광수, 홍명희를 가리킨다.

기 앞으로 통일될 나라의 헌법 초안들을 제시하였댔다. 지금 내가 기억하기로는 60~70편의 헌법 초안들을 러시아어로 번역하여 모스크바에 보내야 했다. 이 방대한 사업에 소련에서 나온 모든 조선족 인텔리들이 총동원되었다. 이 사업에는 조기천, 박일, 전동혁, 기석복, 정률(정상진), 김세일, 이봉길, 임하, 송진파, 명월봉 등 30여 명이 참여해 밤낮으로 번역에 몰두했었다.

이상 헌법 초안들의 번역은 모스크바로 하여금 조선에 파견된 조선족 인텔리들의 능력을 평가하게도 했으며, 동시에 그 헌법 초안들의 분석 뒤에 남북 정당·사회단체들의 정치적 입장과 동향 등을 판단할 수 있게끔 하였다. 이 사업이 끝나자 일부 번역자들은 소련으로 송환되었다. 사회·정치적으로 조선에 남아 있을 자격이 없다고 평가되었기 때문이었다.

북한에서는 정부가 수립되기 전 1948년 2월 8일에 공식적으로 창군된 인민군 대열병식이 평양역전 광장에서 성대히 진행되었다. 그 당시 내각 사무국 인민군 군기 및 설비주문부장이었던 김황룡 소장의 증언에 따르면 전쟁 준비는 벌써 1946년 말부터 시작되고 있었다는 것이었다. 북한의 방대히 계속되는 평화 공세로 한국과 세계 인류의 경각성이 마비되었던 것이다.

이와 같은 북한의 평화 공세 분위기 속에서 월북한 문학·예술인들은 북한 문화계의 커다란 힘으로, 빛으로 되었다. 이들은 진실로 사회주의를 믿고, 커다란 희망을 품고 월북하였다.

'인민배우' 문예봉

　문예봉文藝峰[20] 씨가 월북한 것이 1948년 3월이라고 기억된다. 문예총은 문예봉 씨의 월북을 환영하여 인투리스트 레스토랑에서 축하연을 가졌댔다. 그 축하연에는 한설야, 안막, 최승희도 동참하여 문예봉 씨의 월북을 충심으로 환영하였다.

　나는 이규환李圭煥 씨가 감독한 예술영화 〈임자 없는 나룻배〉에서 문예봉 씨의 좋은 연기를 본 기억이 있었다. 이 영화에는 그 당시 조선 인민이 품고 있던 반일 정서가 너무나 훌륭히 반영되었댔다. 이 영화에서 문예봉은 순진하고 깨끗한 조선 처녀의 모습을 너무나 잘 보여주었다. 그리고 또 누가 제작한 영화인지는 기억되지 않지만 영화 〈한강〉을 본 기억도 있다. 그 영화에서는 씨름 잘하고 힘센 남자의 아내가 갖는 작은 행복에 대한 이야기가 흘렀다. 씨름판에서 황소를 끌고 오는 남편을 맞이하는 아내 문예봉의 연기는 너무나 인상적이었다.

　평양에 와서 문예봉 씨는 김일성의 유격활동을 보여주는 영화들에서 좋은 연기를 보여주기도 했다. 문예봉 씨는 배우로서의 인기와 함께 가정주부로서도 어머니로서도 너무나 아름다웠다. 문예봉 씨의 남편 임선규林仙圭 씨는 일제 시대부터 희곡 〈홍도야 우지마라〉[21]로 유명했으며 그러나 북한에서는 퇴폐 문인으로 낙인

---

20) 해방 전에 '3천만의 연인'으로 불리었던 문예봉(1917~1999)은 월북하기 전 남한에서 남조선영화동맹위원(1946)을 지냈고 월북한 이후에 최초의 공훈배우(1952) 칭호를, 뒤에 인민배우(1982) 칭호를 받았다. 범민련 북측본부 중앙위원(1991)으로도 활약했으며, 1999년 3월 26일 사망했다. 문예봉은 북한 최초의 극영화 〈내 고향〉을 비롯하여 〈빨치산 처녀〉, 〈금강산 처녀〉 등에 출연하였다.

21) '홍도야 우지마라'는 뒤에 유랑극단들이 임의로 지은 이름이고, 첫 공연

영화 〈임자 없는 나룻배〉(1932)에서 연기하고 있는 나운규와 문예봉.

찍혔었다. 때문에 북한에 와서는 한 편의 희곡도 쓰지 못하였다. 그에다 또 결핵으로 계속 앓고 있었다.[22] 그래도 문예봉 씨는 그 남편에 충실했으며 자녀들의 교육에 너무나 관심이 컸다.

문예봉 씨는 내 집에도 자주 다니면서 몹시 나와는 가깝게 지내는 편이었다. 나 자신은 문예봉 씨를 무한히 존경했다. 문예봉 씨는 내가 평양에 있을 때까지는 영화예술사에 남겨 놓을 수 있는 형상의 주인공 역을 보여 주지 못하였다. 배우는 적당한 시대와 환경, 가장 중요한 것은 좋은 작품이 있어야 자기의 재능을 보여줄 수 있는 것이다. 그러나 문예봉 씨에게는 그렇게 되지 못한 것이 유감스러울 뿐이다.

문예봉 씨는 북한에서 배우로서 최대 명예인 '인민배우' 칭호를

─────

때 제목은 〈사랑에 속고 돈에 울고〉(1936)였다. 뒤에 나오는 배우 황철은 바로 이 연극에서 철수 역을 맡으면서 대중들로부터 본격적으로 주목받게 되었다.

22) 임선규는 폐결핵이 악화되고 당 방침에 맞는 작품을 써내지 못해 폐인이 되었으며, 결핵 환자 요양소에서 여생을 보내다가 1970년 봄에 사망한 것으로 전해진다.

받았다. 그의 재능이 바로 평가되었다고 봐야 할 것이다. 지금 나의 인상 속에서는 영화 〈임자 없는 나룻배〉에서 문예봉 씨가 창조한 여인의 형상이 뚜렷하게 아름답게 남아있을 뿐이다. 한반도 예술사는 문예봉을 잊지 않을 것이다.

'인민배우' 황철

황철黃澈은 북한에서뿐 아니라 전 한반도에서 최고 인기 배우로 널리 알려졌던 무대예술인이었다. 무대예술에서 황철은 최승희와 동렬에 서 있었던 연극인이었다. 그러기에 1955년에 북한 정부는 최승희와 황철에게 공화국에서 예술인의 최고 명예인 '조선민주주의인민공화국 인민배우' 칭호를 최초로 수여하였다. 물론 두 위대한 배우에게 이처럼 높은 칭호를 수여하는 데는 문예총의 추천이 앞섰던 것이다.

황철은 평양 국립극장 무대에서 다수 연극들의 주역을 수행했는데 절대 다수 관객들은 배우 황철의 연기를 보려고 온다는 것이었다. 연극 광고들에는 반드시 주역 배우들의 이름이 쓰여 있어야 했다. 연극들에서 황철과 배용이 똑같은 역을 번갈아 연기했는데 배용이가 주역을 수행할 때에는 관람실이 절반 비었던 것을 나는 기억하고 있다. 황철이 주역을 하는 연극은 어느 때나 만원이었다.

국립극장 무대에서는 주로 〈춘향전〉, 〈심청전〉이 관객들의 관심을 끌었고, 조선 극작가들인 박영호(〈홍수〉), 남궁만(〈홍경래〉), 한태천(〈백두산〉), 임화(〈항쟁의 노래〉) 등의 작품들이 무대화 되었다. 번역극들로는 대개 소련 극작가들의 작품들이 무대에 올랐다. 크노레의 〈어두움에서의 상봉〉, 시모노프의 〈러시아 사람들〉,

사포로노프의 〈푸른 거리〉, 위르타의 〈어느 한 나라에서〉, 트레뇨프의 〈류보피 야로바야〉(〈그 여자의 일생〉이란 이름으로 공연되었다) 및 기타 연극들에서도 황철은 주역을 맡았댔다.

황철이 무대에 나타나기만 하면 요란한 박수가 울려 나왔다. 특히 황철이 주역을 하는 연극에는 절대 다수 관객들이 여자들이었다. 예쁘게 명절 차림을 한 여자들이 말로 표현할 수 없는 고상한 향기로 극장을 가득 채우군 했다. 이처럼 황철은 여자들의 끊임없는 인기 대상으로도 되었다.

황철은 아름다운 부인과 많은 자녀들을 가진 유부남이었다. 가정생활은 물질적으로 너무나 어려웠다. 배급 생활에다 월급이란 보잘 것 없이 적었다. 그렇다고 불만하거나 크게 근심 걱정하는 것은 보지 못하였다. 어느 때나 쾌활하게 웃고 친절하게 친우들을 대하군 하였다. 황철은 친우들을 좋아했고 그에다 또 애주가였다. 돈은 없고 해서 대개 토요일이면 나를 찾아 오군 했다. 하여튼 그와 만나면 기쁜 시간을 오래 보내기도 했다. 그는 극비밀로 나에게 이런 이야기도 한 적이 있었다.

"정률아, 너한테만 하는 말이지만 일제시대에 사실 나는 넉넉한 생활이라고는 할 수 없겠지만 그렇게 고통스러운 생활을 한 것 같지 않아. 어느 때나 여자들은 있었고 공연 뒤 술상은 꼭 있어야 하는 습관처럼 되였댔다. 그런데 공화국에 와서 깨끗하게 공산당 생활을 하노라니 이따금 없지 못해 옛날 생각이 꿈틀거리는구나! 때로는 싫증도 나고! 너야 날 잡지 않겠지……. 응!"

그러고는 좋은 웃음으로 좌석을 빛내기도 했다.

황철은 나와 술잔을 나누면서 소련에서 나온 조선 사람들에 대한 이야기를 하는 때도 있었다.

"정률아, 너는 소련서 온 사람들 중에서 별다른 사람이야! 우리와도 가까이 놀고, 친절하고……. 대개는 교만하고, 현지인들은 사람 취급도 하지 않고, 저희들 좌석에 는 현지인들을 청하지도 않고……. 어쩐지 마음에 썩 들지 않더라!

임하가 또 너 같은 사람이야. 하 여튼 너하고 임하를 만나면 마음이 열리는 것 같기도 하고……. 이건 나뿐이 아니야. 대개 이곳 문학· 예술인들이 너를 좋아해. 글쎄, 부 상 동지인 너하고 야자 한다고 꾸

황철(1912~1961). 최고인민 회의 대의원을 지낸 그는 죽은 뒤 에 평양의 애국열사릉에 묻혔다.

짖는 사람들도 있기는 하지만 너하고는 달리 할 수 없을 것 같 애!"

이렇게 말하고는 술잔을 들어 나의 술잔과 마주 쳤다. 또,

"야! 너하고는 너무 좋아. 우리 예술계에 너 같은 소련 문인이 있다는 건 정말 다행이야."

이렇게 말하고는 우울한 표정을 하는 때도 있었다. 사실 집 생 활이 너무 어려워 크게 기뻐할 것은 없었다.

나는 그를 무한히 사랑했다. 아름다운 인간, 최고의 배우, 예술 인, 정다운 친구……. 나는 이런 친구가 나에게 있다는 것이 어느 때나 자랑스러웠다.

—— · ——

지금 소련에서 온 조선 사람들에 대한 이야기가 났으니 말이지 만 현지인들과 친목하지 못한 관계는 우리 소련에서 온 조선 사 람들의 잘못이 아니라는 것을 밝히고 싶다. 소련 군정 자체가 그

런 차별 정책을 조선에까지 와서도 실시했던 것이다. 소련 군정은 현지인들과의 친절한 접촉, 친목한 관계를 장려하지 않았다. 형식상 좋은 얼굴로 현지인들을 대하면서도 관계는 극히 공식적이어야 했으며, 친분 관계나 특히 연애 관계는 금지되었다. 소련서 온 조선 사람들은 안전기관의 특허가 없이는 현지 여자와 결혼할 수도 없었다.

소련에서 조선족은 제2급 민족으로 되어버렸다. 조선에 와서 군정은 또한 현지인들을 우리보다 못하게 대했으니 현지인들은 제3급 인간들로 되어버린 셈이었다. 내가 조선에 와서까지 보고 느낀 결과는 비참한 생각을 자아낼 수밖에 없었다.

70년 동안 소련은 인종차별도, 민족차별도 없는 나라로 선전해 왔다. 특히 소련 형성 초기에는 당과 정부 기관들에 이른바 소수민족부라는 부서까지 두면서 소수민족들에 대한 특별대우 정책을 실현한다고 요란스럽게 선전해 왔다. 그러면서 미국의 인종차별 정책, 남아프리카에서의 영국의 식민지 인종차별 정책을 비난 규탄하는 선전을 영화와 모든 대중 보도수단들을 통하여 대대적으로 하는 반면, 소련은 인민들의 친선의 나라고 민족차별은 범죄라는 요란한 선전을 해 왔다.

그러나 내막으로 보면 소련 자체가 세계에서 가장 민족차별이 심한 나라로 돼 버렸다. 조선족, 독일 민족, 칼미키야족, 크림-타타르족, 체첸 민족 들은 자기들의 고향 땅에서 강제이주까지 당하였다. 이상과 같은 민족차별 정책의 결과 1937년에서 1938년 사이에만 2천 8백만 명의 생명이 학살당한 것으로 알려졌다. 소련은 70년 동안 이와 같은 양면 정책을 써 왔다. 나 자신, 아니 우리 조선족 자체가 소련의 양면적인 민족차별 정책에 시달릴 대로 시달린 민족들 가운데 하나였다. 이런 양면 정책을 소련은 조선에서 계속 실시했었다. 이런 실정을 현지인들에게 털어놓고 해명, 설명할 수 없었던 것이 바로 그 당시 우리의 운명이었다.

나 자신은 사업상 필요를 핑계로 마음대로 현지인들과 접촉할 수 있었다. 그러기에 최승희, 이태준, 김순남, 박영호, 김사량, 황철, 한재덕, 문예봉, 전재경, 신고송과 같은 저명 문학·예술인들과 친할 수 있었다.

지금도 특히 강제이주 뒤 소련의 민족차별 정책 아래서 살아온 50여 년 동안의 생활은 악몽과도 같이 회상된다. 지금도 소련이 인종차별, 민족차별 없는 인민들의 친선의 나라라는 환상 속에서 착각해 살고 있는 사람들이 없지 않다고 나는 생각한다. 70년 동안의 요란스러웠던 선전이 일조일석一朝一夕에 사라질 수는 없는 것이다.

황철은 소련에서 온 조선 사람들의 행동·태도의 원인을 알 수가 없었다. 그 원인을 공식적으로 그에게 설명해 줄 수가 도저히 없었기 때문이었다. 그 당시 전체 북한 주민들 자체가 우리들의 태도를 이해할 수가 없었을 것이다.

—— · ——

1950년 6월 25일 북한의 불의의 공격으로 시작된 3년 동안의 전쟁은 전 민족의 비극이 되었다. 이 전쟁도 또한 세계 평화의 성채城砦라고 요란스럽게 자칭해 온 소련의 사촉唆囑 아래서 일어난 동족상잔이다.

이 전쟁은 또한 배우 황철에게 직접적인 비극으로도 되었다. 전쟁이 일어나자 당과 정부는 모든 문인들과 예술인들을 전선위안대들에 동원했다. 일부는 종군기자로 동원됐으며 무대예술인들은 전선의 부대들을 찾아다니면서 위안공연을 하게 되었다. 바로 이런 위안공연 때 미군 항공기의 폭격에 맞아 황철은 왼팔을 잃었다. 그 뒤 황철은 헝가리에 가서 의수義手를 했다.

"정률아, 이제 무대 생활은 끝장났어."

귀국해서 나와 만났을 때 황철은 이렇게 말하고는 긴 한숨을 내쉬고 말없이 앉아 있는 것이었다.

"의수가 잘 됐다면서 뭘 근심해"

나는 위안 삼아 말하면서도 의심은 남아 있었다. 그러나 황철은 의지력이 강한 사람이었다. 그리고 무한히, 노력을 근면하게 하는 예술가였다. 그래서 나는 그의 내일을 믿었다. 황철은 무대 없이는 살 수 없는 인간이었다. 그는 무대를 위하여 태어난 천재였다.

전쟁이 끝난 뒤 국립극장 무대에서 공연된 첫 연극이 〈이순신 장군〉이었다. 이순신 장군 역을 황철에게 맡겼다. 그 연극의 초연에 김일성과 함께 당·정부 요인들이 전부 관람석 앞줄에 앉아 있었다. 그것이 1953년 9월이라고 생각된다. 무대가 열리자 모든 관객들의 시선이 이순신 장군 역을 수행하는 황철에게 집중되었다. 그러나 연극이 흐르는 사이에 관객들의 의심은 사라지고 없었다. 황철은 그의 잃어진 왼팔에 대하여 까맣게 잊을 정도로 높은 연기를 보여주었다.

연극이 끝나자 관객들은 일제히 일어서서 황철에게 오랫동안 박수를 보내주었다.

"너 이놈아, 정말 장군이야!"

나는 너무나 감동되어 무대에 뛰어 올라 황철을 껴안고 이렇게 소리쳐 그의 재기를 환영하였다. 그 뒤 신문들의 연극평들에는 황철의 의수에 대한 이야기가 있을 수가 없었다.

1954년 새해 첫날 새벽에 전화 신호가 요란했다. 황철의 몹시 불안한 목소리였다. 심지어는 우는 목소리 같았다.

"정률아, 너무나 죄송하게 됐구나! 글쎄 지난밤 동료들과 새해 맞이를 하고 집에 와 쓰러져 자다가 잠을 깨니 의수한 팔이 잃어졌구나. 배우들을 전부 깨워 길가를 헤맸으나 팔은 없구나. 이거 정말 개팔자고나!"

그러더니 목 놓아 우는 것이었다.

"황철아, 염려마라. 내가 당장 헝가리 대사를 찾아서 너를 다시 헝가리에 보내 줄 테니 너무 걱정 마."

이렇게 먼저 위안한 다음, 헝가리 대사에게 전화로 신년 축하를 드리고 나서 황철의 슬픈 사연을 알려주었다. 헝가리 대사는 웃으면서 걱정할 것 없다는 것이었다. 부다페스트 병원에 황철의 의수 모형이 꼭 있을 것이니 한 달 이내로 황철에게 의수를 보내주도록 하겠다고 약속했다. 그리고 진짜 20일 만에 황철은 똑같은 의수를 다시 받아서 계속 무대 생활을 할 수가 있었다.

그 뒤 들려오는 소문에 따르면 황철은 문화선전성 부상으로 임명되어 사업하다가 별세했다는 것이었다. 그게 바로 1960년대라고 생각된다. 그의 자녀들과 부인은 어떻게 되었는지! 몹시 알고 싶다.23) 황철의 목소리가 아직도 나의 심장 속에서 여전히 높게 다정스레 울리는 듯싶다.

---

23) 신상옥·최은희의 수기 《내레 김정일입니다》(행림출판, 1994)에 따르면 황철의 아내인 배우 문정복은 평양 시내 문수거리의 아파트에서 아들과 함께 살고 있었는데, '인민배우'라는 지위에도 샴푸, 비누, 참기름조차 잘 공급받지 못하고, 겨울에 얼음장 같은 방에서 이불을 뒤집어쓰고 있었다고 한다.

작곡가 김순남

　　1948년 10월 어느 날 북조선 민속학연구소에서 민속 구두문학, 민요의 채집·채보 등 모든 민속 문화에 관한 문제를 중심으로 광범한 토의가 있었다. 그 회의에 소련에서 온 사람들로는 나하고 그 당시 김일성대학 부총장으로 있던 박일 선생이 참가하였다. 바로 그 회의에서 김순남金順男 씨를 만나 다정하게 이야기를 나눈 기억이 있다. 그는 언제나 부인을 데리고 다녔다. 아주 이쁘고 얌전해 보이는 부인이었는데 말은 한 마디도 없었다.

　　그 자리에서 김순남 씨의 발언이 있었다.

　　"음악적 리듬은 인류가 발생하는 순간부터 심장의 맥박과 함께 인간의 삶을 움직이면서 인간으로서 그의 정신적, 내적 높이를 키웠으며 또 키우고 있습니다. 여러분들은 집에서 거리에서 자기도 모르는 순간 이름 모를 노래를 듣고 있으며, 또 이름 모를 노래를 무의식적으로 부르기도 합니다. 이처럼 태고로부터 인간은 자기의 어려운 노동 속에서 삶의 리듬에 따라 자기에게 필요한 노래를 창조하기 시작했으며 자기의 생활 경험과 생활 방

김순남(1917~1983)의 모스크바 유학시절. 1952년부터 1953년까지 모스크바음악원에서 하차투리안에게 작곡을 배웠다.

법, 사색, 염원을 담은 구두문학을 창작하기 시작하였습니다. 이른바 옛말, 옛이야기 등이 그렇게 창작되었다고들 민속학자들은 논하고 있습니다."

이렇게 말하는 김순남 씨의 얼굴 표정, 그의 빛나는 눈은 진짜 인상적이었다. 생기발랄하고 발언의 마디마디가 정확하고 눈은 유다른 광채로 빛났다. 그리고 그의 얼굴에서는 미소가 질 줄 몰랐다. 키는 비교적 작은 편이고 체격은 아주 조화로웠다. 예쁜 남자였다. 나는 그 순간부터 김순남 씨를 존경하기 시작했으며 지금도 독특하고 인상적인 그의 개성은 나의 기억 속에서 사라지지 않고 있다.

그 전부터 김순남 씨의 음악 창작에서 독특한 것이 즉흥 피아노 독주라는 이야기를 자주 들었기에 — 뒤에 이야기하겠지만 그 피아노 연주가 숙명적인 것으로도 되어 버린 셈이었다 — 나는 마음속으로 그런 즉흥 피아노 독주를 들을 수 있는 기회를 기다리기도 했다. 그런 기회가 1949년 9, 10월 무렵에 있었다. 아마도 남북 예술인들의 친목회라고 생각되는데, 그 모임의 내막은 똑똑히 기억나지 않는다.

그 모임에는 최승희, 심영, 황철, 유은경, 이완우, 김점순, 문예봉, 김순남, 최예선, 남궁년 등 20~30명가량의 유명 예술인들이 좌석을 메웠다. 모임의 분위기는 너무 좋았다. 이 분위기 속에는 정치적 야심도 남북 차별의 느낌도 그 어떤 시기심도 없고, 순수한 한반도·한민족적인 친목의 따뜻한 감정이 흘렀다.

이날 나의 관심은 김순남 씨의 즉흥 피아노 독주였다. 모두들 김순남 씨의 피아노 독주를 청했을 때였다.

"부위원장 동지, 무엇을 연주해 드릴까요?"

김순남 씨는 웃으면서 나에게 이렇게 말하고는 피아노 테이블에 앉는 것이었다.

나는 얼른 내가 기대하던 즉흥 피아노 독주를 청하였다. 나 자신은 음악을 잘 안다고 할 수는 없는 사람이지만 듣기는 무척 좋아하는 편이다. 즉흥 피아노 독주가 시작되었다. 김순남 씨의 두 눈은 광채에 빛나가도 감기기도 하고, 얼굴로 음악 내용을 이야기하듯이 미소, 분노, 사랑, 증오, 안정, 푸른 하늘, 성난 대해의 파도, 슬픔, 낭만 등 삶의 전체가 그 얼굴과 음악의 흐름에서 보이는 듯싶었다. 나는 여태까지 이처럼 화려한 음악을 들어본 적이 없었다. 우리 모두가 그 즉흥 피아노 독주의 파도 속에 잠겨 버린 듯한 느낌이었다.

그 뒤 여러 좌석에서 그의 독주를 들었다. 쇼팽, 리스트, 라흐마니노프의 피아노곡들도 들었다. 그는 음악대학[24]에서 교수로도 여러 해 일하였다고 생각된다. 1953년 2월에 시작된 남노당 숙청 때 김순남 씨도 숙청 대상으로 되었댔다. 이유는 간단했다.

1948년 9월 조선민주주의인민공화국이 선포되고, 정부 조각의 결과 남로당 당수인 박헌영 씨가 공화국 정부 부수상 겸 외무상으로 임명되었다. 박헌영 부수상 겸 외무상 환영 축하연이 성대히 마련되었는데, 바로 그 축하연에서 김순남 씨가 장엄하고도 아름다운 즉흥 피아노 독주로써 박헌영의 승진을 환영하였다. 피아노 독주가 끝나자 축하연 참가자들은 모두 기립하여 만세 삼창과 박수갈채를 박헌영 동지에게 보냈다. 이와 같은 축하연의 분위기가 즉시 김일성 이하 당·정부 지도부에 보고되었다. 나 자신은 그 당시 중앙당 선동선전부장으로 일하던 박창옥 씨에게서 들었다. 그의 말에 따르면 김일성의 기분이 썩 좋지 않더란 것이었다.

---

24) 김순남은 해주음악전문학교에서 임시 작곡 교수로 있으면서 〈비목〉의 작곡가인 장일남 등을 가르쳤다.

■□김순남은 경성사범학교 재학 중 행사 때마다 피아노 독주를 했다고 한다. □■동경고
등음악학원 재학시절 김순남(오른쪽)은 일본프롤레타리아음악동맹을 이끌었던 하라 다로
原太郎의 지도를 받았다. 사진 : 한상우, 《기억하고 싶은 선구자들》, 지식산업사, 2003.

김순남 씨가 숙청된 두 번째 원인은 그에 대한 북조선 음악가 동맹 위원장인 이면상 씨의 무서운 질투심이었다.

김순남 씨의 명성은 계속 높아만 갔다. 김일성의 절대 신임을 받는 이면상 씨에게 김순남 씨의 날로 높아가는 명성은 불안의 원인으로 되었다. 이면상 씨는 편곡에 능숙치 못하여 교향곡과 같은 장르에는 미숙하다는 소문이 퍼지기 시작하였으며 김순남 씨는 모든 면에서 천재라는 여론이 우세였다. 이면상 씨는 회의마다 김순남 씨를 헐뜯기 시작했으며, 또한 작가 한설야와 손잡고 김순남 씨가 남로당의 종파 분위기를 공화국 예술계에 전파하는 종파 분자, 2류 분자라는 죄명까지 씌우기 시작하였다. 김순남 씨를 아주 파멸시켜 버릴 수 있는 기회를 밤낮으로 기대하던 가운데 1953년 남로당 숙청이 바로 그런 기회로 되었다.

대대적인 남로당 숙청이 시작되었다. 그 결과 박헌영 이하 11명의 남로당 간부들은 미국의 간첩이라는 혐의로 총살되었고, 수백 수천 명의 남로당원들은 숙청되어 버렸다. 북한에서 숙청이라면 감옥, 정치수용소, 재교양소, 창작 금지, 기아, 죽음을 뜻하였다. 이 숙청의 폭풍우 속에서 임화, 김남천과 같은 문학인들은 처형당하였으며 이태준, 김순남과 같은 문학예술인들은 창작 금지를 당하였다.

1955년 정월이라고 기억되는데, 김순남 씨가 문화선전성 부상인 나를 찾아왔었다. 너무나 오래간만이어서 진심으로 기뻤다. 그의 숙청 뒤로 1년 이상 서로 만나지 못하였댔다. 창작 금지를 당한 그를 도와줄 수 없는 나의 무능력이 너무나 안타까웠다.

"부상 동지, 정말 작곡할 권리가 없단 말입니까? 나의 마음 속 창작 열의는 어떻게 해야 합니까?"

김순남 씨는 울음 섞인 어조로 이렇게 말하는 것이었다. 그의 그처럼 광채로 빛나는 두 눈에서는 눈물이 흘러내리었다.

소련에서는 스탈린의 1인 독재 때도 감옥의 수인까지 창작할 권리가 있었으며 발표할 권리까지도 있었다. 나는 이에 대하여 생각하면서 김순남 씨를 위안하듯이 한마디 하였다.

"김순남 동지, 비판은 받아 시정하면 되는 거고 창작은 계속할 수 있으리라 생각합니다."

"부상 동지, 《춘향전》을 오페라로 만들고 싶습니다. 정말 도와주십시오. 자신이 있습니다."

"절대 찬성입니다. 좋은 오페라를 누가 반대하겠습니까?"

나는 진짜 찬성하였으며, 또 믿었다. 김순남 씨는 좋은 작품으로써 백성을 기쁘게 하리라고 나는 굳게 믿었다. 김순남 씨는 즉시 활기를 띠더니 그 전처럼 두 눈에 광채가 빛나고 얼굴에는 좋은 미소가 떠오르기 시작했다.

그 뒤 한 예술인들의 회의석상에서 이면상 씨가 아주 분노한 어조로 출연하면서 나에게 비난과 악설을 퍼부어댔다.

"정 부상 동지는 왜 종파분자이며 퇴폐 작곡가로 당이 인정한 김순남을 껴안고 춤추는지를 이해할 수가 없습니다. 어느 때까지 부상 동지는 남한 퇴폐 문학·예술인들을 비호할 것인지 설명해 주시기를 바랍니다."

이와 같이 한설야와 이면상은 월북 작가·예술인들을 자기들의 출세의 길에서 숙청, 제거해 버렸던 것이다.

1955년 10월에 이른바 소련파 숙청이 시작되었다. 정부 부수상 겸 국가계획위원회 위원장인 박창옥朴昌玉, 당 중앙위원회 조직부장인 박영빈朴永彬, 육군대학 부총장인 기석복奇石福 중장, 문화선전성 제1부상인 정률(필자), 외무성 참사관인 전동혁田東赫 등 5인조가 소련파 숙청의 첫 번째 대상으로 되었다. 그 가운데 나는 월북 퇴폐 문학·예술인들을 비호하면서 종파분자들과 친했다는 죄명으로 숙청되어 문화선전성 제1부상 직에서 철직됐다. 이렇게 김순남 씨를 도와줄 수 있는 모든 가능성을 상실했었다.

한국에서 만난 딸 김세원 씨로부터 김순남 씨는 창작할 수도 없고 생계를 유지할 수 있는 작업도 없이 진짜 기아 상태에서 1965년에 외롭고도 비참한 최후를 마쳤다고 들었다.[25]

———— · ————

1989년 10월에 한국 서울에서 제1회 세계한민족체전이 성대히 있었다. 그 체전에 참가하고자 140명으로 구성된 소련 고려인 대

---

[25] 김순남은 모스크바 유학생활 중이던 1953년에 남로당 숙청작업에 따라 북한으로 귀환당하여 모든 공직을 박탈당하고, 창작활동을 금지당했다. 1960년 무렵 신포기업소에서 노동자생활을 하면서 창작활동을 다시 시작했으나, 1970년 무렵 폐결핵에 걸려 요양하다가 1983년 67세의 나이로 죽었다고 전해진다.

표단이 서울에 오게 되었다. 그게 바로 9월 25일이었다. 그 즉시로 《동아일보》, 《조선일보》 등 신문들과 MBC 방송국 기자들이 우리와 인터뷰를 하게 되었다. 그 인터뷰에서 김순남 씨의 운명에 대한 나의 이야기가 전해졌다.

그 이튿날인 9월 26일 저녁 고상한 인텔리의 모습을 가진 아주 예쁘신 여인이 나와 허웅배(허진) 씨를 찾아 왔다.

"저 김순남 씨의 딸 김세원입니다. 정 선생님께서 MBC TV 방송을 통하여 제 아버지에 대하여 그처럼 다정하게 이야기해 주셔서 너무나 감사합니다. 사실 저는 아버지를 볼 수가 없었습니다. 1948년 가을 제가 태어나고 바로 월북하셨으니까요."

그러고는 눈물을 흘리는 것이었다.

"제 어머님은 저를 혼자서 기르시느라고 무척 고생하셨답니다. 특히, 월북한 사람의 딸이라 어머니는 숨어 다니다시피 하면서 40여 년 동안 저를 키우셨어요.……"

이런 세원 씨의 이야기를 들은 나는 깜짝 놀랐다. 그제야 내가 평양에서 본 부인은 김세원 씨의 어머니가 아닌 것을 알게 되었다. 그리고 김세원 씨의 어머니와 그의 고난사를 자세히 알게 되었다. 세원 씨의 어머니는 40여 년 동안 무서운 고난 속에서 딸을 위하여 자기의 청춘, 일생을 바친 것이었다. 내가 세원 씨의 어머니를 만나 뵈었을 때 그 머리는 온통 희였었다. 진실로 세원 씨의 어머니는 존경과 사랑을 받아야 할 위대한 어머니였다. 나는 그 어머니를 진정 존경하며 늘 생각하고 있다. 이런 어머니들의 지성과 사랑으로 하여 세계는 움직이며, 잔디와 꽃으로 장식되고, 삶은 계속되는 것 같다.

김세원 씨는 지금 EBS 이사장으로 일하면서 한국 사회에서 존경받는 여자가 되었고 그의 남편 강현두 씨는 서울대 명예교수로 있다. 이 모든 것이 어머님의 지성 덕분이며 사랑의 보람이다. 나는 서울에 가게 되면 그 어머님을 찾아 인사하군 한다.

——— • ———

북한의 무대예술은 해방 뒤 월북한 예술인들에 의하여 더욱 다채로워졌고 풍부해졌다고 봐야 할 것이다. 월북한 예술인들의 명단만 들어봐도 이것을 확인하고도 남을 것이다. 최승희, 안기옥, 정남희, 김순남, 황철, 심영, 문예봉, 신불출, 박영신, 최예선, 남궁연, 엄미화, 한진섭……. 그 외에도 내가 이름을 기억 못한 수십 명의 배우·가수·음악가들이 북한의 예술계를 빛내었다.

특히 만담가 신불출은 만담예술에서 그야말로 천재였다. 그를 능가할 다른 만담가는 없었으니까. 그가 무대에 나타나기만 하면 극장은 웃음바다로 변하였다. 그에게는 시나리오도 대본도 없었다. 그는 즉흥 만담가였다.

한번은 신불출이 나를 찾아서 심심 부탁을 하는 것이었다.

"부상 동지, 출판검열부에서 대본, 만담 요지를 반드시 제출하여 허가를 매번 받아야 한다고 계속 못살게 구는데……. 공화국을 반대하는 일언반구도 없을 것이니……. 정말 부탁합니다."

즉흥 만담가였기 때문에 광고에는 어느 때나 '○○년 ○월 ○일, 출연 장소 ○○○, 신불출'이라고 쓰여 있을 뿐 다른 내용 소개는 없었다. 그 뒤 대본, 출연 곡목 제출 없이 출연할 수 있게끔 당 중앙위원회에서 신불출에게만 허가하였다. 사실 북한에서는 언론, 출판, 연극, 라디오 방송 등에 대한 세심하고도 엄격한 통제 제도가 실시되고 있었으며, 아마 지금도 변함이 없을 것으로 알고 있다.

최승희, 황철, 신불출 — 이 세 사람이 가장 유명하였으며 관중의 끊임없는 사랑을 받았다. 신불출의 운명은 어떻게 되었는지? 그도 남로당 숙청 때 비판 대상으로 되었던 것을 나는 기억하고 있다.26)

심영, 최예선, 남궁연은 진실로 유능하고도 아름다운 배우들이었다. 나는 이들을 예술인으로 인간으로 무척 사랑하였다. 심영沈影은 아름답고도 재능 있는 배우였다. 그런데 끝내 자기의 재능을 높이 발휘하지 못한 채 사라졌을 것으로 짐작된다.27) 최예선, 남궁연은 국립극장 무대에서 세심하고도 내용 깊은 연기를 보여주었다. 나 자신은 이들의 연기를 구경하고자 극장을 자주 찾아 다녔다. 지금은 이들의 운명이 어떻게 되었는지……. 몹시 보고 싶다. 1957년 10월 북한을 떠난 뒤 나는 북한의 예술을 모르고 있다.

---

26) "월북자와 납북어부 등을 안심시키기 위해 신불출이 자주 동원돼 만담을 공연했어요. 그러다 신불출이 말을 잘못해 요덕수용소에 끌려왔고요. 그도 1976년쯤 요덕수용소 구읍지구에서 영양실조에 걸려 비참하게 죽었습니다." 〈최승희·신불출, 수용소서 비참한 최후〉, 《조선일보》, 2004. 6. 10.

27) 1930년대 후반부터 극단 고협高協을 주재하였으며 황철과 쌍벽을 이루던 인기 배우 심영은 월북 뒤에 영화 〈내 고향〉(1949), 〈향토를 지키는 사람들〉(1952) 등에 비중 있는 조연으로 출연했으며, 조선영화인동맹 위원장과 평양 연극영화대학 교수로 활동했다. 1960년대 말 지방으로 추방되기도 했으나 평양으로 다시 소환되었으며, 1971년 사망한 것으로 확인되었다. 〈월북 문예인 심영·신불출 평가 비교〉, 《연합》, 2003. 2. 13.

4. 북한에서 가까이 지낸 문학가들
― 홍명희, 이태준, 이기영, 김사량, 조기천 ―

나는 지금 홍명희 선생님, 이태준 선생님, 이기영 선생님, 그리고 김사량, 조기천에 대해 전기도 아니고, 창작·분석도 아닌 순전히 인상·회상 비슷한 짤막한 글들을 기억되는 대로 적어 보려는 것이다.

나는 이분들과 십여 년 이상 함께 일하였으며 사업상으로 또는 친면으로 친절하고도 건설적인 분위기 속에서 살아왔으며, 나라에서 진행된 모든 문화 행사들에 함께 참가하면서 논의도 하고 논쟁도 하고 친목한 좌석들에서 술잔과 기쁨도 나누었댔다.

홍명희 선생님과 이기영 선생님은 나의 스승이자 지도자로서 자주 만나 여러 가지 많은 이야기들을 나누었다. 어느 때나 나 자신은 배우는 처지였으며 만남마다가 기쁨이었으며 만남마다에서 그 어떤 고상한 것, 아름다운 것을 얻는 것 같은 느낌을 받았다. 그래서 나는 그분들과 만날 수 있는 기회를 어느 때나 놓치지 않으려고 힘썼다. 위의 두 분은 한반도 문화사에서 잊어서는 안 될 거인들이며, 높은 의미에서 진실로 현인들이며 우리들의 정신적 수령들이었다.

지금에 와서 슬픈 사실은……. 이런 분들에 대하여 글을 쓸 수 있는 천재들은 모두 저승 사람이 되었으며, 또 그들과 함께 일하던 사람들도 거의 다 죽었고, 글을 객관적으로 쓸 수 있는 사람들은 조건과 기회가 주어지지 않았을 것이다. 자유로운 분위기에서 누구의 압력도 통제도 검열도 없는 조건에서 글을 쓸 수 있는 사람은 재주도 재능도 없는 나 하나뿐이라고 생각하니 너무나 슬프다. 그러나 하나만은 담보하고 싶다. 지금 내가 알려주고 싶은 이야기들은 진실이며 객관적이며, 허구가 있을 수 없다. 사실 그대로란 말이다.

특히 홍명희 선생님의 말씀은 말 마디마디가 나에게 새로운 것이었으며 어느 때나 그의 언어 표현은 정확하였으며 깨끗하였다. 그리고 홍명희 선생님은 이야기를 즐겨 하였으며 어느 때나 웃는 표정이었다. 그러나 이기영 선생님은 말씀을 적게 하시는 편이었으며 자신이 먼저 이야기하시는 경우는 극히 적었고, 어느 때나 그 어떤 깊은 생각에 잠긴 듯한 표정이었다.

이처럼 홍명희 선생님과 이기영 선생님은 두 개의 각이한 세계를 품은 천재였다. 그러기에 이처럼 위대한 분들에 대하여 글을 쓴다는 것은 그리 쉽지 않으며, 또 쓰는 글에 대한 책임감도 자못 높다고 생각한다. 나는 이상 두 분을 진정으로 숭배했으며 깊이 존경하였다. 나 자신이 이런 분들을 알게 되었으며 함께 일 할 수 있었으며 자주 만나 담화할 수 있었다는 것은 진실로 하늘이 나에게 준 축복이라고 생각한다.

홍명희 선생님

나는 해방 전부터 이광수, 최남선, 김동인, 김동환, 김소월, 최서해와 같은 작가·시인들과 함께 홍명희洪命熹 선생님에 대하여도 많은 이야기를 들었왔다. 그러나 홍명희 선생님의 작품만은 읽어 보지 못하였다. 소설 《임꺽정》은 러시아 연해주에 들어오지 못한 모양이었다. 그 당시—특히 《동아일보》를 통하여—한반도 문학계에서 홍명희, 최남선, 이광수 세 분이 3재才로 인정받고 있다는 것도 알게 되었다. 이광수李光洙의 《무정》, 《흙》, 최남선崔南善의 〈천리춘색〉 등은 그 당시 러시아 연해주 조선 청년들이 애독하는 작품들로도 되었다.

나는 해방 뒤 원산에 도착하자 조선의 문학 작품들을 질서 없이 되는 대로 사서 읽었다. 그때 심지어는 노자영盧子泳28)의 소설들까지도 모조리 읽었다. 마침내 원산에서 홍명희 선생님의 《임꺽정》을 읽었다. 나는 커다란 기대 속에서 《임꺽정》을 읽으면서 러시아 18세기 농민전쟁을 묘사한 위대한 알렉산데르 푸슈킨의 소설 《대위의 딸》을 연상하기도 했다.

지금도 황천왕동이, 백손이, 백정 양주팔, 교리 이장곤, 이봉학, 백유복 등의 모습을 떠올릴 수 있다. 특히 임꺽정의 영용무쌍한 모습과 위훈을 잊을 수 없다. 나의 기억 속에는 백손이 어머니와 소홍이와 같은 여인들의 아름답고도 고통스러웠던 형상들이 뚜렷이 남아 있다. 소설 《임꺽정》은 한반도 문학의 위대한 작품으로서 한국어 상식이 부족한 나에게는 한국어 공부에도 더할 나위

---

28) 시인이자 수필가인 노자영(1901~1940)은 소녀적 감성의 낭만적인 시와 산문으로 인기가 높았다. 시집으로 《처녀의 화환》(1924), 《내 혼이 불탈 때》(1928), 소설집 《무한애無限愛의 금상金像》이 있다.

없는 교재로도 되였댔다. 한국 문학에서 가장 어휘가 풍부한 작
품으로서 아마 《임꺽정》이 제일 위에 놓여져야 할 것이다.

이처럼 깊고도 잊을 수 없는 인상을 나에게 준 소설의 저자 홍
명희 선생님을 만나 볼 수 있는 기회가 있게 된 것을 나는 진짜
너무나 기쁘게 생각했다. 이런 기회를 놓치지 않겠다고 굳게 결심
했다.

1948년 여름이라고 생각되는데, 마침 평양에서 남북 제정당·
사회단체 대표자 연석회의가 개최되었다. 바로 그 회의 참석차 김
구 선생님과 홍명희 선생님도 서울에서 오셨다는 정보를 신문지
상에서 읽은 바 있었다. 그 두 분이 다 보고 싶던 조선의 거인들
이었다. 우선 홍명희 선생님이 너무 보고 싶었다.

남북 연석회의가 끝난 뒤 기자회견이 있었는데, 그 회견에서 김
구 선생님이 하신 발언은 과연 강렬한 인상을 나에게 주었다. 나
는 조국을 위하여 일생을 바쳐 온 김구 선생님의 모습과 말씀이
너무나 존엄스러웠다. 그 회견에서 홍명희 선생님의 발언도 있었

다. 그의 발언에서 나는 애국 문인의 높은 지성을 엿볼 수 있었으며 나라의 운명에 대한 충성심을 느낄 수 있었다. 회견에서 보았다시피 김구 선생님은 정치가이시며 그의 애국애족 정신의 표현이 감동적이었다. 홍명희 선생님은 어디까지나 애국 문인이었으나 투사의 모습은 아니었다.

1948년 9월 조선민주주의인민공화국 선포와 함께 조각 때 홍명희 선생님이 부수상으로 임명되었댔다. 홍명희 선생님은 부수상직에서 문화선전성·교육성과 모든 사회단체·문화단체와 박물관 등 기관들을 지도 통제하기로 되었다. 그러나 사실상 국가기관과 사회단체들은 전부 예외가 없이 노동당 중앙위원회의 직접적인 통제 아래 있었다. 이런 상황에서 홍명희 선생님의 부수상직은 실지로는 명예 직위에 지나지 않았다. 실권은 없다시피 되였다. 그러나 나만은 홍명희 선생님을 존경하며 받드는 심정에서 모든 사업에 대하여, 모든 문화행사들에 대하여 선생님께 알려드렸으며, 진행되고 있는 문화행사들에 참여하게끔 모시었다.

대개 문화단체·기관의 지도 간부들은 홍명희 부수상실을 지나가곤 하였다. 나는 정부 청사에 가게 되면 모든 일을 마치고 꼭 홍명희 부수상실을 찾아들곤 하였다. 찾아들게 되면 홍명희 선생님은 일어나시어 마주 나오시면서 나의 두 손을 잡아 인사하시고는 착하신 음성으로 말씀하시는 것이었다.

"정 부상 동지, 감사합니다. 나를 찾아 주시는 분은 사실 정 부상 동지뿐입니다."

이러시고는 웃으시면서 이야기를 계속하는 것이었다.

실은 홍명희 선생님과 직접 자주 만나고 접촉할 수 있는 기회는 1952년 12월부터였다. 그때에 벌써 내가 문화선전성 제1부상으로 임명되었다. 어느 때나 문화행사들이 자주 있었다. 각 극장들에서의 초연, 자주 진행되는 각종 미술·사진·서예 및 공예품 전시회들, 문예총 내 8개 동맹의 각종 행사들……. 이 모든 행사들에 홍명희 선생님이 참여하여 격려하는 말씀도 하셔야 했으니 이러저러한 평가·결론·인사의 말씀이 있어야 했다. 이 모든 행사들에 내가 반드시 홍명희 부수상 동지를 모셔야 했으며, 또 이 모든 행사들의 결과와 홍명희 선생님의 발언 내용을 모두 상부에 보고해야 되었다. 이렇게 나는 숙청당하기 전까지 3년 동안 홍명희 선생님을 충심으로 모실 수 있는 영광을 지니기도 했다.

홍명희 선생님의 모든 말씀, 인사예절, 다정함과 그의 고상한 인간성, 정의감, 성실감이 너무나 나의 마음에 들었댔다. 한번은 선생님과 담화하면서 내가 이렇게 말한 적이 있다.

"선생님, 만일 과거 우리 조선 양반들이 전부 선생님처럼 어질고, 성실하시고, 착하시고, 모든 면에서 아름다우시다면 나는 양반계급을 절대 지지하고 존경하겠습니다."

그랬더니 선생님은 활짝 웃으시면서 이렇게 대답하셨다.

"정 부상 동지, 양반들이 전부 그랬더라면 임꺽정이 나타날 수 없었고 또 그런 소설도 나올 리가 없지요. 《임꺽정》을 읽으셨다니……, 그 소설에서 착한 양반들을 얼마나 보셨습니까?"

선생님은 소설 《임꺽정》이 그 당시 봉건 양반계급을 반대하여 쓴 것이라고 자인하셨다. 사실 역대 양반계급의 대표자로서 자기의 지반 계급을 반대하여 붓을 든다는 것이 쉬운 일은 아니었을 것이다.

그런데 내 자신이 소설 《임꺽정》을 읽은 뒤 중국 소설 《수호지》의 내용과 비교해 본 적이 있다. 소설 《수호지》에서 장양의 무리는 부자들을 털어서 빈민들에게 나누어 주곤 했는데, 임꺽정의 무리는 길가에 나서서 되는 대로 족쳐 털어 먹는 인상을 준다고 내가 선생님께 이야기 드린 바 있었다.

"그런 인상을 줄 수도 있지만……. 사실 길가 빈민들에게 무얼 빼앗을 것이 있겠습니까? 그래도 다수 있는 사람들을 털었다고 나는 생각하는데……."

선생님은 나의 질문에 대답하시면서 《임꺽정》을 쓰게 된 동기, 그를 쓰기 위한 사료 수집, 임꺽정의 전적지 답사 등에 대한 이야기를 자세히 해 주셨다.

홍명희 선생님은 근 20여 년에 걸쳐 신문에 연재해 오는 동안 조선 역사에서 4~5백 년 전 사변들을 탐구 연구하셨다. 선생님은 임꺽정의 전적지인 한라산으로부터 백두산에 이르기까지 팔도의 명산을 답사시면서 심지어는 촌과 촌, 산과 산 사이의 거리까지 상세히 계산했다고 이야기하셨다. 답사하면서 산간지 농촌들의 처지를 살펴보면 몹시 가슴 아팠다고 이야기하셨다.

"참 너무나 비참하더군요. 글쎄 1910년대, 1920년대 조선 농민들의 생활이 이처럼 비참하니 4~5백 년 전 임꺽정 시대 농민들의 생활이 얼마나 참혹했을까를 상상하기 어렵지 않았습니다. 나는 정말 전적지를 답사하면서 일제 치하의 우리 백성들 처지를 가슴 아프게 느꼈습니다. 임꺽정 시대의 농민들 앞에는 그런 처지에서 죽느냐 그렇지 않으면 그 지경에 이르게 한 지배계급들과 싸워 이기느냐 하는 문제만이 있었을 거라고 생각합니다. 바로 이런 참혹한 처지가 임꺽정을 낳는다고 생각한 나머지 소설 《임꺽정》을 쓰기로 결심했습니다."

이렇게 말씀하시는 홍명희 선생님의 모습은 너무나 열정적이고 고상하셨다.

나는 그때 이 모든 이야기를 듣기 위하여 3~4일 동안 선생님을 찾아다니면서 들은 모든 것을 전부 써 놓았었다. 그러나 숙청

당시 전부 잃어져 버렸다.

홍명희 선생님은 《임꺽정》의 앞뒤 부분이 초고草稿에 불과하고, 특히 조광조趙光祖의 이야기를 넣지 못했다며 이것을 완성하는 것이 여생의 주요 목표라고 말씀하시기도 했다. 그래서 나는 그 앞뒤 부분의 내용을 이야기해 주실 것을 간절히 빌었댔다.

"정 부상 동지께서 그 이야기를 들을 시간이 있겠습니까? 보아하니 몹시 바삐 돌아다니시는 것 같던데……."

선생님은 오히려 나의 시간 여유에 대하여 걱정하시는 것이었다. 그러면서 3~4일 동안 매일 2~3시간씩이면 소설의 앞뒤 부분을 이야기할 수 있으리라고 약속하셨다. 이것이 바로 1955년 9월이었다고 기억된다. 바로 이때 이른바 소련파 숙청 소란이 요란하게 시작되었다. 바로 이런 소란이 선생님과의 너무나 아름답던 연계, 인연을 끊어버렸다.

그 뒤 들려오는 소식에 따르면 선생님의 손자가 수정을 가한다는 소문도 있기는 했지만 믿을 수는 없었다. 수정은 반드시 선생님께서 손수 가하셔야 하셨다. 선생님의 사후 누구든지 수정할 권리도 없거니와 그런 천재도 없었다.

한번은 내각에 갔다가 예전과 마찬가지로 홍명희 부수상실을 찾아들었댔다. 여느 때나 마찬가지로 선생님은 외롭게 실을 지키고 계셨다. 비서의 말에 따르면 부수상 동지를 찾는 간부들은 거의 없다시피 하다는 것이었다. 내가 부수상실에 들어서자 선생님은 여전히 반가워하셨다. 선생님과 마주 앉게 되면 2시간 정도는 쉽게 흐르게 마련이었다. 그러나 어느 때나 시간은 따분하지 않게 흘렀다. 나 자신이 노상 선생님과 만날 기회를 진심으로 찾았기 때문인지도 모른다. 우리는 만나면 문학에 대한 이야기뿐이었다. 선생님은 러시아 문학을 몹시 좋아하신다고 말씀하셨다.

"나는 러시아혁명 이전 문학은 많이 읽었습니다. 레프 톨스토이, 도스토예프스키, 고골리, 투르게네프, 막심 고리키 같은 작가들의 작품들은 대개 읽었습니다. 그런데 러시아 시 문학에 대해서는 무어라고 말할 수가 없습니다. 번역 시편들은 내용을 알 수 있지만 시의 음악, 진미를 느낄 수가 없지요. 때문에 저는 영국 시 문학을 즐겨 읽었습니다.

……

참말로 위대한 러시아의 위대한 문학이었지요. 러시아 문학은 순진하면서도 깨끗하고 불굴의 정신을 품은 문학이었다고 나는 알고 있습니다. 톨스토이의 《전쟁과 평화》·《부활》, 투르게네프의 《루딘》·《전야》·《귀족의 둥지》, 도스토예프스키 《죄와 벌》·《카라마조프 가의 형제들》·《백치》, 고골리의 《죽은 혼》, 막심 고리키의 《포마 고르데예프》·《어머니》와 그의 독특한 단편들은 얼마나 용감하고도 깨끗하고 풍부한 색채의 문학입니까? 나는 문학을 통하여 러시아를 이해할 수 있었으며 존경할 수가 있었지요."

이렇게 말씀하시는 홍명희 선생님은 그 어떤 긍지를 느끼는 듯한 인상을 나에게 주기도 했다. 러시아 문학은 실로 수정과도 같이 깨끗하고 난잡하지 않고 고상하다는 것을 선생님은 강조하시기도 하였다.

한번은 담화 중에 자기가 1913년 《황성일보》지인지, 어느 신문에 러시아의 위대한 우화 작가 크릴로프의 우화 한 편을 영어에서 번역하여 실었다는 말씀도 하셨다. 선생님은 만족하게 웃으시면서 말씀하셨다.

"그 우화가 아마 조선에서 처음 번역된 러시아 문학 작품이었을 겁니다."

또 다른 좌석에서 조기천의 시 문학에 대하여 어떻게 생각하시는가 선생님께 물어본 적이 있다. 선생님은 잠시 생각에 잠기셨다가 이렇게 말씀하시는 것이었다.

"나는 평론가도 아니고 더구나 시인도 아닌데 주제넘게 남의 시 창작에 대하여 가볍게 말하기는 좀 어색하지만, 순 나의 의견을 말씀드리겠습니다. 물론 그의 시편들을 전부 읽어 봤습니다. 커다란 관심을 갖고 읽었습니다.

조기천은 의심할 바 없이 새 시대가 낳은 시인입니다. 그분은 마치 젊은 화가가 예쁘고 빛나는 고운 색깔만을 이용하면서 그림을 곱게만 그리려고 힘쓰는 것과 같은 인상을 나에게 주는데……. 그분의 시편들을 보면 예쁘고 고운 어휘들을 너무 낭비하는 느낌을 받기도 합니다. 문학 작품에서 매 어휘가 자기 자리에 놓여져야 아름다운 것이라고 나는 생각합니다.

글쎄……, 주관적인 생각일 수도 있지요. 그의 시편 〈두만강〉, 〈그네〉, 장편서사시의 서두시 등은 좋은 인상을 주더군요. 어쨌든 조기천은 해방된 조선 시가에 새로운 분위기를 조성한 것만은 부정할 수 없을 것입니다."

시인 조기천의 창작에 대하여 이처럼 정확한 평가를 준 분은 홍명희 선생님뿐이었다. 1954년 9, 10월 무렵이라고 기억되는데, 유네스코UNESCO의 결정에 따라 세계적 범위에서 서반아의 대문호 세르반테스의 위대한 걸작 소설 《돈키호테》 출판 250주년 행사가 성대히 진행되고 있을 때였다.

그런 행사 하나가 문예총의 명의로 마련되고 회의 주석단에는 홍명희 선생님, 이기영 선생님, 한설야, 나 외에 몇 명이 올랐댔는데 보고는 문예총 서기장 홍순철이 진술했다. 보고서는 소련 과학원 철학연구소에서 보내온 것을 나와 기석복 씨, 조기천 씨 셋이 번역하였다. 나와 가지런히 앉아 보고를 들으시던 홍명희 선생께서 나에게 조용히 물으시는 것이었다.

"부상 동지, 저 보고서를 누가 썼습니까?"

"선생님, 소련 과학원 철학연구소에서 보내온 것을 저, 조기천, 기석복 셋이 번역한 겁니다."

"글쎄, 우리 공화국에는 저렇게 철학적으로 문학적으로 역사학적으로 깊게 세심하게, 근엄하고도 고상한 어조로 쓸 수 있는 사람이 없다고 생각합니다. 번역은 참 잘되었습니다."

선생님은 또,

"저런 글을 쓸 수 있는 인재들이 나와야 되는데……."
이렇게 말씀하시고는 정색하시는 것이었다.

사실 홍명희 선생님은 그 당시 북한의 지성, 지력의 수준 위에 계신 분이였다. 그만큼 인텔리들의 수준이 낮았다는 것을 홍명희 선생님은 느끼시었다고 생각한다.

선생님이 북한을 선택하시게 된 동기에 대하여 내가 어느 기회에 물어 봤더니 선생님은 주저 없이 이렇게 말씀하시는 것이었다.

"나의 생애에서 좌익을 동경한 시기도 있었습니다. 특히 조선에서는 1920년대에 청년들 사이에 좌익 기분이 유행이었다고도 생각됩니다. 그 당시에 좌익 기분이 없는 인텔리는 사회에서 좀 이상한 인간으로도 보는 시기였지요. 그렇지만 나의 의식 생활에서 공산주의자냐 민족주의자냐 하는 문제를 앞서 어느 때나 애국자냐 반애국자냐, 애국자냐 친일분자냐 하는 문제가 우선적이었습니다.

특히 해방 뒤 남조선 실정이 나의 정치적 선택을 더욱 추진시켰다고 생각합니다. 우리가 그처럼 미워하던 친일 무리가 그냥 판을 치고 있었으며 대한민국이 선포된 뒤에도 이승만 대통령은 반

공 태세를 강화한다는 구실 아래 친일파들과 타협하면서 나라의 분위기를 어지럽게 하지 않았습니까? 그 반면 북조선에서는 친일 분자들, 모든 친일 분위기까지 깨끗하게 처리해 버리고 일련의 개혁들을 실시하는 것을 봤을 때 나 자신은 그것을 찬성하지 않을 수가 없었습니다.

그리고 이승만과 김일성. 이승만은 미국에 가서 유족한 생활 속에서 공부도 하고 평안을 누리고 있었고 장군은 15성상을 손에 총을 잡고 죽음을 무릅쓰고 만주벌에서 항일을 한 분입니다. 누구를 존경해야 할 것인가? 양심적인 인간은 민족의 원수와 싸워 이긴 애국자를 선택하는 것이 너무나 정당하다고 나는 믿습니다. 이것은 나의 신념입니다. 이런 신념을 정 부상 동지는 나의 소설 《임꺽정》에서도 느꼈으리라고 나는 확신합니다."

이렇게 홍명희 선생님께서는 신념에 따라 북한을 선택한 것이라고 보는 것이 정당할 것이다.

홍명희 선생님은 조선전쟁, 남로당 숙청, 소련파 숙청, 연안파 숙청, 국내파 및 갑산파 숙청 등 극히 불안하고도 부정당한 사실들을 목격하였으며, 특히 부정의한 조선전쟁의 직접적인 증인으로 되었다. 이 모든 사실들에 대한 홍명희 선생님의 견해를 나는 모르고 북한을 떠났다. 홍명희 선생님은 정의와 부정의에 대한 판단력이 극히 밝으시고 강한 분이어서 자기의 정의로운 견해를 품고 계셨으므로 그 어떤 실망을 품고 세상을 뜨셨을 수도 있을 것이다.

홍명희 선생님은 북한에 오셔서 문학 창작은 거의 하시지 않았다. 단 소설 《임꺽정》을 완성하려고 많은 노력을 기울인 것으로 짐작된다.

홍명희 선생님이 서거하셨다는 비보를 들었을 때 나는 며칠 동안 너무나 슬픈 심정 속에서 살았다. 소련에 와 망명 생활을 하는 동안 나는 자주 홍명희 선생님, 이기영 선생님, 김사량, 이태준 선생님 들에 대하여 생각하면서 나의 생활에서 그분들이 부족함을 느꼈다. 그러면서도 항상 위의 선생님들과 함께 사는 기분이었다. 그들과 어려운 심정을 나누기도 하고, 극히 적으나마 기쁜 일이 있으면 그들이 그리웠다.

나의 마음속에서는 홍명희 선생님의 어질고도 착하신 모습, 항상 부드러웠던 웃음기가 지지 않던 너그러우신 모습이 자주 떠오르군 한다. 그런 모습으로 선생님은 나와 만민의 기억 속에 영원히 남아 있을 것이다.

이기영 선생님

1935년 블라디보스토크 시. 그 당시 유일한 민족지였던 《선봉》 신문사에서 포석 조명희 선생님이 조선 현대 문학에 대한 강의를 하였다. 나는 그 강연에서 이광수, 최남선, 최서해, 김동인, 이상화, 박팔양, 이기영 등 작가들에 대한 이야기를 들은 바 있다. 그때 포석 선생님은 이광수, 최남선 등에 대하여 치명적인 타격의 평가를 가하였으며 최서해, 이상화, 박팔양, 이기영 같은 작가들에 대하여 높은 평가를 하셨던 기억이 지금도 남아 있다.

물론 그의 평가는 좌익, 카프KAPF의 시각에서 한 것이라고 나는 지금 이해하고 있다. 그 당시에는 이해되지 않았다. 그때 연해주 우리 조선족 청년들에게 이광수, 최남선, 김동환은 절대적인 위신으로 되어 있었다. 그리고 이기영에 대하여는 위 강연에서 들은 것뿐이었다. 그 강연에서 조명희 선생님은 이기영 선생님을 가

민촌 이기영(1895~1984).

장 가까운 전우戰友29)로, 가장 사상적으로 절친했던 작가라고 높이 평가하셨다.

1930년대에 나는 우연히 1920년대 좌익 잡지였던 《조선지광》朝鮮之光을 얻었는데, 바로 그 잡지에서 처음으로 조명희 선생님의 단편 〈저기압〉을 읽었댔다. 조명희 선생님의 강연에서 이기영 선생님의 단편들인 〈오빠의 비밀 편지〉, 〈가난한 사람들〉에 대한 이야기를 들었다. 그 강연에서 조명희 선생님은 위 단편들의 내용까지도 상세히 이야기해 주셨다. 그러나 작품들은 읽지 못했다. 그 강연회에 참가하여 조명희 선생님의 강연을 들은 사람들 가운데 살아남은 사람은 나 하나뿐이다.

이기영李箕永 선생님에 대한 이야기를 많이 들었으며 그의 작품들을 거의 전부 읽은 것은 원산시 인민위원회 교육부 차장 시절이었다. 또한 그때 이기영 선생님의 장편소설 《고향》을 읽었다. 나는 그 작품들을 읽으면서 이기영 선생님의 모습, 마음 세계를 그려 보기도 했다. 소설의 주인공들처럼 소박하고 성실하고 깨끗한 분일 것이라고 마음속으로 기대하기도 했다. 작가 이기영이라고 하면 나의 상상 속에서는 김희준과 안갑숙30)의 모습이 떠오르는 것이었다.

이기영 선생님을 직접 만난 것은 1947년 5월 문예총의 어느 회

─────────────────────

29) 카프, 즉 조선프롤레타리아예술가동맹의 맹원盟員들은 자신들을 항일투사로 여겨 서로를 전우라고 불렀다고 한다.

30) 장편소설 《고향》의 두 주인공을 말한다.

합에서였다. 내가 만나 본 이기영 선생님은 몹시 여윈 몸집이였으며, 얼굴 표정은 착하시고 무한히 선하신 분이였다. 회의가 끝난 뒤 당시 문예총 위원장으로 있었던 한설야는 전체 회의 참석자들을 점심 식사에 초청하였다. 문예총 청사는 평양에서 기생촌 으로 유명했던 경제리에 놓여 있어서 식사할 곳은 너무나 많았다. 한 20명가량으로 기억된다.

대동강변에 있는 어느 화려한 식점食店이였다. 예쁜 아가씨들도 좌석을 꽃피우고 있었다. 나는 이기영 선생님의 맞은편에 앉게 되어 정식 인사할 기회도 생겨 다행으로 생각했다. 이기영 선생님이 먼저 나와 인사를 나누면서 자기를 소개하셨다.

"저 이기영입니다. 정률 동무가 평양에 오셨다는 이야기는 이미 들었으나 처음 이렇게 만나게 되어 기쁩니다. 저는 현재 조소친선협회 회장으로 일하고 있습니다. 종종 찾아 주십시오."

그러더니 나의 손을 잡아 악수하는 것이었다.

"선생님, 제가 먼저 찾아서 선생님께 인사를 드려야 했었는데 죄송하게 됐습니다. 나는 선생님의 작품들도 많이 읽고 이야기도 많이 들었습니다. 구면이나 다름없다고 생각해 주시면 고맙겠습니다."

선생님의 인사에 대한 나의 답사였다.

이기영 선생님은 내가 상상 속에서 그리던 분임이 틀림없었다. 진짜 소박하시고 양심적이고 성실한 분이라고 믿어졌다.

"정률 동무, 포석 조명희 선생님을 만나 본 적이 있습니까? 참 몹시 가까운 친구였으며 진실한 전우였습니다. 포석은 해방되면 꼭 귀국하실 분인데 지금까지 소식이 없으니 좀 알고 싶어서
……."

이기영 선생님이 이렇게 묻는 것이었다.

그러나 진실을 알려 드릴 수가 없었다. 그래서 그저 1938년에 병사하셨다고 간단히 말씀드렸다. 포석 선생님은 1928년에 소련에 망명하여 재소 고려인문학 건설에 힘쓰다 1937년 8월에 소련 안전기관에 체포되어 일제 간첩 혐의로 총살당한 조선 작가이며, 1920년대 '좌익 프로 작가' 단체였던 카프의 창시자 가운데 한 분이었다.

이기영 선생님은 조명희 선생님이 망명하던 전야를 회상하시었다.

"1928년 늦은 봄이라고 생각됩니다. 그때 우리 가족은 너무 구차하고 가난해서 팥죽을 팔아서 겨우 생계를 이어가고 있을 때였지요. 불의에 포석이 구차한 나의 집을 찾아 와서 내일 망명하기로 결심했다는 것이었지요. 그래서 소주를 팥죽으로 안주하면서 온 밤을 새웠지요.

그때 우리들에게는 소련과 관련된 꿈이 너무나 많았습니다. 소련이라고 하면 우리는 전 인류의 꿈의 나라, 빈부의 차이가 없는 자유와 평등의 나라, 백여 민족들이 친목하게 사는 친선의 나라로 사모했으며, 하여튼 우리 둘은 세상 유일한 '태평천국'으로 꿈꾸었기에 나 자신은 망명하는 포석을 부러워할 정도였지요. 포석은 그런 꿈을 품고 소련에 망명하였지요……."

선생님은 이야기를 계속하시었다.

이런 환상 속에서 좌익 인텔리들은 싸웠으며 교수대에 오르면서도 굴하지 않고 내일의 '천국'을 바라보면서 원수들에게 가소롭다는 웃음을 보이면서 죽어갔다. 이렇게 포석 조명희 선생도 공산주의를 믿고 소련에 와서 많은 것을 배워가지고 귀국하여 '공산천국'을 세울 것을 꿈꾸었을 것이다. 이렇게 믿고 꿈꾸던 나라가 조명희 선생을 재판도 없이 총살해 버렸다. 말과 실천이 다

1955년 8월 평양 공항. 소련 문화대표단을 맞이하는 자리에서 축사를 하는 민촌. 민촌은 최고인민회의 부의장과 상임위원으로 30년 동안 활동했고, 죽은 뒤 평양의 애국열사릉에 묻혔다.

른 공산주의는 바로 이런 것이었다. 이런 공산주의에 대하여 그 때까지는 이기영 선생님이 알 수가 없었다.

"지금 포석이 우리와 함께 있었으면 정말 할 이야기가 너무 많 겠지요."

선생님은 우울한 표정을 지으시면서 천천히 식사를 계속하시 였다.

그날 나는 이기영 선생님과 함께 술을 마시면서 많은 이야기를 정답게 나누었다. 이런 첫 만남에서 이기영 선생님의 참 세계를감 촉할 수 있었다. 그 뒤 나는 모든 문화 행사들에서 자주 이기영 선생님을 만날 수 있었고 적지 않은 행사들을 함께 준비 진행할 수도 있었다. 이런 행사들에서 이기영 선생님을 인간 면으로, 사 업상으로 하여 더 가깝게 접촉할 수 있었다. 이기영 선생님은 모든 사업에서 세밀하시고 너무나 성실하시고 모든 행동에서, 특히 사생활에서 깨끗하시였다. 우리 젊은 사람들에게는 진짜 스승으로, 선생으로, 지도자로 되어 있었다.

1947년 8월 15일 조소친선협회는 조선 해방 2주년을 경축하는 성대한 연회를 마련하였다. 이 연회가 나에게 좋은 인상을 주었기에 잊혀지질 않는다. 이 연회에는 소련군에 의한 조선 해방 2주년을 맞이하여 소련 태평양함대 가무협주단이 초대되였다. 또 이 연회에서 이태준 선생님과 김사량 씨를 처음 만나 인사를 나누기도 했다. 연회에는 최승희 씨와 안막 선생도 동참하였다. 화기애애한 좋은 분위기였다.

태평양함대 가무협주단장이 해방 2주년을 축하하면서 조소친선협회 회장이신 이기영 선생님의 건강을 위하여 축배를 들었다. 그가 이기영 선생님을 향하여 말했다.

"이기영 선생님은 유명하신 작가이시고 나는 소련 군대의 무명 중령입니다. 글쓰기 시합에서는 재주가 없으나 러시아 사람으로서 술 마시기 시합에서는 선생님을 이길 자신이 있습니다. 선생님은 어떻게 생각하십니까?"

선생님은 웃으면서 간단히 말씀하셨다.

"술통을 지고는 못가도 마시고는 간다는 우리나라 속담이 있는데 나 역시 그런 사람입니다."

2백 그램씩 되는 8모 잔으로 3잔씩 마시더니 소련군 중령은 혀가 꼬부라져 말할 수 없는 형편이 되였으나 이기영 선생님은 네 번째 잔을 들어 조선의 해방자 소련군을 위하여 축배를 들었다. 그래도 이기영 선생님은 태연하셨다. 연회 참석자들은 전부가 다 이기영 선생님의 주량에 놀랐다. 이처럼 이기영 선생님은 상당히 건강하신 분이였다. 그때 선생님의 연세가 52세였다. 또 다른 특징은 사람들은 대개 취중에 말을 많이 하는데 이기영 선생님은 취후에도 여전하시었다. 이렇게 가난한 살림이 사람을 단련시키는지도 모를 일이다.

이기영 선생님은 끝내 비당원, 즉 무소속인으로 남아 있었다. 그 이유에 대하여 담화 중에 한번 선생님께 물어 본 적이 있었다.

"꼭 입당할 필요를 나는 느껴 본 적이 없습니다. 인간은 어디에서나 나라를 사랑하고 자기에게 맡겨진 의무를 성실히 지켜 가면 된다고 생각합니다. 적지 않은 사람들은 자기의 출세를 위하여 입당한다고 느껴지는데, 나는 작가로서 창작에 열중하여 사람들에게 좋은 작품들을 많이 써 주는 것이 의무라고 생각합니다."

선생님은 이렇게 솔직하게 말씀하셨다. 그리고 진실로 사회의 변동에 따르면서 작품들을 계속 창작하셨다.

1946년에 북한에서는 토지개혁이 실시되었다. 그 뒤 1년이 지나서 이기영 선생님은 장편소설 3부작 《땅》을 내놓았다. 그 소설에서 이기영 선생님은 토지개혁에 커다란 기대를 나타냈다. 토지, 땅은 조선 농민의 세기적 숙망이었다. 선생님은 소설에서 보는 바와 같이 농민이 진실로 땅의 주인이 되기를 바라셨다. 곽바위와 같은 농민들이 토지를 분배받고 기뻐하는 장면은 순전히 이기영 선생님의 기대였으며 염원이기도 하였다. 그 뒤 50년대에 이기영 선생님은 해방 전후 조선 인민의 고난의 길을 반영한 3부작 장편소설 《두만강》을 세상에 내놓았다.

전쟁 시기인 1952년 가을이였다. 소련 신문 《프라우다》의 조선 주재 특파기자 보르젠코 세르게이Borzenko Sergei와 소련 군정 기관지인 조선말 신문 《조선신문》 사장 유르사노프 블라디미르Yursanov Bladimir가 나의 사무실을 찾아왔었다. 나는 사무실에서 시인 전동혁, 중앙당 선전부장 기석복과 담화중이였다.

1952년 한국전쟁 무렵, 당시 평양 교외에 있던 민촌 이기영(아랫줄의 안경 쓴 이)의 집 부근에서 찍은 사진. 뒷줄 왼쪽이 필자 정상진이다.

"정률 동무, 이기영 선생님을 보고 싶은데 우리와 함께 가셨으면 감사하겠습니다."

보르젠코 세르게이의 제의였다.

"전동혁 동무, 기석복 동무도 동행하면 너무나 좋고……. 술과 안주는 전부 준비되었습니다."

이렇게 우리는 이기영 선생님을 찾아가게 되었다. 전쟁 시기라 미군 폭격을 피하여 평양 주변 산간지에 방공호 비슷하게 아담하게 지은 집이었다. 우리가 도착하니 그곳에는 벌써 그 당시 조소친선협회 부위원장으로 일하던 박길용 씨(그 뒤 외무부상, 독일 주재 북한대사로도 있었다)가 동부인하고 있었다.

이기영 선생님은 반가이 맞이하면서 말씀하셨다.

"참 너무나 기쁘신 손님들인데……. 박길용 동무 부부가 이렇게 술과 안주를 모두 차려왔는데……. 좀 죄송하게 됐습니다."

전시이기는 하나 성찬이었다. 우리가 가져 온 술과 안주들도 있고 하여 너무나 화려한 모임이 되었다.

"이기영 선생님, 나는 조선에 와서 여러 해 기자 생활을 하면서 이기영 선생님이 쓰신 장편소설《땅》외에는 다른 작가들을 모르고 있습니다. 소설《땅》은 현재 소련서 번역되어 호평을 받고 있습니다. 너무나 훌륭한 소설입니다. 선생님의 창작 계획을 알고 싶습니다."

보르젠코 기자가 말하였다. 이기영 선생님은 웃으시면서 술잔을 권하였다.

"보르젠코 동지, 술상이 차려졌으니 먼저 술 한잔 들고 그 다음 정다워진 분위기에서 이야기하는 것이 좋을 것 같은데……."

이렇게 술잔이 몇 번 오르내리더니 좌석에는 정말 너무나 화기가 넘쳤다. 이기영 선생님이 또 술 한 잔을 부어 들고 말씀하셨다.

"술은 참 좋은 건데……, 벙어리를 말 시키고 우는 자를 웃게 하고 비겁한 자를 용사로 만드는데, 과음하면 실수하게 마련입니다. 그래서 조선 속담이 있는데……, 처음에는 사람이 술을 마시고 다음에는 술이 술을 마시고 마지막으로 술이 사람을 마셔버린다고들 합니다. 그러니 우리가 술을 마셔야 하지요. 조선에 와서 고생하고 계시는 보르젠코 동지와 유르사노프 동지의 건강을 위하여 한 잔 들고 싶습니다."

선생님은 축배를 권하고 부언하셨다

"보르젠코 동지, 창작 계획을 알고 싶어 하시는데……, 물론 지금 구상중입니다. 비밀로 하고 싶습니다. 나는 쓰기 전에 이야기하는 버릇이 없어서……. 미안합니다."

좋은 분위기에서 기쁘게 하루를 보냈다. 서로 손잡고 노래도 부르고 정다운 이야기들이 많이 흘렀다. 심지어는 이기영 선생님까지도 조선 타령을 부르시였다. 그날 산속 이기영 선생님 집에 모였던 사람들 가운데 살아남은 사람은 나 하나뿐이다.

1957년 10월 내가 북조선을 떠난 뒤 북한의 사회 상황, 계속되였던 숙청 소란 등등에 대한 이기영 선생님의 견해는 알 수 없다. 그러나 선생님은 작가로서, 사회 활동가로서 일정한 견해를 가졌을 것이라고 생각한다. 그러나 북한 사회에서 그런 견해를 표현할 수는 없었을 것이다. 선생님은 말씀은 적게 하시고 사람들과의 접촉을 될 수 있는 대로 피하시고 극히 조심스레 행동하시는 분이였다. 그러면서도 단편·수필·정론 등 창작 활동을 계속하셨다는 이야기도 들은 바 있다. 이기영 선생님은 조선민주주의인민공화국 최고인민회의 부의장, 세계평화옹호위원회 이사 등에 이르기까지 사회적, 국가적 요직에서 적극 활약하셨다.

나는 1957년 10월 북한을 떠나기 전 이기영 선생님께 전화로 작별 인사를 드렸었다.

"정률 동무, 부디 소련에 가서 건강하시고 많은 새로운 것을 배워가지고 귀국하셔서 다시 좋은 사업을 많이 하시기를 기원합니다. 나는 정률 동무를 믿습니다."

선생님은 나를 격려하셨다.

나는 정말 행복한 사람이다. 이렇게 하나님께서 나를 오래 지켜주셔서 이런 분들에 대하여 글을 쓸 수 있게 되었으니 얼마나 큰 행운인가!

이태준 선생님

　이태준李泰俊 선생님은 진실한 의미에서 조선적인 문인, 조선적인 정서의 작가, 조선에서만이 품을 수 있는 인정 세계의 서정적인 작가로, 나는 항상 선생님을 존경해 왔다. 이태준 선생님은 장편소설도 쓰시었다는 이야기를 들었어도 읽어 본 적은 없다. 이태준 선생님은 우선 단편 소설가였으며 그 장르에서 그보다 더 아름다운, 더 고상한 세계를 품은 작가를 나는 조선 문학에서 본 적이 없다.

　1945년 8월 원산시에 도착하여 많은 책들을 얻어 독서하던 가운데 이태준 선생님의 단편들을 읽기 시작하였다. 내가 처음 얻은 단편집이 아마 《가마귀》였을 것이다. 단편 〈가마귀〉는 북한 문학계에서 퇴폐 문학의 본보기 작품으로 인식 박힌 단편소설이기도 했다. 그러나 나는 단편 〈가마귀〉를 이태준 선생님의 창작에서 너무나 아름다운 고상한 세계를 담은 작품으로 인정하고 있다. 사랑에 대한 높은 충성, 여자를 향한 희생적인 태도, 인간 애정의 위대한 힘. 세상에 이보다 더 고상하고 더 아름다운 것이 무엇이 있을 것인가? 바로 단편 〈가마귀〉가 그런 세계의 작품이다.

　그 뒤 《돌다리》, 《복덕방》

상허 이태준(1904~?). 숙청된 뒤 비참한 삶을 살았다고 전하지만, 마지막 행방은 알려지지 않고 있다.

등 단편집 여섯을 얻어 다 읽었다. 그 뒤부터 나는 이태준 선생님을 너무나 사랑하였다. 세상에서 내가 가장 사랑하는 단편소설가들은 안톤 체호프, 기 드 모파상, 오 헨리였는데 제4호 단편소설가로 나는 어느 때나 이태준 선생님을 꼭 모시고 있다.

이태준 선생님을 내가 처음 만나 인사하게 된 것은 앞서 말했듯이 1947년 8월 15일 조소친선협회에서 마련한 조선 해방 2주년 경축연이었다. 그 연회에서 나 자신이 이태준 선생님을 찾아 인사드리고 〈가마귀〉의 작가 이태준 선생님의 건강을 위하여 축배를 든다고 높이 외치기도 했다. 그만큼 나는 이태준 선생님을 알게 된 것을 환희롭게 생각했다.

이렇게 이태준 선생님을 알게 되고 친숙해지면서 자주 만나게 되었다. 선생님이 나의 집에 직접 찾아오셔서 같이 식사하면서 이야기들을 나누기도 했다. 어느 때나 천천히 친절하게 하시는 선생님의 말씀에서 나의 가슴속에 그 어떤 아름다운 것, 향기로운 것, 고상한 그 무엇을 심어 주는 느낌을 받기도 했다.

1948년 11월이라고 생각되는데, 이태준 선생님이 소주 한 병 하고 안줏감을 사가지고 오셨댔다. 그래서 점심을 차려 놓고 식사하면서 저녁때까지 문학에 대한 이야기를 나눈 적이 있다.

"선생님이 오셨는데, 무슨 하실 말씀이라도 계셔서……."

내가 말을 꺼내자 선생님은 웃으시면서 말씀하셨다.

"정 형, 어느 때까지 회의에서만 만날 겁니까? 이렇게 서로 찾아다니면서 만나기도 해야 정도 들고 가까워도 지고……. 회의에서 진정담을 할 수 없으니 말입니다. 그런데 정 형은 어떻게 생각합니까? 쓸데없는 회의가 너무 빈번하지 않습니까! 정말 싫증이 날 정도인데……. 이렇게 집에서 만나야 하고 싶은 말들을 주고받을 수 있지 않습니까?"

1943년 낙향하기 직전 성북동 집에서 찍은 가족사진. 왼쪽부터 둘째 딸 소남, 첫째 딸 소명, 부인 이순옥, 둘째 아들 유진, 이태준, 막내딸 소현, 큰 아들 유백이다. 수연산방壽硯山房이라 이름 붙은 이 집은 아직도 그 자리에 있다.

이러고는 이태준 선생님은 만족하게 웃으시었다.

사실 회의가 너무 자주였다. 하기는 사회주의 사회에서 회의는 기본 사업으로 되어 있다. 때로는 상부의 지시에 따라 소집되는 회의들은 진짜 '회의를 위한 회의', 아무런 내용도 결과도 없는 탁상공론이 되는 때가 많았다.

"정 형, 회의에서는 할 수 없는 이야기를 좀 드리고 싶습니다. 순수문학이라는 이야기를 들어 본 적이 있습니까? 월북해서 지금 내가 비판의 대상으로 되고 있는데……. 순수문학을 반동문학과 혼돈하고 있는데……. 이런 이야기들을 정 형은 어떻게 생각하세요?"

선생님이 좀 흥분된 어조로 말씀하셨다.

"선생님, 들은 적이 있습니다. 반동문학이라고는 하지 않지요.

그러나 그것은 선생님께 있어서는 과거로 되어 있고 지금은 다르지 않습니까? 선생님이 진짜 순수문학가였던들 월북하지 않았을 것입니다. 선생님의 월북으로 이 문제는 해결된 것으로 인정해야 할 것입니다."

이렇게 선생님의 질문에 답을 주기도 했다.

사실 문예총 구석구석에서 이태준 선생님의 과거 창작에 대하여 많이들 수군거리기도 했다. 이와 같이 수군거리는 말공부들 속에는 시기심도 없지 않았다. 독자들 속에서 이태준 선생님의 명성이 높았으며 특히 대학생, 청년 남녀들이 자주 문예총에서 이태준 선생님을 찾기도 했다. 독자들 속에서 선생님의 작품들이 애독되고 있다는 여론이 수군거리는 자들의 마음을 상하게 하였던 것을 나는 기억하고 있다.

특히 문예총 안에서 반反이태준 분위기를 조성하는 일파가 있었다. 이 파派의 고수로는 한설야가 있었다. 한설야는 그 당시 정부 교육문화상으로 있으면서 문예총 위원장을 겸임하게 되어 북한 문화계의 최고 권력자로 인정받고 있을 때였다. 그리고 이태준, 김순남 및 기타 월북 문학·예술인들의 숙청에서 안함광, 홍순철, 엄호석 등이 한설야의 앞잡이 노릇을 철저히 수행하였댔다.

이에 대하여 이태준 선생님도 잘 알고 계셨다. 사실 문예총에서 이태준 선생님을 지지 찬성한 사람은 나 하나뿐이었다. 이런 현상을 나 자신은 오랫동안 도저히 이해할 수가 없었다.

"순수문학이라는 표현 자체가 모순적이라고 나는 생각해요."

이태준 선생님은 천천히 웃으시면서 설명하셨다.

"순수문학이 있을 수도 없고, 또 그런 문학이 존재한다면 그 문학은 누구에게도 필요 없는 것으로 되지요. 물론 일제시대에 우리는 총을 들고 일제와 싸우지는 못했지만 그래도 조선, 조선 글, 조선적인 모든 것을 보유하고 지키고 자기의 작품들을 통하여 이 모든 것들에 대한 사랑을 조선 사람들의 심정 속에 심어 주려고 힘써 온 것만은 인정해야 된다고 우리는 마음속 깊이 믿고 있었어요. 정 형이 나의 단편들을 읽었으니 느꼈을 겁니다.

나는 내 단편들에서 될 수 있는 한 조선적인 색채, 조선적인 정서, 조선적인 표현, 조선적인 미풍 등에 대하여 더 선명하게 더 고상하게 보여 주려고 힘썼습니다. 나라를 사랑하지 않고 자기 민족을 사랑하지 않고 그런 사랑을 작품들에 보여 줄 수 있는 겁니까? 나는 이것도 한 개의 애국사상이라고 굳게 믿습니다."

이태준 선생님은 성의껏 자기 생각을 말씀하셨다. 나는 진심으로 이태준 선생님의 견해를 받아들였으며 그와 동의하지 않을 수 없었다.

일부 작가들은 일본어로 작품들을 쓰기도 했으며 한설야는 친일 내용을 담은 단편 〈피〉라는 작품까지 썼지만 이태준 선생님은 끝까지 조선적인 것을 지켜왔다. 또 해방 뒤 월북한 원인도 역시 남한에서 판치고 있던 친일 세력을 반대하여서였다.

한편으로 이태준 선생님은 골동품, 특히 고려 도자기에 커다란 관심을 갖고 계시었다.

"골동품은 그를 낳은 시대의 예술입니다. 나는 특히 고려시대의 도자기에서 우리의 정서, 우리의 미, 우리의 얼을 느끼고 있습니다. 박물관에 가서 고려 도자기를 만져 보세요. 얼마나 따뜻하고 산뜻하고 정다운가를 느낄 것입니다. 서울 집에는 얻어 놓은 도자기들이 몇 개 있는데……. 매일 만져보고 살펴보고 했는데……. 좀 그리워요."

이렇게 말씀하시는 이태준 선생을 보면서 그의 고상한 취미, 미美에 대한 깊은 관심이 너무나 부러웠다.

월북한 뒤 이태준 선생님이 발표한 단편들인 〈호랑 할머니〉, 〈먼지〉를 나는 기억하고 있다. 단편 〈호랑 할머니〉는 1946~1948년 사이 북한에서 광범하게 진행된 문맹퇴치 운동을 실감 있게 묘사한 작품이다. 단편 〈먼지〉는 생활에서 아무런 유익한 위업도 없이 존재하다가 먼지로 되어 버리는 인간에 대한 우울한 이야기였다. 이 단편들도 독자들 속에서 커다란 인기를 자아냈다. 독자들에게서 이 단편들에 대한 좋은 편지들을 받고 있다고 선생님은 자주 나에게 이야기하기도 했다. 그런데 여성들이 정답고도 따뜻한 편지를 자주 보내온다고 말씀하시면서 선생님은 그 어떤 긍지를 느끼는 듯싶었다.

바로 이런 편지를 받는다고 말씀하신 그 무렵 한 좌석에서 이태준 선생님이 어느 한 여자하고 애정을 나눈다는 이야기를 들은 적이 있었다. 물론 나는 그런 이야기를 들으면서 크게 별다르게 생각하지도 않았다. 인기 작가에게 그런 일이 없다면 오히려 이상할 것이었다.

그런데 이상한 것은……, 이태준 선생님이 대개는 이런 이야기를 나하고 나누는데……, 한번은 선생님이 담화 중에 멀리 돌려서 암시로 슬쩍 물어 본 적이 있었다.

"정 형, 솔직하겠습니다. 정 형 자체가 찾아오는 미녀를 막을 자신이 있습니까? 나는 그런 자신이 없습니다. 소문에 따르면 정 형을 찾는 여성들이 적지 않다고 하는데, 처리 여하는 정 형이 알고 있으니까……. 여자가 찾는다는 것은 행복이며 축복입니다. 나는 때로는 정 형을 부러워도 합니다. 그들 가운데 몇몇 여자들은 본 적이 있는데 정말 미인들이더군……."

이렇게 이태준 선생님은 슬쩍 나에게 돌려 붙여서 화제의 끝을 맞추시었다. 그 뒤 이태준 선생님의 여자를 어느 한 좌석에서 봤다. 30대의 여자였는데 진짜 미인이었다. 그녀하고 말도 해봤는데, 문학에 대한 조예도 있고 이태준 선생님의 소설들에 나오는 어느 한 여주인공을 연상시키기도 했다. 사실 인간 생활에서 여자는 위대한 고무력으로, 삶의 자극력으로도 된다고 나는 느끼고 있다. 미美, 선善의 영감— 이 모든 것의 여신이 바로 여자가 아닌가 하고도 생각한다. 이태준 선생님의 창작 전체가 여자에 대한 찬미라고도 할 수 있을 것이다.

1953년 3월부터 쭉 남로당과 그의 동정자들에 대한 전국적 범위에서의 탄압이 월북한 사람들의 비극으로 되어 버렸다. 이 탄압의 불속에서 한반도 문학의 저명한 작가들이었던 임화, 김남천이 처형당했고 이태준, 김순남과 같은 문학·예술인들이 숙청당하였으며 심지어는 창작 금지까지 당하였다.

1955년 10월. 내가 바로 월북 작가·예술인들을 비호했으며 남조선 퇴폐문학을 선전했다는 죄명으로 숙청되어 집에 있을 때였다. 비밀리에 이태준 선생님이 나의 집을 찾아 오셨댔다. 이태준 선생님과 김순남을 비판 폭로하는 회의가 문예총에서 매일 요란하게 집행 중이라고 이태준 선생님이 나에게 이야기해 주었다. 이태준 선생님과 김순남 씨를 반대하는 토론·폭로의 선두에 한설야, 이면상, 안함광, 홍순철, 엄호석이 나서고 있다는 것이었다. 이들을 비호할 수 있는 나는 이런 회의에 초청도 되지 않았다. 물론 나는 벌써 문예총 중앙기관들에서 제명되었기 때문에 초청될 수도 없었다. 이태준 선생님은 그저 가혹한 비판 속에서 다른 도리가 없었다.

"정 형을 찾아 온 것은 다름이 아닙니다. 정 형 자신이 숙청됐으니 어떻게 할 수가 없는 것을 알면서도 너무나 외로워서…….늘 정 형을 믿고 의지했는데……."

선생님은 긴 한숨을 내쉬는 것이었다. 이태준 선생님께는 믿을 사람이라고는 전혀 없었다. 그래도 선생님은 남로당원은 아니었고 그 동정자라고도 할 수 없는 사람이었다. 다행이었다. 남로당원이었던들 사형을 면치 못했을 것이다.

나는 물었다.

"선생님, 주로 무슨 문제를 중심으로 선생님을 비판대에 올려세운 겁니까?"

"정 형, 심지어는 단편 〈호랑 할머니〉까지를 반동 작품이라고 하니……. 이거는 정말 언어도단이야……."

문예총은 문학·예술인들의 집단이 아니라 문학·예술인들을 잡는 도살장으로 변해 버린 인상을 느끼기도 했다. 이 도살장에서 한설야가 형리로 된 셈이었다. 정말 이태준 선생님의 처지, 신세가 너무나 어렵고도 불쌍해 보였다. 이태준 선생님은 식사는 하시면서도 술은 마시지 않았다. 이렇게 가까운 두 사람이 술잔도 나누지 않고 식사하기는 난생 처음이었다. 너무나 스산하고 안타까웠다. 이것이 이태준 선생님과 마지막 만남이었다. 그 뒤 신문들에서 이태준 선생님과 김순남 씨가 반동 문학·예술인으로 비판 폭로되었고 창작 금지까지 당했다는 것을 알게 되었다. 이것은 벌써 이 두 분의 정신적 처형을 뜻하는 것이었다.

1957년 10월에 북한을 떠나면서 이태준 선생님을 찾지 않았다. 선생님을 위해서였다. 내가 선생님을 찾아가서 작별 인사하고 술잔까지 나누었다고 모 기관에 알려지게 되면 이태준 선생님은 또 모 기관에 불려 다니면서 고통을 받게 될 것을 예견하기는 어렵지 않았다. 현명한 선생님은 반드시 이해하셨을 것이라고 나는 굳게 믿었다.

이태준 선생님의 최후는 정신적으로 물질적으로 너무나 고통스러웠고 외로웠을 것이다.31) 그러나 한반도 문학은 이태준 선생님을 잊지 않을 것이다. 위대한 단편소설가로, 현명한 문인으로, 인간으로 한반도 백성들의 기억에 영원히 남아 있을 것이다.

작가 김사량

나는 북한의 문화예술계에서 13년을 보냈다. 이 13년은 나에게 의식적인 인텔리로서 최고봉의 생활이었으며 나의 생활에 빛과 향기로 남아 있다. 나는 내 여생을 조선 문학예술의 거장들에 대한 회상기를 쓰는 데 바치기로 결심했다. 크게 길게 펴낸 회상기가 아니라 그들에 대한 극히 적으나마 인상적인 토막들을 들은 그대로, 본 그대로, 생각나는 그대로 적으려고 한다.

이제 나의 선배이며 친우인 김사량金史良에 대하여 기억에 남아 있는 추억의 토막들을 적어보려 한다. 직접 그와 살았으며, 문예총에서 일하였으며, 친숙했던 사람들 가운데 이제 남아 있는 사람은 나 하나뿐이다. 진심으로 그에 대하여 회상할 사람도 나 하나뿐이라고 생각한다.

김사량을 처음 만난 때는 1947년 8월이었다고 기억된다. 물론, 만나기 전 그에 대하여 다른 작가들에게서 자주 들은 바가 있었다. 1940년에 그의 소설 〈빛속으로〉光の中に가 일본 문학계에서 권

---

31) 지난 2000년 탈북 시인인 최진이 씨가 소개한 딸들(소명·소현)의 일기를 보면 이태준은 1957년 평양에서 추방당한 뒤 해주 황해도일보사의 인쇄공이 되고 1964년부터는 중앙당 101호 창작실에서 대남 심리전 소설을 쓰는 비밀작가로 활동했다. 하지만 1974년 무렵 다시 강원도 장동탄광 노동자지구로 추방되었으며, 그곳에서 부인이 뇌혈전으로 죽자 사라졌다고 한다.

김사량(1914~1950)은 한국전쟁에 종군기자로 참전했다가 원주 부근에서 전사했다고 전해진다.

위 있는 '아쿠타가와상'芥川賞의 후보 작품이 되었다고 들은 바도 있었다.

앞서 말했듯이 조선 해방 2주년에 즈음하여 소련 태평양함대 가무협주단이 평양에서 공연함과 관련하여 조소친선협회에서 성대한 연회가 마련되었댔다. 그 연회에서 나는 처음으로 이태준 선생님과 김사량을 만나게 되어 그 뒤 그 두 분과는 친숙해져서 자주 만나게 되었다. 두 분은 조선의 전체 문학계에서 명성이 높은 작가들이었으나 평소 몹시 겸손하고 소박한 분들이었다. 그 뒤 얼마 안 되어 나는 북조선 문학예술총동맹(문예총) 부위원장으로 임명되어 문자 그대로 문학·예술인들과 나날을 보내다시피 했다.

사량을 처음 본 인상은 선뜻하지 않았다. 눈은 없다시피 작았으며 얼굴은 뾰족하고 조화롭지 못해서 인물은 그처럼 그닥지 않았다.[32] 그러나 그의 진심에서 우러나오는 쾌활한 웃음, 천진난만한 마음씨, 솔직성은 그냥 나를 매혹하였다. 후면이 없는[33] 활짝 열린 시름없는 웃음소리는 그의 풍부한 내면세계, 그의 진실한 인간면을 보여 주는 듯싶었다. 그리고 그가 누군가의 이야기를 들으면서 내놓는 '그래', '저런', '굉장한데', '대단하네', '그거 참……' 등의 호기심이 가득 찬 말 속에서 숨은 감탄을 느낄 수 있었다. 그저 우스운 이야기를 듣고서는 거침없이 쏟아져 나오는 웃음을 그는

---

32) '그리 대단치 않다', '그리 좋지 않다'는 뜻의 북한말.

33) '다른 의도가 없다' 또는 '흑심이 없다'는 뜻의 북한말.

막지 않았다. 나는 때로는 그의 이런 웃음소리를 들으려고 우정 우스운 이야기를 들려주기도 했다. 이처럼 사량은 이야기를 들을 줄 알았으며, 또 이야기하는 상대방에 대한 존경을 어느 때나 잃지 않았다.

사량은 남들이 하는 이야기들에, 보통 말들에 깊은 관심을 갖고 있었다. 나에게 이렇게 이야기한 적도 있었다.

"이웃이 하는 이야기들을, 표현들을 깊이 관심 있게 들어야 해⋯⋯. 그것도 역시 작품들이야. 나는 일생 친구들의 이야기, 길가에서 우연히 들은 이야기·표현 등에서 좋은 감흥을 느끼고 때로는 훌륭한 작품을 보기도 해."

나는 문예총에서 정치 학습을 담당하여 매달 한 번씩 작가들과 만나서 소련 공산당사에 대하여, 소련 역사에 대하여 자주 이야기하게 되었다. 나는 교과서에 쓰인 대로 강습을 진행하지 않고 소련 공산당사, 소련 역사, 사변들을 반영한 문학 작품들을 소개하면서 실제 사실들을 이야기해 주군 했다.

18세기 푸가초프 농민전쟁을 묘사한 알렉산데르 푸슈킨의 소설 《대위의 딸》, 1812년 러시아 인민의 반反 나폴레옹 조국전쟁을 묘사한 레프 톨스토이의 소설 《전쟁과 평화》, 러일전쟁을 묘사한 시체파스프의 소설 《여순구》旅順口·《포르트 아르두르》, 노비코프-프리보이A. S. Novikov-Priboj의 소설 《쓰시마》, 소련에서의 국내전쟁을 묘사한 푸르마노프D. A. Purmanov의 소설 《차파예프》, 세라피모비치A. Serapimovich의 소설 《철의 흐름》, 소련에서의 국내전쟁 뒤 복구·건설을 보여주는 글라트코프F. V. Gladkov의 소설 《시멘트》, 농촌집단화의 실현을 보여주는 숄로호프M. A. Sholokhov의 소설 《개간된 처녀지》34) 등은 모두 조선 작가들의 커다란 흥미를 자아냈다.

　다수 작가들은 이 소설들에 대하여 처음 알게 되었는데, 김사량만은 소설 《개간된 처녀지》를 읽었다고 했다. 강습이 끝난 뒤 이 소설에 대하여 나와 오래 이야기를 나눈 적이 있다.

　"정률아, 《개간된 처녀지》에서 가장 인상적인 주인공들이 나굴노프, 슈카르 할아버지, 루스카인데 지금도 그들을 보는 것 같애. 그런데 이해되지 않는 점이 하나 있더구나. 나는 여태까지 공산주의자라고 하면 아주 결백하고 깨끗하고 특히 여성들과의 관계에서 더욱 그렇다고 생각해 왔는데, 소설에서 다위도프와 루스카의 행위가 이해되지 않아! 글쎄 나굴노프는 자기의 동지며 전우가 아닌가? 공산주의자가 그럴 수가 있어?"

　"공산주의자도 인간인 만큼 루스카의 꼬임에 일순간 빠졌던 거지……. 인간은 실수하기 마련이니까. 그 뒤 다위도프가 얼마나 고민했던가 기억나니?"

　나는 이렇게 대충 다위도프의 행위를 변명하려 했으나 사량은 계속 물었다.

　"공산주의자는 어디에서나 선봉으로, 모범으로 돼야 한다고 하지 않아? 그렇다면 어떤 상황에서나 어디에서나 정직하고 성실해야 한다고 나는 생각해. 그렇지 않고서 누가 공산주의자들을 믿을 수 있으며 따를 수 있어? 누구를 지도하려면 먼저 사생활에서 깨끗해야 한다고 나는 생각해."

　이렇게 열정적으로 토로하고는 자기의 고유한 미소를 얼굴에 꽃피우는 것이었다.

　사실 사량 자체가 그렇게 성실한 인간이었다. 나는 사량과 사귀면서 자주 그의 행동에서, 그의 발언들에서 천진난만한 동세계童

---

34) 《고요한 돈강》(1928~1940)으로 1965년 노벨상을 탄 작가의 두 번째 장편소설로, 국내에는 《개척되는 처녀지》로 번역되었다.

世界를 느꼈다. 그는 사업에서나 사생활에서 남다르게 깨끗하고 정직했다. 나는 이따금 스스로를 그와 비교하면서 마음속으로 부끄러움을 느끼는 때가 종종 있었다. 그의 작품들인 소설 《노마만리》駑馬萬里[35], 《칠현금》 등에서 이처럼 맑은 사량의 세계를 농후히 감촉할 수 있다.

사량뿐만 아니라 다수 조선 작가들이 소련 현대 문학을 잘 몰랐다. 그러나 그들은 러시아 문학은 잘 알고 있었다. 사량이 사랑하는 러시아 작가들은 투르게네프, 도스토예프스키, 체호프였다. 사실상 사량의 세계가 바로 이 작가들의 작품세계가 가진 향기를 풍기고 있지 않은가?

어느 한 사석에서 사량이 이런 이야기를 하던 것이 기억에 떠오른다.

"번역된 푸슈킨은 잘 이해되지 않아. 물론 시편들에 숨은 깊은 뜻은 짐작할 수 있지만 시의 음악, 진미, 빛, 깊이와 높이를 알 수 없단 말이다. 시는 우선 머리로 쓰는 것이 아니라 마음으로 심정으로 쓰는 것이 아니냐?

그러나 도스토예프스키, 톨스토이, 투르게네프, 체호프는 백 퍼센트 이해할 수 있어. 나는 이들을 무척 사랑하니까. …… 도스토예프스키는 무시무시한 천재야! 그리고 톨스토이는 미칠 정도의 거물이야! 나는 그의 소설 《부활》을 무척 사랑해! 생각나니? 러시아에서 가장 현명하고 우수한 사람들이 감옥에서 썩고 있다고 한 톨스토이의 말을? 그러나 그의 무저항주의는 믿어지지 않아. 소설에 묘사된 러시아의 그 당시 현실 자체가, 카츄사의 형상 자

---

35) 김사량이 1945년 2월 중국으로 파견된 '학도병 위문단'에서 탈출하여 태항산 근거지의 조선의용군을 찾아가기까지의 여정을 보여주는 소설이다. 김사량은 조선의용군에 몸을 담았다가 해방과 함께 북으로 돌아왔다.

체가 벌써 저항이 아닌가? 모순 많은 천재란 말이다."

사량은 작품 평가가 어느 때나 정확했다. 사실 사량은 해방 뒤 5년 동안 《노마만리》, 《칠현금》 밖에 쓴 것이라고는 없었다. 사량은 아마 당시 북조선 현실을 파악치 못하여 자유롭게 글을 쓸 수 없었던 것 같기도 하다. 적응되지 않은 현실, 새 사회의 이론과 실천의 모순, 엄격한 통제 등이 그의 고민의 내막으로 되었을 수도 있었을 것이다.

이렇게 고통스러운 창작의 탐구 속에서 고민하던 나머지 조선 전쟁이 터졌댔다. 그런데 그 당시 다수 작가들은 마치도 동란의 비극에서 그 어떤 구원이라도 얻은 것처럼 낙천樂天이었다. 물론 이들 가운데서 김사량도 예외가 아니었다.

1950년 7월 초 어느 날이라고 기억되는데, 인민군 장교 복장을 한 김사량과 전재경이 나를 찾아왔었다. 그들의 어깨에서는 대위 견장이 빛났다.

"아, 참 종군기자들도 출전하는 모양이군!"

나의 즉감이었다.

"정률아, 우리는 종군기자로 전선으로 나가네! 이 기회에 우리는 옛 때를 좀 씻어야 하겠네!"

기분 좋게 웃으면서 사량이 말하였다. 그것도 그럴 것이 서울이 함락되었으니 전쟁은 끝날 것이라고, 나라는 통일된다고 믿었기 때문에…….

"정률아, 서울서 만나기로 하자!"

전재경이 흥분된 어조로 말하였다.

"이 사람들아, 어디 가서 작별주나 한잔 하면 어때?"

이렇게 말하며 나는 그들을 껴안았다.

"그럴 사이가 없어. 너를 보려고 우정 찾아온 거야. 지금 자동차가 우리를 기다리고 있어. 자, 다시 만날 때까지……."

사량이 나의 손을 잡았다. 이렇게 나는 김사량을 마지막으로 보았다.

"좋은 글들을 많이 써 보내라!"

나의 격려의 말이었다.

어쩐지 나의 마음은 몹시 우울하였다. 전쟁은 좋은 사람, 궂은 사람을 가리지 않으니까……. 그 뒤 신문 지상에는 사량의 종군 기사들이 자주 발표되었다. 목포 부근에서 남해를 바라보면서 써 보낸 르포르타주 〈바다가 보인다〉가 그의 마지막 전선 기사였다. 우리는 그때 북한이 남침을 했다는데 대하여는 아직 모르고 있었다. 김사량은 죽을 때까지도 북침이라고 믿었을 것이다. 선전이 그러했으니까 달리 생각할 수는 없었다.

전쟁이 끝나자 나는 사량에 대한 소식을 알려고 무척 애썼다. 글쎄 사량이 전사했다는 소문도 있었지만 믿어지지가 않았다. 포로 명단에도, 전사자 명단에도 그의 이름은 없었다. 전후 정전협정에 따라 쌍방 적십자대표단이 조직되었댔는데 서울지구 북조선 적십자대표단장으로 내가 임명되어 서울에 갔댔다.

영등포에 있는 서울 임시 포로수용소들에서 귀환하는 우리 포로들을 맞이할 때마다 나는 김사량을 찾았다. 포로 교환이 끝나서도 사량은 없었다. 그런데 그들 가운데서 뜻밖에도 전재경을 만났다. 포로에서 돌아오는 친구 재경은 아무 말도 없이 나를 쳐다보면서 울 뿐이었다. 정말 우리 둘은 말없이 울었다. 수용소 철창 속에 서 있는 친구의 모습은 너무나 처량하였다.

———   ◆   ———

전쟁 전 1948년 여름에 있은 일이다. 어느 휴식일에 나는 아무

런 사전 이야기도 없이 사량의 집을 찾아갔다. 서西평양 산마루에
자리 잡은 4, 5칸 되는 좋은 살림집이었다. 그의 아내는 집에 없었
다. 마침 전재경이 와서 이야기 중이었던 모양이었다. 그들은 반
갑게 나를 맞이하였다. 사량이 한참 왔다 갔다 하더니 술도 안주
도 찾다가 상을 차려놓아서 진정 기분이 좋았다. 좋은 이야기들이
오가고 했다. 이렇게 흥겨워 웃어대던 차에 나는 대문 앞에 염소
한 마리 매어 있는 것을 발견했다.

"이애 사량아, 저 염소를 튀하여 먹으면 어때, 응?"

나는 칼을 들고 나가서 염소를 잡아 튀해서 가마에 앉혔다.

"너 참 잘했다. 염소젖이 딱 싫증이 나더니……. 한바탕 먹어보
자꾸나."

사량이 또한 붙는 불에 키질하였다.

염소를 손질하고 끓여서 먹으면서 한참 야단법석 하는데 사량
의 아내가 들어오더니 우리가 저지른 짓을 보고는 아무 말 없이
나가버렸다. 그 뒤에 알고 보니 아내는 그 염소젖을 짜서 남편을
보신하였던 것이다. 사실 사량의 건강이 그닥지 않았고……. 나는
그 뒤부터 사량의 집을 찾아갈 면목도 없었고 사량의 아내를 어
디서 보게 되면 어느 때나 미안하기가 짝이 없었다.

— · —

전쟁이 끝난 뒤 평양시는 볼모양이 없었다. 백 퍼센트 파괴된
평양 시민들의 생활난이란 말이 아니었다. 그때 나는 문화선전성
제1부상(차관)의 책임을 지고 전후 문화예술 복구에 분망하던 시
기였다. 그러던 어느 날 서기가 들어오더니, "부상 동지, 김사량
동지의 사모님이 오셨습니다" 하고 보고하였다.

나는 얼른 의자에서 일어나 친구의 부인을 모셔서 실내로 안내

하였다. 옷차림은 말할 여지가 안 되었다. 전쟁 3년 동안 몹시 늙으신 것 같았다. 묻지 않아도 무슨 일로 찾아왔는지 짐작할 수 있었다. 그는 나의 앞에 앉아서 조용히 울고 있었다. 나는 몹시 괴로웠다. 사량이 없이 그의 아내를 본다는 것은 너무나 슬펐다. 눈물을 겨우 참았다.

"아주머님, 힘껏 도울 테니 크게 걱정마세요."

이렇게 친구의 부인을 위안하면서 출판국장을 청하여 앞으로 김사량의 작품집을 출판하기로 하고 아주머님께 선금을 드리라고 지시하였다. 이 이상 더 도울 가능은 나에게 없었다. 돈을 받아 가지고 성 청사를 떠나 고개를 숙이고 멀어져가는 전사한 친구의 아내를 보면서 남편을 보신하려고 그렇게 아까워하던 염소를 잡아먹던 일이 눈앞에서 어른거렸다. 몹시 가슴 아팠다.

늙어가면서 작고한 친구들 생각이 더욱 간절해지는 것 같다. 생각하면 전쟁 전 그때가 행복한 때였다. 투르게네프가 말한 바와 같이 행복이란 건강과도 같아서 그것을 잃어버린 뒤에야 그것이 얼마나 소중했던가를 깨닫게 된다. 그때가 한없이 그립다! 해방된 분위기, 희망찬 앞날을 앞둔 우리에게는 두려운 것, 부러운 것이 없는 것 같기도 했다. 생활은 자기의 법칙에 따라 움직이기에 많은 것이 우리를 실망케도 했다.

김사량은 공산주의의 붕괴, 사회주의 진영의 패망, 조선전쟁의 진실— 이 모든 것을 몰랐다. 행방불명된 김사량! 너는 지금 어디에 있나? 네가 지금 살아 있었으면 나와 함께 더 밝아진 시선으로 광활한 자유세계를 보게 되었을 것이다. 네가 너무나 보고 싶고나!

시인 조기천

조기천趙基天은 1913년 러시아 연해주 스파스크촌 빈농의 가정에서 태어났다.[36] 그는 17세에 촌의 초·중학을 졸업하고 1933년에 연해주 소왕령蘇王嶺[37] 시 조선사범전문학교를 우수한 성적으로 졸업하고 1938년 7월에는 러시아 중中시베리아 옴스크 시 사범대학 문학부를 졸업하였다.

조기천은 강제이주의 굴욕적인 상황을 몸소 겪지는 않았으나 조선족의 비극을 마음 속 깊이 고민하였다. 1938년 9월 1일 강제이주 뒤 카자흐스탄 크질오르다 시 조선사범대학 문학부 3학년 첫 학업 시간에 조기천을 나는 처음 보게 되었다. 세계문학사 강의 시간이었다. 키는 작은 편이지만 아주 조화롭게 생긴 체격, 항상 웃는 얼굴, 열정으로 빛나는 두 눈, 깨끗하고 자신 있는 정다운 목청……. 첫 인상부터 대학생들의 마음에 들었다.

"나는 옴스크 사범대학을 금년에 졸업하고 곧장 당신들을 찾아왔습니다. 정든 고향을 등지고 쫓기어 오신 여러분들과 슬픔, 아픔을 함께 나누어 가면서 서로 아끼고 도우면서 열심히 배워 봅시다. 우리에게는 배우는 길 외에 다른 도리가 없다고 봅니다.

이웃보다 더 힘차게 더 우수하게 더 빛나게 공부해서 남부럽지 않게 성스럽게 살 수 있는 사람들이라는 것을 세상에 보여 줍시

---

36) 조기천(1913~1951)은 한국 측 기록에는 함북 회령에서 나서 러시아 연해주로 이주한 것으로 되어 있다. 하지만 1971년 카자흐스탄 알마티 작가출판사에서 출판된 《시월의 해빛》에는 1913년 연해주 스파스크 출생으로 되어 있다. 조기천은 8·15해방 때 중국 동북지방에 들어와 있던 소련군에 참가했다가 곧 북한으로 돌아와 조선신문사 문예부에서 활동했다.

37) 소왕령 또는 송황영宋皇營은 니콜스크-우수리스크(지금의 우수리스크)의 중국식 이름이다.

다. 우리는 그렇게 할 수 있는 민족이라는 데 대하여 의심치 않습니다. 그리고 이제부터는 모국어까지 빼앗긴 민족이 되어 버렸습니다. 나는 오늘부터 러시아어로 강의하라는 지시를 받았습니다. 세상에 이 이상 더 슬플 수가 없습니다.”

이렇게 말하는 조기천의 목소리는 긴장해서 떨리는 듯하였다. 여기에서 이웃이라는 것은 다른 민족이라는 뜻이었다고 생각된다. 이것은 너무나 용감하고도 모험적인 발언이었다. 그 당시 이주에 불만을 토하는 사람들은 모조리 구속하였으며, 다수의 경우 총살해 버리는 무시무시한 시기였다. 아무런 재판도 없이 구속되기만 하면 그저 행방불명되는 판이었다.

우리는 그의 용감한 발언을 들으면서 그와 함께 울부짖고 싶었다. 실제로 내 뒷자리에 앉았던 여학생은 흐느껴 울기까지 하였다. 우리는 조기천의 발언 후과後果를 몹시 걱정했다. 한 주일, 두 주일, 한 달이 지나도 조기천 선생은 구속되지 않았다. 그 뒤 비로소 우리 학급에는 개가 없다는 자신을 갖고 23명으로 된 학급은 한 가정처럼 친목한 집단이 되었다. 또한 그때로부터 조기천 선생은 우리와 친숙해져서 사제지간이자 친우들이 되어 버렸다. 특히 조기천은 나하고 자주 접촉을 가졌으며 우리의 우정은 계속 굳건해져 갔다.

조기천은 사범대학에서 짧은 기간에 유망한 교사로 인정되어 1939년 8월에는 모스크바 종합대학 대학원에 파견되기로 결정되었다. 대학에서 교원으로 일하자면 학위가 있어야 하기 때문에 대학원에 파견된 것은 정당한 것으로, 대학 안 교직원들은 모두 찬성이었다. 우리는 조기천의 모스크바 파견을 환영하여 술좌석도 마련했던 것을 기억하고 있다.

1939년 8월 중순 조기천은 모스크바에 도착하자 경찰에 구속되었다. 일본 간첩이 될 수 있는 조선인은 모스크바에 살 권리가 없다는 것이었다. 조기천은 종합대학에 가보지도 못한 채 경찰의 호송 아래 크질오르다 시에 다시 돌아왔다는 소식을 들은 나는 즉시 그의 집을 찾아갔다. 그의 집에는 벌써 우리 학급생들이 와서 조기천을 위로하고 있었다. 그는 이미 취중에 흥분된 기분이었다.

"상진아, 이게 대체로 뭐란 말이야? 하늘 같이 믿던 나라가 공부하러 간 나를 죄인처럼 붙잡아서 다시 이곳에 끄집어 왔으니……."

조기천은 왕왕 울었다.

"나는 이제는 아무 것도 믿지 않아! 공산당이고 레닌의 민족정책이고 전부가 다 개조지야! 이런 나라에서 어떻게 산단 말이야?"

이렇게 외치면서 통곡하는 것이었다.

우리 모두가 그를 끌어안고 너무나 분하여 함께 울었다. 이렇게 조기천은 강제이주 뒤 버림받은 민족의 비극을 몸소 느끼게 되었다. 심지어는 이런 사실도 안전기관에 알려지지 않았다. 우리는 이런 사실 뒤로 더 친목해졌으며 더 굳게 뭉치였댔다.

조기천은 1940년 우리가 대학졸업장을 받은 뒤 대학을 버리고 그 당시 크질오르다 시에서 발간되던 신문 《레닌기치》(뒤에 《고려일보》로 개칭)에서 기자로, 문화부장으로 일하게 되었다. 그곳에서 조기천은 시편들을 쓰기 시작했으나 기억에 남는 작품은 별로 없었던 것 같다.

조기천은 그래도 《레닌기치》에서 일하게 되어 조선어를 지킨다는 긍지를 갖고 열심히 기자 생활을 계속하였다. 그의 사생활은 정신적으로나 경제적으로나 어려웠다. 특히 1941년 6월 22일 소독전쟁이 일어난 뒤 4년 동안의 생활은 정말 말이 아니었다. 1942년 7월이라고 생각되는데, 자기가 대학에서 교사 노릇하던 시기에 사랑하던 여대학생인 해선이라고 하는 처녀하고 결혼하여 어려운 생활에서도 너무나 행복하다고 나에게 여러 번 고백하기도 했다.

해선은 진짜 미인이었다. 1918년생인데, 문학과는 인연이 좀 먼 편이었지만 사람이 너무나 좋고 깨끗하고 예뻤다. 한번은 조기천과 좌석을 같이 한 적이 있었다. 바로 그 좌석에서 이런 대화가 있었다.

"이 사람, 해선인 예쁘기는 한데, 너무 자네 하는 일을 몰라도 돼? 그래도 시편도 읽으면 그 무엇을 느끼는 심정이 돼야 하지 않나?"

이렇게 내가 물었다.

"여자는 우선 예뻐야 해. 그 예쁜 형식에 내가 원하는 내용을 담으면 된다고 나는 믿어!"

조기천의 확신이며 진심이었다. 나는 그의 확신 있는 말을 들으면서 그에 동의하지 않을 수가 없었다. 진실로 미의 힘은 대단하다고 믿었다. 조기천은 순간순간 그녀의 미와 사랑의 꿈속에서 어려움도 굴욕도 울분도 참아 가면서 일하며 그 어떤 '내일'을 꿈꾸면서 살았을 것이라고 나는 믿고 싶다.

1947년 내가 함흥서 평양에 올라와 북조선 문예총 부위원장으로 임명된 뒤부터는 조기천과 매일 만나다시피 하였다. 그때 조기천은 소련 군정 기관지인 《조선신문》사에서 문화부장으로 일하고 있었다. 그 신문사에는 또한 좋은 시인들이었던 민병균과 김조규도 일하면서 조기천을 많이 돕고 있었다. 특히 나는 해방 뒤 시집 《해방도》를 펴낸 시인 민병균을 존경하였다. 나는 그의 시집 《해방도》에 대하여 분석 찬양하는 평론도 써서 《민주조선》지에 발표한 적이 있다.

　조기천과 나는 친형제처럼 자주 식사도 함께 하고 자주 밤을 새워가면서 그가 쓴 시편들을 분석하면서 논쟁도 종종 하군 했다. 조기천은 시를 써 놓고는 반드시 나는 물론 자기 아내에게 읽어 주는 것이 버릇처럼 되어 버렸다. 사실 해선은 문학을 모르는 사람이었으며, 특히 시는 더 이해하지 못하였다. 그래서 한번은 웃으면서 이렇게 말한 적이 있었다.

　"조기천, 아무것도 모르는 해선에게 시를 읽어서는 무엇 하는 거야!"

　"정률, 세상에는 해선이와 같이 모르는 사람이 수백, 수천만이야. 어떤 문학 작품이든 그런 사람들이 이해하고 즐거워해야만 문학이 가치가 있고, 또 작가·시인의 존재가 의미 있는 거라고 나는 생각해."

　조기천은 엄숙하게 말하는 것이었다. 또 실지로 해선 씨가 이러저러한 표현, 어휘가 이해되지 않는다고 하면 조기천은 즉시 해선 씨가 알 수 있는 표현 또는 어휘로 교체하군 하는 것이었다. 조기천은 이 모든 것을 진심으로 성실하게, 부인이 그의 시편들을 이해하게끔 노력을 기울였다. 그는 그렇게 자기의 아내를 지극히 사랑했으며 자기 시 창작의 동행자로 여겼다. 아내에 대한 그의 지극한 심정은 너무나 고상하고도 아름다웠다.

　나는 평양에 올라오기 전 함흥에서 조기천의 시 〈두만강〉을 읽고 조기천이 평양에 먼저 와 있다는 것을 알게 되어 무한히 기뻤으며, 그의 시에 대한 나의 환희를 담은 편지를 그에게 보내기도 했다. 너무나 많은 기쁨을 준 시편이어서 이 회상기에 남겨두려 한다.

〈두만강〉

이 땅의 북변을 굽이굽이 휘돌아
흘러 흐르는 두만강이여!
부닥치고 감뛰는 그대의 찬 물결에
묻노니 몇 번이나
흰 옷의 서러운 그림자 비꼈더냐?
찌푸린 낯 투렁이 옷
재산이란 가슴 속 웅키운 노예의 설움
의탁이란 장알진 손, 지팽이 뿐
놈들에게 빼앗기고 짓쫓기는 그 신세—
그대 그려둔 조선의 사나이 아닌가?

째진 가난 속에 부대껴도
말 한 마디 들리랴 겁내며
눈물에 치마 고름 썩어도
앞날을 바라고 한숨을 죽이는—
두만강이여, 이것이
그대 그려둔 조선의 녀인이 아닌가?
……
원한의 강, 피의 강,
이 땅의 눈물과 고통의 강, 두만강!
이제야 그대는 와—와 자유롭게
번쩍이는 파도의 칼로 앞길을 헤치며
하늘을 떠받는 대해로 흘러 흐르누나!
두만강이여, 이것이

어느 해 어느 날부터냐?
……

  이 시편은 그 당시 해방 뒤 우리의 심정을 그대로 보여 준 것이기도 하였다. 이 시편이 또한 조기천이 조선에 와서 진실한 의미의 창작을 시작한 첫 개선가로도 되었다.

  조기천은 진실한 공산주의자였다. 그러나 그는 스탈린의 사회주의는 마르크스, 레닌의 사회주의·공산주의하고는 아무런 인연이 없다는 것이었다. 스탈린은 마르크스와 레닌의 공산주의를 말살해 버리고 그 불타버린 진짜 공산주의의 폐허 위에 자기의 이기주의적, 비인간적, 야만적, 변태적인 사회주의를 만들었다는 것이 조기천의 신념이었다.

  조기천은 나와 함께 스탈린의 1인 독재, 그의 변태적인 사회주의 체제를 무한히 증오하였다. 스탈린은 소련을 인민들의 감옥으로 살육장으로 바꿔버렸다. 이런 이야기는 우리 둘 외에는 누구에게도 할 수 없었다. 이처럼 우리는 서로 믿고 지키고 사랑하였다. 나에게는 이런 친구들이 적지 않았다. 지금은 사막의 오아시스인 양 나 하나만 남아서 회상의 세계에서 때로는 외롭기도 하다.

  내 생각이 조기천하고 다른 점은, 지상에서 공산주의란 어떤 형태로든지 존재할 수도 없거니와 인간 도덕상으로 보아 범죄적인 것으로 된다는 데 있다. 공산주의는 반드시 1인 독재를 전제로 하고 있다. 현재 중국이 그러하며 북한, 쿠바가 그런 처지에 있다. 1인 독재체제 자체가 법치라는 개념조차 부정하고 있지 않은가? 이것이 나의 신념이다.

  그러나 '어느 땐가 지상에는 반드시 착취도 억압도 없는 자유·평등의 태평 지상천국의 시대가 올 것이다. 이런 공산주의는 인류 역사의 필연이다'라는 것이 조기천의 믿음이었다. 조기천은 이런 신념과 이런 꿈속에서 살았으며, 창작하였으며, 죽는 순간까지도 그런 환상이 그를 고무했을 것이다.

1948년 7월 북조선에서 소련군이 철퇴한 뒤 조기천은 평양에 남아 있으면서 창작을 계속하였다. 조기천은 조선을 무척 사랑하였다. 조선에 대한 그의 사랑은 광신에 가까웠다고 해도 지나친 말이 아닐 것이다. 그렇게 열광적으로 사랑하는 조선에 와서야 그의 시 창작이 시작되었으며, 또 그러기에 시인은 자기의 모든 사색, 열정, 정신세계를 시 창작에 바쳤다. 조선에 대한 그의 사랑은 그의 시행마다에서 숨쉬며 고동치고 있다. 그의 시편 〈두만강〉, 장편 서사시 〈백두산〉, 〈생의 노래〉……. 그의 수많은 서정시들은 북한 청년들이 애독하는 작품들이다.

1950년 6월에 조기천은 문예총 조선작가동맹 위원장으로 임명되었다. 그는 그때부터 조선 사람으로 조선 시인으로 된 것을 긍지롭게 생각하였다. 그는 진짜 자기가 사랑하는 나라에서 자기의 운명이라고 생각하는 시 창작을 하게 된 것을 축복이라고도 생각했다.

조기천은 북조선의 선전 그대로 조선전쟁이 북침으로 시작되었다고 믿었다. 북한에서는 지금도 다수 백성이 북침이라고 믿고 있을 것이다. 그만큼 북한 주민들은 정보의 기아 속에서 지금도 살고 있다. 그의 시편들 〈조선은 싸운다〉, 〈조선의 어머니〉, 〈불타는 거리에서〉 등은 순전히 북한 선전이 낳은 작품들이다. 조기천은 거짓을 참지 못하는 인간이었다. 조선전쟁이 남침이었다는 것을 알았던들 이러한 시편들이 나오지 않았을 수도 있었으며, 북한 체제에 대해서도 다른 견해를 가졌을 수도 있는 시인이었다고 나는 믿고 싶다.

1947년 2월에 서사시 〈백두산〉이 세상에 발표되어 문학계에 파문을 일으켰다. 조기천은 서사시 전부를 번역하여 소련 군정에 바쳐야 했다. 그랬더니 군정에서 날벼락이 내렸댔다.

"어느 때부터 너의 조국이 조선이 되었나? 너의 조국은 오직 소련이라는 것을 잊지 말라!"

그 뒤 조기천은 '나의 조국', '내 나라', '내 나라 땅'을 '이 나라 땅', '이 땅', '이 나라' 등으로 바꾸지 않으면 안 되었다. 조선까지 와서 소련 정체政體의 통제를 느끼게 된 조기천이 한번은 나와 이야기하면서 단호히 말한 바도 있다.

"조선은 조선으로 남아 있어야 한다! 소련이 되어서는 안 된다."

조기천과 나는 그때 벌써 조선의 내일에 대하여 그 어떤 불쾌한 우려감을 느끼기도 했다.

전쟁 기간 조기천은 대동강변 문예총 청사 자기 사무실에서 살면서 일하였다. 1951년 7월 31일 점심식사를 나하고 함께 하였다.

"글쎄 낮에는 방공 신호도 있고 해서 사무실에서 일할 수 있지만 밤에는 꼭 방공호에서 자야 해."

나는 식사하면서 기천에게 이렇게 이야기했댔다.

그런데 바로 이날, 비가 억수로 퍼붓는 밤 12시경 미군 항공기의 폭격 때 조기천은 직탄에 맞아 죽었다. 이렇게 조기천은 조선전쟁의 진실, 그 반민족적 죄악상을 알지 못한 채 세상을 떴다.

5. 잊혀지지 않는 문학·예술인들

　나는 북한에서 13년을 살면서 문학·예술 세계에서 열심히 일하였다. 이 13년은 북한에서의 나의 청춘의 묘지로도 된다고 가끔 생각하기도 한다. 그러나 또 다른 면을 생각하면 그 13년은 나의 생애에서 커다란 생활의 대학으로도 되어, 잊어서는 안 될 고귀한 추억의 세계로도 남아 있다. 그때를 돌이켜 보면 때로는 기쁘기도 하고 대개는 슬픈 감회에 잠기기도 한다.

　13년 동안 나와 함께 손잡고 일해 온 문학·예술인들은 너무나 아름다운 분들이다. 때문에 이분들에 대한 추억은 나의 재부財富이며 나의 긍지로도 되어 있다. 이 선생님들, 친우들은 나와 비교할 바 없이 높으신 분들이며 한반도 문화사에서 잊혀져서는 안 될 유공인有功人들이다. 이들과 함께 일했으며, 친숙해졌으며, 따듯한 인정세계를 손수 창조한 사람들 가운데 남은 사람은 나 하나뿐이다. 이들에 대하여 회상하며 기록을 남겨 놓을 수 있는 사람도 나 하나뿐이다. 보다시피 나는 선생들, 전우들, 친우들의 묘지 앞에 서 있는 외로운 생의 길손으로 되어 버린 셈이다.

　신고송, 박영신, 이갑기, 임하(소련 조선족), 민병균, 김조규, 송영, 박세영, 유은경, 정관철, 나숙희, 남궁만, 조벽암, 박팔양, 왕수복 — 이들은 한반도 문화의 빛으로, 향기로 되었던 인물들이다.

나는 13년 동안 북한의 문화계에서 많은 것을 배웠고 또 많은 교훈도 얻었다. 문학・예술은 출세주의, 암투, 질투, 시기심과 아무런 인연이 없다. 그러나 이처럼 어지럽고도 어려운 세상에서 동료들을 아프게 하고 심지어는 권력의 힘을 업고 동료들을 잡아버리는 인간쓰레기들도 있다는 것을 생각할 때 너무나 슬프다. 한설야, 이면상, 안함광, 엄호석, 홍순철을 염두에 두고 하는 말이다. 이들의 밀고와 보고에 따라 월북 문학・예술인들이 스러졌으며 고통과 비참한 시련 속에서 살다 돌아가셨다. 이런 인간들은 한반도 문화사에서 수치로, 흑점으로 남아 있을 것이다.

민요 가수 왕수복

민요 가수 왕수복王壽福은 20세기 1930~1940년대 한반도에서 가요 무대의 혜성으로 날리던 가수였고, 그 뒤 남한에서는 잊혀진 가수였다. 그리고 북한에서는 1950년대부터 다시 청중의 사랑받는 가수로 활동했다. 왕수복은 한반도 예술사에서 잊어서는 안 될 아름답고도 독특한 민요 가수이다. 그는 나와 함께 북한 예술계에서 살았고 무대 활동을 했으며, 또 친하게 지내던 사람이어서 그에 대한 회상 순간을 가질 수 있으리라고 생각한다.

왕수복은 해방 뒤에도 너무나 늦게 가요무대에 다시 나타났었다. 1953년 조선전쟁이 끝난 뒤 11월 7일 러시아 시월혁명 36주년 기념 경축 모임이 모란봉 극장에서 있을 때인데, 경축 모임이 시작하기 전 복도에서 우연히 만난 최광진 박사 선생님이 자기 부인을 나에게 소개하는 것이었다.

"정 부상 동지, 저의 처 왕수복입니다. 오랫동안 가정생활에 파묻혀 있었는데 다시 노래 부르고 싶답니다."

그러고는 웃는 것이었다.

물론 왕수복의 노래도 많이 들었고 이야기도 자주 들었지만 직접 만나 보기는 처음이었다. 그때 그의 나이 36세였다. 몹시 인자하고 아름다운 여인이었다.

그 뒤 왕수복은 중앙라디오 방송위원회 전속 가수로 임명되어 출연하면서 만민의 사랑과 찬양을 받았다. 그때부터 왕수복은 내 사무실에도 자주 찾아와서는 각종 사업상 또는 사적 문제들을 논의하기도 했다.

1955년 8월 조선 해방 10주년 행사가 준비 중이었는데 북한 정부는 소련에 해방 10주년 경축 예술단을 파견키로 결정하고 그 단장으로 문화선전성 부상인 필자를 임명하였다. 나는 소련에 파견 될 예술인 18명을 선발했는데, 그 가운데는 정남희(가야금 명인), 왕수복, 유은경, 안성희(최승희의 딸)와 같은 유명 배우들이 들어 있었다. 이 예술단은 모스크바, 레닌그라드(지금의 상트페테르부르크), 타슈켄트, 알마아타(지금의 알마티), 노보시비르스크 시에서 경축공연을 하기로 되었다.

8월 10일부터 한 달 동안 순회공연을 하면서 우리는 한 가족처럼 친숙해졌다. 바로 이때 왕수복 씨는 짬짬이 자기의 생애, 예술의 찬란하고도 어려운 행로에 대하여 나에게 이야기해 주기도 했다. 왕수복 씨는 말솜씨가 너무 좋았다. 그의 이야기는 노래와도 같이 때로는 처량하게, 때로는 우울하게, 때로는 쾌활하게 흐르기도 했다. 그의 미소 어린 목소리는 지금도 나의 마음속에서 조용히 울리는 듯싶다.

왕수복 씨는 1917년 6월 평양에서 출생하여 열 살 때 가무 양성을 주로 하는 평양가무학교에서 3년 동안 서도 민요를 체계적으로 배웠다. 학교를 졸업하고 16세부터는 그 당시 유명했던 '콜럼비아' 녹음회사, '포리톨' 녹음회사의 전속 민요 가수로 되어 그야말로 순식간에 유명한 민요 가수로 조선 가요무대에 등장하게 되었다.

모스크바 예유로파 여관에 우리 조선 예술단이 자리 잡고 있을 때였다. 그날 공연도 끝나고 식사도 끝나니 11시 반이었다. 잠이 종시 오지 않아서 여관 휴게실에 나갔더니 왕수복 씨가 그곳에 앉아 있었다.

"어쩐지 정 부상 동지가 나올 성싶어서……. 잠도 없고 마침 잘됐어요. 여기와 앉으시오."

왕수복 씨는 진정 반가워하는 기분이었다.

"정 부상 동지, 나는 매번 공연이 끝나면 정말 절망 비슷한 기분이예요. 다른 배우들에게는 박수가 계속인데 나는 박수를 받지 못하니……. 난생 처음이예요. 차라리 오지 말아야 할 걸……."
이러고는 우울한 표정을 감추지 않는 것이었다.

이것은 사실이었다. 러시아 사람들은 조선 민요를 받아들이기에 준비되지 못한 모양이었다. 나 자신도 그런 분위기를 느꼈다. 왕수복 씨는 〈배꽃 타령〉, 〈울산 타령〉, 〈봄맞이 아리랑〉 등 민요들을 너무나 화려하게 불렀댔다. 이 노래들은 우리의 심정, 한반도 백성의 심정 세계의 울림이어서 러시아 정서에 잘 맞지 않는 것 같았다. 그래서 나는 왕수복 씨를 계속 위안하면서 말하였다.

"이제 타슈켄트와 알마아타에 가면 왕수복 씨가 전체 박수의 독점 가수로 될 것입니다. 정말입니다. 그곳에는 전부 조선인 관객들이니까……."

1955년 해방 10주년 경축 순회공연 중 레닌그라드에서 기념 촬영한 북한예술단원들. 가장 오른쪽부터 왕수복, 유은경, 세 사람 건너 안경을 쓴 이가 가야금 명인 정남희, 그리고 흰 양복을 입은 이가 필자 정상진이다.

그러나 왕수복 씨는 계속 우울한 기분이었다.

"가요무대에서 20여 년을 살았어도 이런 냉대는 처음이예요."

왕수복 씨는 너무나 섭섭한 표정이었다.

이번 모스크바와 레닌그라드 공연에서는 콜로라투라 유은경 씨가 관객들의 절찬을 받았다. 사실 한반도에서 왕수복 씨의 인기란 유은경 씨의 인기에 견줄 바 없이 더 높고 빛났던 것만은 사실이었다.

모스크바와 레닌그라드에서 공연을 끝마치고 우즈베키스탄공화국 수도 타슈켄트에 도착했다. 공화국 정부는 진심으로 중앙아시아 사람들의 예절대로 우리 예술단을 가장 귀중한 손님들로 맞이하였다. 공화국 정부 문화상 라힘바바예바Rakhimbabaeva가 우리

예술단을 직접 안내했으며 여관, 식사 등 모든 것에 각별한 배려
를 돌려주기도 했다. 중앙아시아와 카자흐스탄 사람들의 손님 대
접, 깊은 인정, 동정심은 내 자신이 직접 1937년 강제이주 당시 카
자흐스탄에서 눈물을 흘러가면서 체험하였다.

―― • ――

　1937년 10~11월 연해주에서 강제이주 당한 조선 사람들은 텅
빈, 끝없는 초원에 놓였다. 집도 먹을 것도 없는 초원이었다. 날씨
는 벌써 싸늘하였다. 어린이들의 울음소리, 아낙네들의 절망의 한
탄 소리……, 당·정 기관 대표자들이 와서는 식량도 주고 집을
지을 수 있게끔 건재 등도 다 주기로 되었으니 걱정할 것 없다고
말하고는 가버렸다. 이런 상황에서 살아날 수 있는 민족은 세상에
조선족뿐이라는 것을 나는 그때 그들과 함께 울면서 깊이 느꼈다.
　그런데 먼 촌들에 사는 카자흐인들이 조선 이주민들이 이런 처
지에 있다는 것을 알고는, 더운 빵이 식을까봐 이불에 싸서 당나
귀에 실어다가, 먼저 우는 어린이들과 앓는 노인들에게 주고 나서
전체 이주민들에게 나누어 주곤 했다. 카자흐 여자들도 빵을 갖고
와서는 나누어 주면서 우리와 함께 울기도 했다. 세상에 이처럼
인정이 두텁고, 동정심이 많고, 또 손님 대접을 진심으로 사심 없
이 해주는 또 다른 민족이 세상에 있다고 하면 나는 믿을 것 같지
않다.
　카자흐스탄에 살고 있는 조선족은 천추만대 살아가면서 카자
흐 인민을 잊어서는 안 된다. 이들은 우리의 은인들이며 형제들이
다. 나는 지금 이 글을 쓰면서도 흐르는 눈물을 도저히 막을 수가
없다.

―― • ――

1955년 레닌그라드. 앞줄 오른쪽부터 필자, 유은경, 그리고 그 뒤로 정남희 명인이 보인다.

1955년 8월 20일에는 타슈켄트에서 가장 큰 나보이 명칭 오페라 극장에서 우리 예술단을 환영하는 우즈베키스탄공화국 당과 정부의 환영 대회가 있었다. 그 대회에는 당과 정부의 고위급 지도자들이 전부 참석하였댔다. 공식 환영 예식이 있은 다음 우리의 예술인들과 우즈베크 예술인들의 합동공연이 관객들의 절찬 속에서 성대히 진행됐다. 이 대회에는 우즈베키스탄에 거주하는 조선인들이 다수 동참하였다. 이 공연 때 왕수복 씨가 처음으로 많은 박수를 받았고 재청도 여러 번이었다.

8월 21일에는 순전히 조선 사람들로 만원을 이룬 타슈켄트 시 대음악실에서 공연이 있었는데, 표가 없어서 장내에 입장할 수 없는 조선인들이 천여 명에 달했다고들 나에게 전하기도 했다. 그래서 밖에 확성기를 걸어서 음악 연주를 듣게 하였다. 이처럼 조선 예술단의 공연에 대한 조선족의 관심이 무척 컸다.

막이 열리고 18명의 예술인들이 무대에 나타났을 때 장내에서 터져 나온 박수와 환호는 끝날 줄 몰랐다. 이번 공연에서는 왕수복 씨가 조선 민요, 조선 가요의 여신으로 되어 박수와 환호의 독점 가수로 되어버렸다. 이와 같은 박수갈채와 환호 속의 왕수복 씨는 더 아름다워 보였고 그의 미소는 청중의 마음속에 다정감을 심어주는 듯싶었다.

여러 번 재청 받고 무대에 왕수복 씨가 나타났을 때, 한 사람이 꽃다발을 들고 무대에 올라와서 왕수복 씨 앞에 엎드려 절을 하면서 손수건으로 눈물을 닦는 것이었다. 천여 명의 청중도 일어서서 박수와 환호를 왕수복 씨에게 보냈다. 이것은 왕수복 씨에게 최고 표창이며 월계관이기도 했다.

막이 닫히고 내가 무대에 올라갔을 때 꽃다발을 안은 채 나에게 달려와 포옹하면서 말했다.

"정 부상 동지 말씀대로 되었어요. 너무 고마워요"

왕수복 씨의 행복한 얼굴에서 눈물이 빛나는 것이었다.

우즈베키스탄공화국의 많은 조선족 집단농장(콜호스)들에서 계속 초청이 들었는데 시간 관계로 전 소련에서 유명한 조선족 집단농장만을 방문했다. 그 농장의 지도자는 사회주의 2중 영웅 김병화 선생님이어서 공화국 정부에서 그 농장을 방문할 것을 권하였다. 그 농장의 문화회관에서 공연이 있었는데 그곳에서도 왕수복 씨가 최고였다. 바로 '극성' 콜호스[38]이었다.

이날 저녁 타슈켄트의 고급 여관에서 저녁 식사를 끝내고 배우들은 휴식을 갖게 되었다. 바로 이때 왕수복 씨가 나의 방을 찾아 자기가 받은 꽃다발 가운데 가장 이쁜 꽃다발을 나에게 안기면서 다정하게 말했다.

"정 부상 동지, 너무나 나의 고민을 동정해 주셔서 고맙습니다. 나는 모스크바에서 정 부상 동지가 하시던 위안의 말씀을 믿지 않았습니다."

그리고 나를 껴안고 키스를 하는 것이었다.

이처럼 예쁜 여자, 명가수, 정다운 키스 — 진실로 기뻤으며 또 충심으로 그의 성과를 축하하기도 했다. 그리고 의자에 앉아서 왕수복 씨의 옛날 회상을 들었다.

진정 왕수복 씨에게는 할 이야기도 많았다. 가장 어렵고도 비참하던 일제시대의 한때를 이야기 하였다. 1942년에 그는 그처럼 사랑하던 가요무대를 떠나지 않으면 안 될 형편이었다. 1940년대부터 일제는 조선 민요도 일본어로 부르라고 강요하기 시작하였다.

"그때 저는 밤잠을 이룰 수가 없었어요. 나를 그처럼 믿고 사랑하는 조선 청중 앞에서 일본말로 조선 민요를 부른다는 것은 변절, 배신과도 같이 느껴졌어요. 그때 내 나의 25세, 한창 노래를 불러야 할 때였고, 또 청중의 사랑을 받을 때였지요. 그런데 가요무대를 버린다는 것은 나에게 있어서 진짜 비극이었어요. 얼마나

____

38) 그 뒤 관리위원장이었던 2중 사회주의 노력영웅 김병화가 죽은 뒤에 그 이름을 따서 '김병화' 콜호스로 바꾸었다.

노년기를 민족음악 연구와 제자 양성으로 보내던 왕수복은 1997년 4월 김 위원장으로부터 '80회 생일상'을 받았고, 같은 해 6월 독창회를 열어 노익장을 과시했다.

울었는지 아침이면 퉁퉁 부은 눈으로 회사에 나가곤 했어요.

나는 지금도 그때를 생각하면 눈시울이 뜨거워 나군 합니다. 그러니 20여 년을 잃어버린 것으로 되었어요. 1년 동안 생각해 봐도 도저히 일본말로 내 나라 민요를 부를 수는 없었어요."

이렇게 먼 옛날, 나라 없는 설움 속에서 제 노래도 자기 말로 부를 수 없던 그때를 회상하는 왕수복 씨의 표정은 정말 우울하였다. 또 그 표정이 왕수복 씨의 얼굴에 그 어떤 별다른 미美를 비쳐 주는 듯싶기도 했다. 나는 이번 순회공연을 통하여 모든 단원들과 친숙해졌으며 왕수복 씨하고는 더 그러했다.

알마아타에서의 공연도 역시 왕수복 씨의 세상이었다. 노보시비르스크에서의 공연은 왕수복 씨에게 모스크바나 레닌그라드와 별 다름이 없었다. 그러나 그의 기분은 타슈켄트나 알마아타에서처럼 여전하였다. 많이 웃고 경쾌한 이야기도 많이 하고 너무나 낙관이었다. 나도 그와 함께 좋은 기분으로 소련 순회공연을 마치고 귀국하였다. 단원 전부가 대 만족이었다.

그런데 신비로운 것은……, 소련 조선족은 20퍼센트 이상이 동화되어 모국어를 모르는 처지인데 조선 민요, 조선 무용을 보았을 때 보여 준 그들의 환호, 열광적인 박수갈채는 무엇이었는가 하는 것이다.

"아마도 민족의 얼은 피와 함께 흐르는 모양이야……."

나는 소련 조선족 청중의 민족얼, 민족정신을 느끼면서 너무나 기뻤다. 어떤 탄압으로나 어떤 말살 정책으로도 민족정신은 죽일 수 없다는 것을 이번 순회공연에서 다시 한번 느끼면서 너무나 긍지로웠다. 이번 타슈켄트, 알마아타에서의 순회공연은 우리 배우들에게 해외 조선족들의 애족정신을 느낄 수 있게 하였다.

왕수복 씨는 나의 생애에서 화려하고도 아름다운 생의 노래로도 남아 있다. 소문에 따르면 왕수복 씨는 80년대 말까지도 가요 무대에 서있었다고 한다. 그의 노래는 영원히 늙지 않을 것이다. 나는 지금도 그가 너무나 정답게 부르던 대중가요들인 〈인생의 봄〉, 〈청춘을 찾아서〉를 듣는 기분이다. 지금 이 순간 기적으로 나타나 자기의 사랑하는 노래를 불러주었으면……. 최근에는 가끔 이런 환상이 나의 늙어가는 심정을 위안하기도 한다.

———— ◆ ————

평양에서는 너무나 불안한 사변이 나를 기다리고 있었다. 남로당파 숙청에 뒤를 이어 소련파 숙청이 시작되어 그 정의롭지 못한 숙청의 요란 속에서 나도 역시 숙청되고 말았다. 이른바 '소련파 5인조'에는 박창옥 부수상, 박영빈 당중앙위원회 조직부장, 기석복 중장, 정률 문화선전성 부상(필자), 전동혁 외무성 참사관이 들어 있었다.

형식상으로는 소小부르주아 사상, 사대주의로 우리를 몰아 숙청했지만 실은 우리가 최초로 개인우상화를 반대하여 나섰던 데 문제가 있었다고 봐야 정당할 것이다. 무시무시한 1인 독재체제의 발톱에서 벗어나 지금까지 살아 이 글을 쓰면서 삶을 느끼고 있는 것은 진실로 하늘의 축복이 아닌가 하고도 생각된다. 글쎄, 숙청돼서 학살된 소련 출신 조선 사람들의 수효는 무려 50여 명에 달하니까…….39) 이들은 전부가 조선 해방을 위하여 싸웠으며 북한의 정권 수립에 크게 기여한 인물들이다. 한반도 역사는 이들의 위훈을 잊지 않을 것이다.

또 다른 문학·예술인들

북한 문학·예술계에서 널리 알려졌던 신고송, 이갑기, 임하(고려인)가 나의 기억 속에서 사라지지 않는다. 이들은 너무나 아름답고도 정다운 인간, 예술인, 작가들이었다. 나는 이들과 무척 친했으며, 또 만나면 좋은 이야기들이 너무 많았다. 이 세 친구들이 항상 국립극장 신고송 극장장실에 모여서는 극장 레퍼토리 문제를 중심으로 무엇이든지 논의하군 하였다.

신고송申鼓頌은 주로 연출, 극장의 관리·운영에서 능숙한 지도 능력을 보여 주었다. 그는 국립극장 배우들의 연기 능력을 잘 알고 있어서 배역에 실수가 없었다. 극장 지도자로서 상당한 위신을 갖고 있었으며, 또 배우들은 그를 무한히 존경하고 그를 믿었다.

---

39) 1956년 당 중앙위원회 8월 전원회의에서 연안파와 소련파는 김일성에 대한 개인숭배와 전후 복구 사업에 관련된 제반 정책에 대한 비판을 가하며 김일성에 대항한다. 하지만 당 중앙위원회는 최창익·박창옥·윤공흠 등을 반당 종파분자로 규정, 출당 처분을 내렸다. 이 사건을 가리켜 '8월 종파사건'이라고 부른다. 이 사건을 계기로 1956년 말부터 이른바 중앙당 집중지도사업이 실시되었고, '반종파 투쟁'을 전개하여 1958년 3월의 제1차 당 대표자회의에서는 종파주의 청산을 선언함으로써 반대파 숙청은 일단락된다.

1956년 중순부터 그는 당 중앙위원회 선전선동부 부부장으로 임
명되어 공화국 안의 모든 극장들을 지도 통제하였다. 내가 숙청된
뒤에도 우리는 여전히 친목하게 친우들로 남아 있었다.40)

이갑기李甲基는 월북해서 북한 현실을 반영하는 작품들을 발표
하지 못했다. 그는 진실로 박식한 작가로서 문인들 속에서 존경을
받았으며 토론회들에 자주 출연하여 사람들에게 좋은 인상을 남
겨놓았다. 1950~1960년대에 이갑기는 《삼국사기》를 깊이 연구
하면서 《삼국사기》 가운데 조선 역사에서 가장 극적인 사변들을
번역하여 단행본으로 만들어 발표하기도 했다. 그는 아주 쉬운 대
중적인 언어로 우리나라 역사를 이야기해 주었다. 《역사 이야기》
라고 표제한 그의 단행본들은 청년들 속에서 커다란 인기를 자아
내기도 했다. 이 단행본들에서 가장 흥미 있는 것은 역사 사변들
에 대한 그의 설명이다. 그 설명에서 독자들은 이갑기의 사회·역
사·군사에 대한 박식, 작가로서의 그의 재능을 원만히 감촉할 수
있었다.

동료들 속에서 이갑기는 '산 백과사전'이라는 별호까지도 받았
다. 그리고 특히 그의 고상한 인간성·동지애·동정심으로 하여
동료들의 존경을 받았다. 그러나 그의 살림살이는 너무나 어려웠
다. 순전히 원고료를 받아 생계를 이어 가는 형편이어서 그의 생
활은 고통스러웠을 것으로 짐작된다. 이럼에도 그는 어느 때나 쾌
활하게 웃었으며 낙천적이었다.

임하는 소련에서 온 조선족 문인들 가운데 조기천 다음에 가는
인기 작가였다. 그는 시·단편소설·희곡 등을 창작하였으며 특
히 소련·러시아 작가들의 희곡들을 많이 번역하여 국립극장 무

---

40) 신고송 또한 1959년 복고주의 종파분자로 몰려 숙청당한다. 조영복,
《월북예술가 오래 잊혀진 그들》, 돌베개, 2002 참고.

대에 올렸다.

임하가 번역하여 평양 예술극장 무대에 올린 비제의 오페라《카르멘》은 조선 예술사에서 한 개의 사변으로도 되었댔다. 19세기 자유의 상징으로 되었던 오페라《카르멘》, 비제의 신비롭고도 매혹적인 음악— 이것이 평양 문화인계의 환희를 자아내기도 했다.

그런데 당 중앙위원회 선동선전부장으로 문화를 통제할 사명을 가졌던 김창만金昌滿은 비제의 오페라《카르멘》을 이해할 지식도, 상식도 없었다. 문화·선전을 지도한다는 지도자가 소련파 숙청 때 한 문학·예술인들의 회합에서 자기의 무식을 폭로해 버리고 망신을 당한 사실은 노동당 지도자들의 문화 수준을 웅변으로 말해주었다. 그 회합에 나도 참석하여 김창만의 망발의 증인으로 되었다. 그의 발언을 그대로 알려주고 싶다.

"소련 조선족이 북조선에 와서 한 일이 대체로 무엇인가? 미친 집시 계집이 올리뛰고 내리뛰는 퇴폐적인 오페란지 무엇인지를 보인 것 외에 한 일이란 없다."

김창만은 목청을 높여 소리쳤다. 회합에 모였던 문인들은 당 중앙위원회 부위원장 김창만의 무식, 야만적 태도를 처음 보고 놀라지 않을 수가 없었다.

"아 슬프도다. 우리나라 지도부의 수준이 이것이니……."

실망의 한숨이 문인들 가슴에서 내솟군 했다.

김창만이란 누구인가? 연안파의 한 사람이며 문화, 일반 문학·예술에 대한 개념조차 없는 자로서, 순전히 권력을 업고 한설야와 같은 출세주의자들을 앞잡이로 삼고 건전한 사고를 가진 문인들을 탄압하고 소련 조선족 인텔리들에 대한 증오심을 감추지 않았다. 소련 조선족 인텔리들은 전부가 고등 지식 소유자들이었으며 문화 수준에서는 예외가 없이 김창만을 능가하는 전문가들이었다. 김창만은 오페라·심포니, 문학·예술에 대한 초보 지식도 없는 자였다. 결국은 그도 김일성에게 숙청당하여 황해도에 쫓겨 가 자살했다는 소문이 있었다.41) 응당한 최후였다.

임하는 재주가 많은 문인이었다. 그러나 알코올중독으로 하여 소련에 돌아와 《레닌기치》 신문사에서 문화부장으로 일하다가 71년에 별세하였다.

신고송, 이갑기, 임하 세 문인들에 대한 유머러스한 미담이 평양 문인들 속에서 존경과 다정스러운 미소를 자아내기도 했다. 이 세 사람은 얼굴이 좀 예쁘지 못해서 '삼대 미남'이라고들 일컬었다. 그들이 회의 또는 좌석에 나타나게 되면 '삼대 미남이 나타났군', '축하하네 삼대 미남!' 하고 농담하기도 했다. 그래도 그들은 착한 웃음으로 대하군 했다. 우리는 이들을 무척 존경했으며 만나기만 하면 기꺼이 마주하였다.

— · —

시인들인 민병균과 김조규는 평양 본토박이들이었고 좋은 시들을 발표하기도 했다. 두 시인은 소련 군정 기관지 《조선신문》사에서 교정원으로 일하면서 문화부장으로 있던 시인 조기천과 함께 일하면서 친한 사이였다.

민병균은 해방 뒤 시집 《해방도》를 출판하여 독자들의 사랑을 받은 시인이었다. 시들은 대개 해방의 기쁨, 새 시대와 새 세계의 서광, 기대와 희망에 찬 시편들이었다. 시집 《해방도》에 대한 나의 평론이 《민주조선》지에 발표되기도 했다. 한재덕 씨가 자기

---

41) 김창만은 1962년 10월 최고인민회의 제3기 대의원 및 내각 부수상이 되었지만 1966년 주체사상에 어긋나는 선전선동활동을 했다는 이유로 숙청당했다고 전한다.

신문에 나의 평론을 발표하면서 "정률아, 참 잘 썼구나! 민병균이 기대하던 평론이야!" 하고 기쁘게 전하던 목청을 나는 지금도 듣는 듯싶다. 그 뒤 민병균 씨의 시편들이 신문·잡지들에 실리기도 했지만 그에는 《해방도》에서 보던 씩씩하고 낙천적인 욕정, 청춘의 정열, 기세가 죽어진 느낌이 암시되기도 했다.42)

—— • ——

송영과 박세영은 카프 문인들인데, 카프 시대부터 전우로 다정하게 어느 때나 함께 나타났으며, 회의에서도 좌석에서도 나는 늘 그들을 함께 보군했다.

송영宋影 씨는 카프 시대를 회상하면서 그 시대에 얻은 것, 잃은 것에 대하여 자주 이야기했다. 카프 시대가 좋았던 작가·시인들도 있었다. 최서해의 〈탈출기〉, 이상화의 시편들이 바로 카프 문학이 요구하는 최고 수준에서 창작되었다. 카프 작가들의 시나리오로 〈화륜〉火輪, 〈불〉, 〈유랑〉流浪 등 인상적인 영화들이 제작되기도 했다.

"그러나 사상 면에 치우치면서 예술 면에서 카프문학은 잃은 것이 적지 않았지요. 그래서 그때 카프 문학예술에 대하여 '얻은 것은 사상이요. 잃은 것은 예술이다'라는 평판이 나돌기도 했지요. 그리고 카프 문인들 전부가 최서해의 단편 〈탈출기〉의 주인공처럼 너무나 구차한 가난뱅이들이었어요. 나 자신이 그러했고 이기영, 박세영, 조명희, 이상화, 박팔양 등 전부가 그러했지요.

그런데 우리는 그때 구차함과 가난함을 오히려 자랑으로 생각하고 프롤레타리아 문인들은 반드시 가난해야 된다고들 생각했

---

42) 민병균은 1963년 한설야가 숙청될 때 같이 제거되었다고 한다. 조영복, 앞의 책.

지요. 그 당시 표현
대로 빈천자貧賤者들
이어서, 박팔양은 심
지어 이름도 러시아
식으로 '니콜라이'로
변명變名하고 헌 러시
아식 적삼을 입고 허
리에 밧줄을 걸치고

보라는 듯이 머리를 높이 추켜들고 서울 거리에서 다니기도 했어
요. 지금은 우습지만 그때에는 그것이 우리의 반항의 표증이기도
했었지……."

이렇게 송영은 이야기하면서 지난날을 회상하였다. 송영 씨는
애주가였는데, 술 마시면서 잔잔히 때로는 높이 웃으면서 아주 흥
미 있게 재미나게 이야기하였다. 나는 그를 존경하였다. 그리고
그의 이야기가 어느 때나 듣고 싶었다. 그는 이런 회상도 했다.

"이기영은 너무 구차하여 팥죽을 팔아 생계를 이어갔는데, 우
리는 구차한 그 집을 찾아가서 팥죽에 술 마시는 때가 종종 있었
지요. 그래도 이기영은 어느 때나 반가워했지. 한번은 이기영을
찾아가니까 조명희가 그 곳에 와서 이기영 하고 팥죽을 놓고 술
을 마시고 있었댔는데, 소련에 망명한다는 이야기가 한창이었지.
…… 비밀을 지켜달라고 포석이 빌다시피 하더군. 그래서 그 뒤
한 반년 동안은 조명희의 거처를 모른다고만 하면서 비밀을 지켰
지요.

그때 우리는 소련을 희망의 나라, 빈천자들의 왕국, 자유와 평
등의 나라, 빈부의 차이 없는 세상으로 생각하면서 조명희를 무척
부러워했었지……."

　내가 북한을 떠나기 전까지 송영은 문예총 작가동맹 희곡분과 위원회 위원장으로 있으면서 북한 각 도道 극장들을 위한 레파토리 작성, 희곡 작가들의 창작 계획 작성, 평양 시내 극장들의 활동 등에 매일매일 관심과 배려를 돌려야 했다. 송영은 희곡 작품 분석, 연극평에서 절대적인 위신으로 되어 있었다. 그러나 나는 송영 스스로 창작한 희곡에 의한 연극을 본 적이 없다. 해방 뒤 10년 동안 한 편의 희곡도 쓰지 않았다는 데는 그 어떤 문제가 있은 듯싶다.43)

　박세영朴世永 씨는 해방 뒤 시집 《산제비》를 내놓았다. 그 시집에는 해방된 나라의 새로운 분위기, 그 분위기 속 사람들의 벅찬 감정 세계, 자유 강산의 벅찬 삶을 노래하는 시편들이 들어 있었다. 그리고 그의 창작에서 성과라고 할 수 있는 것은 조선민주주의인민공화국 국가의 가사이다. 그의 가사를 바탕으로 한 음악도 좋았던 것으로 기억된다.

　박세영 씨는 동무들 사이에서 심한 건망증으로 유명하였다. 그래서 그와 그 어떤 약속도, 부탁도 도저히 할 수가 없었다. 모든 약속, 부탁, 초청 등을 그의 부인을 통하여 하게 되었다.

　어느 한 좌석에서 박세영 씨가 친우親友·전우戰友들을 살리는 데 그의 건망증이 크게 도움이 되었던 이야기를 했다. 1930년대 카프 사건으로 박세영 씨가 일본 헌병대에 구속되었댔다. 무서운 고문을 당하면서도 전우들을 배반하지 않았다. 카프의 회의가 있었는데 어디에서 회의가 있었으며 그 회의 참가자들은 누구였지를 헌병들은 알려고 했다.

---

43) 송영(1903~1978)은 1968년 조선·몽골 친선협회 상무위원을 마지막으로 공식활동을 마감하고 말년에는 정신질환을 앓다가 1978년 사망한 것으로 알려져 있다. 〈오늘 속으로―송영〉, 《한국일보》, 2003. 5. 23.

"그런데 완전히 잊어먹었으니 말할 수가 있나. 빌어먹을 것, 깜깜히 잊어 먹었으니……. 너무나 고통스러워 털어 놓을 수도 있었는데……. 이렇게 나의 건망증이 동료들을 살렸어."

박세영 씨는 쾌활하게 웃었다.

"진짜 그렇게 된 모양이야. 나도 그 회의에 있었는데 체포되지 않았으니까!"

송영 씨도 곁에서 웃으면서 그 사실을 확인해 주었다.

문학·예술인들의 세계는 진실로 동세계童世界에서처럼 솔직하고 천진난만한 데도 있는 모양이다. 송영과 박세영이 농담, 잡담하는 것을 볼 때마다 나는 이렇게 생각했다. 어느 때나 보고 싶은 사람들이었다.

박세영은 문예총 작가동맹 시분과위원회 위원장으로 활동하였다.[44]

———— · ————

박영신은 북한 무대예술계에서 널리 알려진 명배우였다. 국립극장 안에서 모든 사회사업을 열심히 해서 전체 배우 집단의 존경을 받았다. 모든 연극들에서 노파 역을 독점하다시피 했는데 진실로 관객들의 환영 속에서 그의 연기는 빛났다. 박영신은 최고인민회의 대의원(국회의원)으로, 1960년대 초에는 문화선전상의 권좌에까지 올랐었다. 나 자신은 박영신 배우를 무척 존경했으며 모든 면에서 도와주기도 했다.

———— · ————

---

44) 북한에서 서사시 분야를 개척한 '혁명시인'으로 불린 박세영(1902~1989)은 1959년 '공훈작가' 칭호를, 1965년 '공로시인' 칭호를 받았다. 1989년 2월 사망 때에는 북한 신문들에 그의 부고가 실렸다.

화가 정관철(1954년 변월룡에게 준 사진). 사진 : 문영대·김경희, 《러시아 한인 화가 변월룡과 북한에서 온 편지》, 문화가족, 2004.

정관철鄭寬徹[45]은 문예총 미술가동맹 위원장이었으며 화가로서 유명하였다. 회화에서는 정관철 씨가 최고 권위였으며, 김일성을 비롯한 빨치산 유격 전투를 묘사한 화가로서 당·정부의 신임을 받은 화가이기도 했다.

나의 기억에는 전쟁 뒤 어느 한 미술 전시회에 출품했던 화폭 〈청진 해방전투〉가 남아 있는데, 그것은 순전히 노동당의 주문에 따른 선전화宣傳畵에 지나지 않았다. 김일성 유격대는 청진 해방전투에 투입되지 않았으며 그때까지도 그들은 하바로프스크 시 부근 왜트스코예 부락에 주둔해 있었던 것으로 기억된다. 나 자신이 청진 해방전투 참전자이기 때문에 이와 같은 허구는 통과될 수가 없다. 화폭 자체는 상당히 인상적이고 실감적이었다. 소련군 탱크의 좌우에서 붉은 기를 휘날리면서 공격전을 전개하는 유격대원들의 용맹무쌍한 모습이 화폭에 그리어졌다.

정관철 화가 자신은 너무나 겸손하고 소박한 분이었다. 소련 화가이자 예술학 박사이며 레닌그라드 미술대학 교수인 변월룡과 친했으며 그에게서 많은 것을 배우기도 했다.

---

45) 정관철(1916~1983)은 평양 출생으로 1942년 동경미술학교 유화과를 졸업했다. 해방 뒤 북에서 문예총 중앙위원, 미술가동맹 위원장, 최고인민회의 제5기 대의원을 지냈으며 죽은 다음 애국열사릉에 묻혔다.

자신의 그림 앞에 선 화가 변월룡. 사진 : 문영대·김경희, 《러시아 한인 화가 변월룡과 북한에서 온 편지》, 문화가족, 2004.

변월룡46)은 나의 중학교 동창이기도 하여, 내 초청으로 북한에 와서 수개월 동안 머물면서 북한 미술가들에게 자기의 경험을 전하고, 이론적인 면에서 크게 도움을 준 분이다. 변월룡 교수의 화폭들은 러시아 모스크바 트레치야콥스카야Tret'iakovskaia 미술박물관 외 많은 미술관들에 전시되어 있다.

——— · ———

최명익崔明翊 선생님을 잊을 수가 없다. 선생은 평양 태생이며 그의 모든 성격, 행동, 모습을 보아 선비라고 할 수 있는 분이었

---

46) 지난 2004년 변월룡(1916~1990) 화백이 북한의 지인들과 주고받은 편지들을 묶은 책이 국내에 출간되었다. 바로 정관철 등이 보낸 이 편지들에는 판화용 칼을 보내달라는 요청부터 김일성을 어떻게 그려야 하는지에 대한 고민까지 북한 미술계의 모습이 생생히 실려 있다. 문영대·김경희,《러시아 한인 화가 변월룡과 북한에서 온 편지》, 문화가족, 2004.

다. 해방 뒤 회의석상에서 노동당 중앙위원회 선동선전부장 김창
만과 대결하여 논쟁한 분이기도 했다. 최명익 선생님은 거짓을 참
지 못했으며 시간과 약속을 지키지 않은 사람하고는 상대하지도
않는 분이었다. 바로 이런 그의 성격 때문에 그를 존경했으며 존
엄하게 그를 대하였다. 훌륭한 작가로서 북한 현실에 적응하기 어
려웠더니 결국 조선 역사를 중심으로 역사소설을 쓰신다는 소문
이 있었다.47)

— · —

무용가 나숙희는 타고난 예술가였다. 그는 처음 함경북도 청진
시에서 열린 도道 예술 축제에 나타나 자기의 재능을 시위하였다.
조화로운 체격, 미모, 음악적 재질, 강력한 의지— 이러한 성격이
나숙희를 무용가로 만들었다. 그의 무용은 최승희의 무용과도 다
른 순 민족적 차원에서 태어난 독특한 예술적 현상이기도 했다.
나숙희는 전쟁 시기 인민군 협주단 무용가로, 무용지도원으로 일
하면서 열심히 성장하였다. 그 결과 공화국에서 알려진 무용가로
나타나 관객의 박수를 받게 되었다.

1955년 8월 조선 해방 10주년을 기념하는 소련 순회공연 예술
단원으로 선발되어 안성희와 함께 아름다운 조선 무용을 소련 관
객들에게 시위하였다. 그때로부터 50년이란 세월이 흘렀다. 지금
그의 운명은 어떻게 되었는지?

---

47) 이상李箱과 함께 심리소설의 대표 작가로 불린 최명익(1903~1978)은
　　북에서 《임오년의 서울》(1961), 《서산대사》(1966) 등의 역사소설을 썼다.

문화선전상 허정숙

　　다음으로 허정숙許貞淑 씨에 대하여 이야기하고 싶다.

　　1947년 5월 평양에 갔을 때 바로 허정숙 씨가 나를 문예총 부위원장으로 임명하였다. 그 당시 허정숙 씨는 노동당 중앙위원회 간부부장으로 일하였다. 그 뒤 종종 회의들에서 만나기도 했고 친히 담화한 적도 여러 번이었다. 그 당시 박정애朴正愛 씨가 민주여성동맹 위원장이었고 그 뒤 노동당 중앙위원회 부위원장으로 일하면서 소련과 김일성의 신임을 받았었다. 직위로 보아 다음가는 여간부가 허정숙 씨였다고 생각된다.

　　허정숙 씨는 상당한 수준의 인텔리였으며 지도자로서 인간으로서 세련된 인물이었다. 소련 군정과 김일성의 절대적 신망을 받는 인물이었다. 나는 그 당시 왜 김창만 같은 무식한 자가 노동당 중앙위원회 선동선전부장으로, 그 뒤에는 문화선전 부문 담당 중앙당 부위원장으로 되고 허정숙은 겨우 문화선전상으로 되었는가를 의심하기도 했다. 사실은 허정숙 씨가 나라의 문화선전을 담당하는 최고 지도자로 되어야 했다. 그러나 그렇게 되지 못했다. 허정숙 씨 자신이 또한 그렇게 생각했을 수도 있었을 것이다.

　　1952년 10월부터 문화선전성 제1부상으로 임명되면서 허정숙 상相을 더 가까이 알게 되었다. 문화·정치·사회 면에서 아주 능숙한 인물이었으며 오랜 혁명의 불길 속에서 세련된 지도자였다고 자신 있게 말하고 싶다. 한번은 나와의 담화에서 허정숙 상이 이렇게 말하는 것이었다.

　　"소련이 없이 조선민주주의인민공화국이 탄생할 수 없었으며 또 앞으로 존재할 수도 없습니다. 때문에 우리는 소련과 또 소련이 절대 신임하는 김일성 장군에 충실해야 하며 그런 정신으로

1953년 6월 평양의 문화선전성 간부들. 앞줄 오른쪽부터 시계 방향으로 필자 정상진(문화선전성 제1부상), 허정숙(문화선전상), 김강(문화선전성 부상), 오기협(출판국장), 백인준(문화국장).

힘써서 일해야 할 것입니다."

너무나 공식적인 성명과도 같아서 처음에는 좀 어색한 감을 느꼈지만 나는 그녀를 존경하기 때문에 믿었다. 또 사업에서도 허정숙 상은 그런 정신으로 열심히 일하였다. 나는 그를 도와 3년 동안 친숙하게 모든 공화국 내 문화선전 행사들을 정상적으로 추진해 나갔다. 나와 허정숙 상 사이에는 비밀이 없었으며 모든 공사 公私 문제들을 함께 논의하고 해결해 나갔다.

얼마 전 텔레비전 방송에서 북한 곡예가들이 스위스에서 진행된 곡예축제에 출연하여 상을 받는 것을 보았을 때 허정숙 상을 따뜻한 마음으로 회상하기도 했다.

1953년 2월 몹시 추운 때였다. 허정숙 상이 내 사무실을 찾아와서 너무나 대담한 제의를 하는 것이었다.

"정 부상 동지, 우리에게는 국립극장·국립예술극장·고전예술극장이 있어서 사업도 잘 돼가고 있는데, 곡예극장이 없지 않습니까? 소련, 중국에도 좋은 곡예극장이 많은데……."

"상 동지, 인재가 어디 있습니까? 그리고 또 청사도 없고……."

나는 그 제안을 실제성이 없는 것으로 생각했다.

"글쎄! 전쟁도 끝나지 않았는데……."

허정숙 상도 의심 속에 잠깐 잠겼다가,

"정 부상 동지, 그러나 준비는 해야 될 것이 아닙니까? 얼마 전에 요술을 하는 분이 찾아왔다가 갔는데……. 하여튼 그분을 중심으로 좀 생각해 봅시다."

허정숙 상은 아주 좋은 기분이었다.

그 뒤 허정숙 상은 나와 함께 전쟁고아원을 찾아갔댔다. 평양시 주변 산속 초가집들에서 전쟁고아들이 살면서 공부하였다. 그래도 나라의 배려가 느껴졌다. 애들은 전부가 깨끗하고 예뻤다. 허정숙 상은 그 애들을 껴안고 눈물을 흘렸다. 정말 불쌍해 보였다. 우리는 그 애들 가운데서 15명의 건강하고 예쁜 애들을 선발했다. 우리가 선발된 어린이들을 데리고 나올 때 다른 애들은 울면서 함성이었다.

"우리도 함께 가겠어요."

나도 그만 그들을 껴안고 울면서 위안하였다.

"다음번에 와서 데려가겠으니 울지 마."

그때 그렇게 약속하고 그 약속을 지키지 못한 것이 지금까지도 나의 마음을 괴롭히고 있다. 그 고아들은 밤잠을 자지 않고 우리를 기다렸으리라.

그 뒤 예술체조 선수들도 나타나서 30명가량의 곡예가들이 양성되었댔다. 1953년 7월 27일에 전쟁이 끝나고, 8월 13일까지 임시 곡예극장을 건설한 뒤, 8월 15일 해방 경축공연을 하게 되었다. 상 동지와 함께 그 공연을 보면서 흐르는 눈물을 막을 수가 없었다. 5개월 동안에 애들은 얼마나 성장하고 예뻐졌는지……. 정말 기뻤다. 이렇게 조선민주주의인민공화국 곡예극장이 일어섰다. 나는 텔레비전에서 북한 곡예가들의 성과적인 출연을 보면서 "진짜 북한 곡예극장 창시자는 허정숙상이다"라고 혼자 외치기도 했다.

1955년 9월 소련서 조선 해방 10주년 기념 경축공연을 끝마치고 귀국했다. 앞에서 말한 바와 같이 나는 숙청되어 과학원 과학도서관장으로 임명되어 일하게 되었다. 숙청된 기석복, 전동혁, 송진파, 김일 등은 나와 함께 소련에 망명하기로 결심하고 김일성에게 출국 신청을 올렸다. 김일성은 쉽사리 우리들의 신청서를 접수하고 일체 해당 수속을 외무상 남일에게 지시하였다. 이렇게 되어 우리는 1957년 10월에 북한을 떠나게 되었다.

떠나기 전에 허정숙 상을 찾아서 작별 인사라도 드리고 싶었다. 10년 동안 함께 사업하면서 어려움과 괴로움을 같이 나누어 가면서 네 것 내 것 없이 살아 온 사람들이 아닌가!

선정성 상실을 찾아 들어가니, 마침 허정숙 상이 있었다.

"상 동지, 저는 소련에 가게 되어 작별 인사를 드리러 왔습니다. 그간 많은 도움도 받았고 배운 것도 많고……. 여러 가지로 감사합니다."

나는 말하면서 불쾌한 마음으로 허정숙 상의 친절치 못한 얼굴 표정을 보았다. 심지어는 나의 쪽은 보지고 않고 내가 하는 말에 아무런 관심이 없다는 투였다.

1955년 평양 비행장에서 소련 문화대표단을 맞아 환영사를 하는 필자. 오른쪽에서 두 번 째가 문화선전상 허정숙이다.

"정 동무 소련에 간다는 이야기를 들었습니다. 작별 인사를 할 필요조차 없다고 생각합니다. 나는 동무에게 더 할 말이 없습니다."

그러고는 일어나서 나를 보지도 않고 창문을 향하여 걸었다.

어느 때나 친절하고 다정다감하던 상 동지가 이처럼 냉정하고 무정할 수가 있단 말인가? 도저히 믿어지지를 않았다. 나는 더 말할 여지가 없어서 소리 없이 상실을 떠났다. 너무 기대하지 않던 일이라 가슴이 아플 지경이었다. 사람이 이렇게 일조일석에 변할 수가 있나?

김일성이 반소反蘇 정책을 시작하면서 중국과 손잡은 뒤 허정숙 상의 소련에 향한 충성, 소련 사람들에 대한 친절이 순식간에 아침 안개와도 같이 사라져 버렸다. 허정숙 상실과 저택을 제집 다니다시피 하던 소련 외교관들, 기자들까지도 이와 같은 허정숙 상의 변신을 느꼈던 같았다. 허정숙 상을 자주 찾아다니던 한 외교관은 나를 만나 이렇게 이야기하는 것이었다.

"허정숙 상의 변신술에 놀라지 마세요. 그것은 보통 현상입니다. 정치란 시대의 바람이 부는 대로 방향을 바꾸니까 허정숙 상이 예외가 될 수 없지요."

그리고 나의 손을 잡아 흔들면서 쾌활하게 웃는 것이었다.

그러나 김일성은 소련을 향한 허정숙 씨의 충성, 소련 사람들과 그의 친선 관계를 잊지 않았다. 그는 허정숙 씨를 버리지 않으면서도 거리를 갖고 대하였다. 그리고 또 한때 허정숙 씨는 김정일의 가정교사로도 종사한 때가 있었다. 허정숙 씨는 총명한 여자이기에 이 모든 것을 감촉하지 못할 수가 없었다.

그래서 허정숙 씨는 모든 충성을 바쳐가면서 김일성을 받들었으며, 당과 정부가 맡기는 모든 일에 정열을 바쳐가면서 몰두했다. 그 결과 허정숙 씨는 노동당 중앙위원회 대외사업 담당 비서로까지 되었댔다. 그러나 노동당 중앙위원회 정치국위원은 끝내 되지 못하였다. 그만한 높이의 신임은 얻지 못하였던 것으로 짐작된다.

나는 한편 섭섭하기는 했지만 허정숙 씨를 잊을 수는 없었다. 우리의 인간적인 정, 인연은 그래도 마음속에서 사라지지 않았으니까……. 어느 때인지는 잘 기억되지 않는데 1980년 어느 날 모스크바의 한 좌석에서 북한 외무성 차관으로 있었던 나의 친구 박길용을 만났댔다. 그는 허정숙 씨하고 통화했다는 이야기를 나한테 했다.

"허정숙 씨가 너에게 안부를 전하더라! 불쾌한 일이 있었으면 잊으라고 하더라!"

'착한 말 한마디 병을 치료한다'는 러시아 속담이 정말 맞는구나! 박길룡의 말을 듣고 모든 불쾌한 것이 다 잊혀지는 것 같았다.
그리고 허정숙 씨가 그리웠다. 몹시 보고 싶고 그의 다정한 목소
리를 듣고 싶었다. 세월은 흘러 48년이 일순간처럼 흘러갔다. 그
동안 허정숙 씨도 세상을 떴고 나도 백발이 되었으니…….

허정숙 씨는 사생활에서 행복한 사람은 아니었다. 공화국 부수
상 겸 재정상으로 있다가 종파분자로 몰리어 처형당한 최창익과
의 부부생활도 중국 연안에서 벌써 끝난 것으로 되었고, 또 전쟁
전 최고검찰소 부소장으로 일하던 채규현과의 가정생활도 비참
하게 파탄돼 버렸다. 채규현은 소련 조선족 사람이었는데 전쟁 시
기에 국가 자금 횡령, 홍콩 장사배들과의 비밀 연계 등으로 하여
정식 재판에서 총살형을 판결 받았다.

허정숙 씨는 무서운 고민 속에서 어렵게 살고 있었다. 이에 대
하여 허정숙 씨 자신이 나에게 여러 번 이야기하면서 슬퍼하던
모습이 잊혀지지 않는다. 허정숙 씨는 정열적인 인간이었으며, 공
산주의를 믿었으며, 그의 실천을 위하여 힘과 지식을 아끼지 않았
으며, 특히 돈과 물질에서 깨끗하고 정직한 지도자였다.

김책 부수상

이처럼 깨끗하고 정직한 북한 지도자 또 한 분을 나는 무척 존
경하였다. 그분이 바로 김일성 계열의 한 분인 김책 부수상이었
다. 그분은 영화·연극·음악을 무한히 사랑하였다. 그래서 나는
꼭 모든 연극·음악 공연에 김책 부총리를 초청하곤 하였다. 또
그는 나와 함께 그런 공연들에 다니기를 즐겨 하였다. 한번은 소
련 교향악단이 국립예술극장 무대에서 공연하게 되었다. 소련 교

김책(1903~1951). 김일성의 항일무장투쟁 동료였던 김책은 부수상 겸 산업상을 지냈다.

향악단의 공연을 보고 나서 김책 부수상은 자기의 소감을 나에게 이야기 했다.

"정 부상 동지, 나는 연극이나 음악 특히 교향곡에 대하여 이론이나 그 내막은 모르지만 어느 때나 보고 싶고, 듣고 싶습니다. 차이코프스키, 모차르트, 베토벤— 내가 처음 듣는 음악들인데 너무나 좋아요. 유격대 생활에서는 이런 좋은 모든 것을 알 수도 없었고, 또 그런 기회가 있을 리가 없었지요.

정 동무, 아마 우리 모두가 이처럼 좋고 아름다운 것을 위하여 피 흘리며 죽기도 하고 싸우기도 한 것 같아요. 이런 아름다운 것을 위하여 얼마나 많은 애국자들이 희생됐는지……. 우리는 그래도 살아서 이 모든 것을 보고, 듣고, 기쁨을 느끼는데……."

김책 부수상은 긴 한숨을 내쉬는 것이었다.

나는 김책 부수상의 이런 의미심장한 말을 듣고 놀라지 않을 수가 없었다. 유격대, 항일 무장투쟁 속에서 일생을 보내다시피 한 분, 고등 지식도 없고 문화생활을 해보지도 못한 그런 분이……. 정말 나는 놀라지 않을 수가 없었다. 아름다움, 미의 지향— 이것은 아마도 인간 심정 속에서 천성으로 되어 있는 것 같다.

나는 김책 부총리를 진심으로 존경했으며, 또 그와 함께 극장·음악회들에 다니기를 즐겼다.

　　숙청된 소련 고려인 간부들 가운데 처형, 타살, 행방불명된 고위급 간부들의 명단을 여기 적어둔다.

　1. 박창옥 – 부수상
　2. 박의완 – 부수상
　3. 고희만 – 임업장관
　4. 김　열 – 공업성 차관
　5. 김동철 – 최고재판소 부소장
　6. 이용석 – 농업성 차관
　7. 김춘삼 – 내무성 차관
　8. 최철환 – 내각 사무국장
　9. 장익환 – 교육성 차관
　10. 장주익 – 과학원 서기장
　11. 박태준 – 노동성 차관
　12. 김　광 – 무역성 차관
　13. 최종학 – 인민군 대장
　14. 김철우 – 인민군 소장
　15. 최　원 – 인민군 소장
　16. 김칠성 – 인민군 해군 소장
　17. 정학준 – 인민군 중장
　18. 김원길 – 인민군 소장
　19. 이종인 – 인민군 소장
　20. 최용국 – 인민군 소장
　21. 김태권 – 인민군 소장
　22. 박창원 – 인민군 소장
　23. 허　빈 – 황해북도 도당 위원장

24. 박창식 - 자강도 인민위원회 위원장

25. 김만석 - 인민군 소장

26. 김동학 - 최고검찰소 부소장

27. 박일영 - 주 체코 대사

28. 김택영 - 사법성 차관

29. 서춘식 - 평안북도 도당위원장

30. 허 익 - 고급 당학교 교장

31. 안 일 - 인민군 기관지 주필

32. 김창수 - 외교관

33. 김철훈 - 문화간부

34. 고봉철 - 미술가

35. 김표덕 - 신문사 주필

36. 김혜경(여) - 인민군 중령

37. 전 일 - 인민군 대령

38. 김두환 - 무역성 국장

39. 박 알렉세이 - 농민 은행장

40. 김철웅 - 인민군 대령

41. 김태건 - 인민군 소장

42. 김원무 - 인민군 대령

43. 방춘걸 - 최고인민회의 경리부장

44. 김용수 - 내각 출판국장

45. 안 철 - 인민군 대령

소련 정부는 이들의 운명에 대하여 무관심했다. 이들이 러시아
인들이었다면 아마 소련 정부는 각 방면으로 노력하며 구원해 냈
을 것이다. 이렇게 숙청당한 소련 고려인 간부들은 북한에서 버림

받은 사람들로서 갖은 학대와 모욕 속에서 쓸려 버렸다. 이것이
이른바 소련 민족정책의 진실이며 진면모이다.

제2부
소련의 고려인 문학·예술인들

1. 소련 고려인 문단에 대한 단상

소련 고려인들의 역사는 준엄하고도 극적인 시련 속에서 흘렀다. 140년 전부터 이들은 살길을 찾아 이국땅에 와서 제정러시아 차르 정권 아래 관료들의 억압과 혹심한 민족 차별 속에서 신음하면서 문명의 혜택이란 감촉할 여지조차 없었다.

이주민들은 몽매와 암흑 속에서도 선조들로부터 상속한 것이라는 삼강오륜의 동방 예절을 신망으로 하고, 피땀을 흘려가면서 생계를 이어왔다. 이들에게는 학교라는 관념조차 없었지만 그래도 자녀 교육에 대하여 잊지 않고 큰 촌들에는 훈장을 위시로 '서당'들이 생겨서 거기에서 어린이들이 공부를 하였다.

이 시기 조선인들의 생활에 대하여 러시아의 유명한 작가 가린미하일로프스키N. Garin-Mikhailovskii는 자기의 조선 북변 여행기[48] 에 아주 잘 이야기하였다. 조선 사람들은 아무러한 전망이나 목적이 없이 그저 자녀들이 유식해야 된다는 신념에서 훈장을 찾아 촌에서 '서당'을 열고 그 훈장을 전 촌민이 존경하여 모시면서 자

---

48) 1898년 가린미하일로프스키(1852~1906)가 연해주 및 조선을 답사하여 쓴 《조선·만주·요동반도 기행》을 가리킨다.

녀 교육에 힘썼다. 실로 이것은 이웃 민족들이 본받아야 할 이상적인 현상이라고 러시아 작가는 칭찬을 아끼지 않았다.

20세기 초엽에 들어서면서 큰 촌들과 도시들에 조선 어린이들을 위한 사립학교들이 겨우 생기게 되었다. 특히 한일합방 뒤 독립지사들이 러시아 원동遠東 연해주沿海州에 적지 않게 망명하여 조선 주민들 속에서 계몽 활동을 적극 전개하면서 이주민들의 자녀교육에 헌신하였다. 이들은 계몽 활동을 조선 독립운동과 불가분리의 위업으로 여기면서 자라나는 세대의 애국심을 치솟게 하였다.

계몽의 위업에 크게 기여한 이동휘, 최고려, 박진순, 김 아파나시, 최성우, 김백초, 계봉우 등과 같은 선생들을 조선 인민은 어느 때나 잊지 않을 것이다. 이들은 시월혁명·국내전쟁을 거쳐 원동에서 소비에트 주권의 수립과 공고화를 위하여 사심 없는 노력을 경주했으며, 또 이렇게 함으로써만이 조선 독립의 날이 가까워진다고 진심으로 믿었다. 특히 박진순 선생은 마지막 순간까지, 스탈린의 교수대에 오를 때까지도 자기를 조선국민으로 여기고 소련 공민권을 받지 않았다. 이상 선생들은 원동에서 조선인 청년들의 교육·교양을 위하여 도시와 농촌들에 학교들을 설립하고 문맹퇴치 사업에 주력하였다.

1917년 시월혁명 뒤에는 사회주의 사상의 본의를 의심치 않고 역사에서 첫 사회주의 나라를 찾아 많은 선진 인텔리들이 조선·만주에서 소련 원동 연해주에 오게 되었다. 오는 사람마다 조선 서적들과 교과서들을 갖고 와서는 그 자신이 아동 교육에 힘썼다.

이들은 조선 문학작품들도 다수 가져다 청년들 속에 보급하였다. 바로 이들에 의하여 김동인, 이광수, 노자영, 김동환, 이상화, 최남선 등의 작품들을 우리는 알게 되었다. 소련 조선인 문단의 형성에서 이상 작가들의 작품들이 놀았던 구실을 과소평가할 수 없을 것이다.

소련에서 조선인 문단이 형성되어 첫걸음을 하는 데는 포석抱石 조명희趙明熙 선생의 구실이 결정적이라고 봐야 할 것이다. 1928년에 일제의 억압을 피하여 소련에 망명하여 온 포석 선생은 연해주의 도시에 머물지 않고 소왕령(우수리스크)의 육성촌을 찾아 학교에서 교편을 잡고 자라나는 세대의 애국 교육에 힘썼다. 그러면서 《선봉》 신문을 통하여 시편들, 수필, 논문, 평론

포석 조명희(1894~1938)는 하바로프스크 감옥에서 총살된 것으로 전해진다. 사진 : 고려일보.

등을 발표하면서 원동 조선인 청년들의 문학 지식을 힘써 배양하였다. 포석 선생의 명성이 높아짐에 따라 조선인 청년들의 문학에 대한 열의가 또한 높아졌다.

포석 선생은 조선인 문인들 가운데 소련작가동맹의 첫 맹원으로 되었다. 그의 발기·지도 아래서 소련에서 조선인 작가·시인들의 작품을 담은 첫 잡지 《로력자의 고향》이 1935년 발간되었고, 1937년에 제2호가 발간되었다. 하지만 그해 포석 선생은 죄 없이 소련 안전기관에 의하여 '일본 간첩'이라는 누명을 입고 체포되어 겨우 15분이 걸린 재판의 판결에 따라 처형되었다. 이렇게

방금 태어나 발걸음을 하기 시작한 소련 조선인 문단의 목숨이 잘려버렸다. 포석 선생은 그래도 소련에 망명한 뒤 7~8년 동안에 많은 일을 해놓았다. 선생은 《로력자의 고향》, 《시월의 빛》에 진심으로 고무되어 위대한 '인류 해방'의 사상을 믿고 자기의 천재를 마음껏 발휘하기 시작하였다. 그러나 스탈린의 살인귀들은 사정없이 소련 조선인 문화의 소생하는 불꽃을 짓밟아버렸다.

1930년 초 포석 선생의 시편 〈짓밟힌 고려〉는 그 당시, 한 세대 조선 청년들의 애국심을 불덩이로 바꾸었다. 조선인 청년들은 어떤 모임에서든지 포석 선생의 시들을 낭송하였는데, 그의 〈짓밟힌 고려〉는 어디에서든지 어느 때나 조선인들로 하여금 꺼지지 않는 애국심의 눈물을 흘리게 하였다. 그의 영향 아래서 소련 조선인 문단의 대표적인 시인 강태수, 유일룡, 김해운, 한 아나톨리, 조기천, 전동혁, 김중송, 이은영의 창작이 활기를 띠기 시작하였다. 이들은 진실한 의미에서 포석 선생의 제자들이다.

1937년 원동에서 조선인들이 중앙아시아의 카자흐스탄으로 강제이주된 뒤 조선인 문단은 말살 상태에 처하여 있었다. 조선인 문단은 두뇌를 잃어버렸다. 포석 선생과 강태수는 체포되었으며, 유일룡은 세상을 떴으며, 조선사범대학·사범전문학교를 비롯하여 모든 조선인 학교들이 노어화露語化로 넘어갔다. 조선인 문화의 말살정책이 이렇게 시작되었다. 민족정책을 가장 옳게, 현명하게 실천한다고 요란스레 떠들썩하던 나라에서 민족문화가 죽어간다는 것은 너무나 허무하지 않는가!

그러나 어떤 힘도 마음대로 민족의 문화·전통을 몽땅 죽여버릴 수는 없다. 1938년부터 발간된 조선말 신문 《레닌기치》와 조선인 극장을 밑바탕으로 하여 조선인 문화의 불씨는 아주 꺼져버리지는 않았다. 어떤 일에서나 주동자·지도자가 있어야 되는 것은 진리인 것 같다. 이주 전에는 우리에게 인정된, 위신 있는 지도자 포석 선생이 있었다. 그러나 이주 이후 조선인 문단을 소생시키려고 한 아나톨리 선생이 힘겨운 노력을 기울이던 나머지 1940년에 사망하였다. 소련 조선인 문단은 이렇게 지도자·조직자들을 잃어버렸다. 그럼에도 특히 조선극장이 자기 주위에 연성용, 채영, 태장춘과 같은 희곡 작가들을 단결시키면서 무대 활동을 전개하였다. 이들의 희곡 작품들을 무대화하여 대중 계몽에 크게 기여한 김진, 이장송, 이함덕, 이길수, 이경희, 최봉도, 박춘섭, 이호남 등 배우들의 역할을 잊어서는 안 될 것이다.

《레닌기치》 신문은 조선인 문단의 유일한 무대로 되면서 자기의 지면에 산문·시문학 작품들을 실으면서 그들을 자기의 주위에 뭉쳤다. 김준, 전동혁, 김중송, 주송원, 강태수, 김기철, 임하, 차원철, 이은영, 김종세, 이 와실리, 김남석, 김두칠, 김창욱, 이정희, 박현 등 작가·시인들이 바로 《레닌기치》지의 산아産兒들이라고 해도 지나친 말이 아닐 것이다. 또 소련 조선인 문단은 조선에서 온 이진, 한진, 양원식, 남철 같은 작가들에 의하여 더 풍부케 되었다.

개편 정책이 실천되면서 카자흐스탄 작가동맹 조선문학 분과는 자기의 주위에 조선인 문인들을 집결하면서 소련 조선인 문단이 70년 동안 한 것보다 더 많은 사업을 해놓았다. 최근 5~6년 동안 근 10개의 작품집이 출판되였다. 이것은 자기 출판사를 갖지 못한 조건에서 커다란 사변으로 된다.

그러나 소련 조선인 문단의 비극은 계속되고 있다. 출판되는 작품집을 읽을 사람이 없으니 출판해서는 무엇 하랴? 우리의 문단은 '시시포스 노동'을 하고 있는 셈으로도 되었다. 이런 의미에서 소련 조선인 문단이 자라야 할 활무대活舞臺는 아직 없다.

몇 해 전에 한국에서 소련 조선인 시인들의 시집 두 권이 발표
되었는데, 이것은 정말 우리 문단의 역사에서 기적적인 현상으로
된다.《소련식으로 우는 한국아이》,《치르치크의 아리랑》이라고
표제한 시집들이 대한민국 독자들에게 우리 문단의 보잘 것 없는
문학 수준을 시위하면서도, 소련 조선인들이 민족문화 말살정책
에도 불구하고 시문학의 목숨을 살려왔다는 긍지를 말해주고 있
다.[49] 그리고 한국 잡지《다리》를 비롯한 여러 월간·주간 잡지
들에 한진, 이진, 양원식, 남철 등 작가·시인들의 작품들이 발표
되면서 한국 문학잡지들이 소련 문인들의 활무대로 되어지는 데
대하여 우리는 몹시 기쁘게 생각한다. 어느 한 다른 나라도 우리
문단에 이런 기회를 주지 않고 있다는 것을 상기시키고 싶다.

— · —

소련 조선인 문단의 대표적 작가·시인들을 간단히 소개해보
고 싶다. 여기에서 포석 조명희 선생에 대하여는 생략하려 한다.
연성용은 소련 조선 희곡문학의 창시자이며 첫 직업배우이며
연출가이며 작곡가이며 시인이다. 1909년생으로서 1928년에 첫
희곡《승리자와 사랑》을 발표한 뒤 해삼 신한촌에서 무대 창작활
동을 전개하면서 1932년에 원동 조선극장을 창립하였다. 그 뒤 상
기 극장 무대에 자기의 희곡들《장평동의 횃불》,《올림피크》,
《불속의 조선》,《춘향전》,《양산백》등 십여 편의 희곡들을 연출
연기하였다. 그는 또한 백여 편의 시들도 발표하였다. 그는 카자
흐공화국 공훈예술가이며 소련작가동맹 맹원이다.
한 아나톨리(1911~1940)는 함경북도 길주군 자채골 출신으로

---

49) 김연수 엮음,《(在蘇聯韓人詩)소련식으로 우는 한국아이》, 주류, 1986.
　　김연수 엮음,《치르치크의 아리랑 : 在蘇聯韓人詩集》, 인문당, 1988

1916년에 어머니와 함께 도
망하여 원동 연해주에서 살
았다. 그는 1933년도부터 《선
봉》 신문에 시편들을 발표하
기 시작하여 3~4년 동안 소
련 조선인 문단의 이름난 시
인으로 되었다. 그의 장시들
인 〈사랑스러운 사람〉, 〈뜨락
또리쓰트의 노래〉 등은 독자
들이 애독하는 작품들로 되
었다. 그는 푸슈킨, 레르몬토
프의 시편들도 다수 번역하
였다.

1966년 카자흐스탄 공훈예술가 채영의
환갑 때 모습. 사진 : 이혜승·최아리따.

채영(채계도, 1906~1979)
은 연성용과 함께 원동 조선극장의 창시자 가운데 한 사람으로서,
희곡작가로 연출가로 배우로 활약하면서 소련 조선인 문단 역사
에 자기의 자취를 남겨 놓았다. 그의 희곡들 《동해의 기적》, 《동
트는 아침》, 《돌이와 순탄》, 《무지개》 등과 각색 희곡 《심청전》,
《아리랑》 등은 조선 관객들의 기억 속에 생생히 남아있다. 그는
소련작가동맹 맹원이며 조선극장 총연출가를 지냈다.

조기천은 1913년에 원동 연해주 스파스크에서 출생하였다. 원
동 소왕령 조선사범학교를 졸업하고 옴스크 시 사범대학 문학부
를 졸업했으며, 조선사범대학에서 세계문학사를 가르쳤다. 1931
년부터 《선봉》 신문에 시편들을 발표하였으며 1946년부터 북조
선에 가서 본격적으로 창작 활동을 개시하였다. 모국, 특히 해방
된 조선의 분위기에 고무된 시인은 밤낮을 가리지 않고 창작에

몰두하였다. 장편서사시들인 《백두산》과 《생의 노래》는 그의 대표적 작품들이다. 조기천은 1951년 조선전쟁(한국전쟁)에서 전사하였다.

김준(1900~1979)은 소련 조선인 문단에서 좋은 흔적을 많이 남겨 놓았다. 많은 시편들과 단편소설들을 발표하였으며 조선 애국지사들의 희생적 투쟁을 반영한 그의 장편소설 《십오만 원 사건》과 중편소설 《지홍련》은 소련 조선인 문단사에서 특기할 만한 작품들이다.

강태수는 1908년 10월 5일 조선 함경남도 이원군에서 출생하여 소련에 왔다. 1933년에 시 《나의 가르노》가 처음 《선봉》 신문에 발표되어 조선인 문단의 주목을 끌게 되었으며, 특히 포석 조명희 선생의 주시를 끌게 되었다. 그 뒤 그는 진실로 포석 선생의 영향 아래서 성과적으로 시 창작을 전개하였으나 1937년 스탈린의 탄압을 피할 수 없어서 10여 년 동안 옥중에 있게 되었다. 그는 석방 뒤 창작을 계속하면서 많은 서정시편들을 발표하였으며 그의 번역 시집도 노문露文으로 출판되었다. 그는 지금도 83세의 노인으로서 창작을 계속하고 있다.

김세일은 1912년 3월 14일 원동 연해주 포시예트 구역 박석골에서 출생하였다. 그는 원동 국내전쟁 때 영웅인 김 스탄케비치 안나 페트로브나의 혁명 활동과

시인 강태수. 사진 : 고려일보.

생애를 주제로 한 장편서사시 《새 별》과 장편소설 《홍범도》를 창작하여 발표하였다. 장편 《홍범도》는 한국에서도 출판되어 애독되고 있다.50) 김세일은 또한 많은 시편들을 썼으며, 셰프첸코의 중편소설 《미술가》, 《머슴꾼 녀자》를 번역하였다.

전동혁(1910~1985)은 소련 원동 연해주 출신으로서 소왕령 조선사범전문학교와 타슈켄트 사범대학 언어문학부를 졸업하였다. 그는 1928년부터 《선봉》 신문에 시편들을 발표하기 시작하였다. 그는 북조선에 가서 일하면서 많은 가사들을 창작하였고 애창되였으며 단편소설, 희곡 《모란봉》도 창작 무대화되었다. 전동혁은 소련작가동맹 맹원이였으며 여러 해 동안 《레닌기치》사에서 일하였다.

김중송은 원동 해삼시(블라디보스토크)에서 1918년 9월 11일에 출생하여 그곳에서 중학을 졸업하고 원동국립종합대학 어문학부를 중퇴하였다. 그의 두 개의 시집 《평화의 시행들》과 《아까시야 꽃 필 때》가 노문으로 번역되여 출판되었다. 그의 시편들은 대개 그 어떤 이야기를 중심으로 발라드 형식으로 쓰인 서정성이 농후한 것으로 특징지어진다. 그는 사할린에서 1960년대 말에 서거하였다.

김기철은 1907년 8월 8일에 조선 함경남도 단천군에서 출생하였다. 그는 중국 동만 용정 대성중학을 졸업하였다. 그는 희곡 《동변 빠르찌산》, 《실수》, 《길이 아니면 가지 말라》 등을 창작하여 무대화하였으며, 중편소설 《붉은 별들이 보이던 때》와 《금각만》 등 수 편의 단편을 발표하였다. 소련 조선인 문단에서 가장 대표적인 산문가로 인정되여 있다.

---

50) 김세일, 《(역사기록소설)홍범도》 1~5, 제3문학사, 1989~1990.

1937년 흑해 휴양지에서 휴식을 취하는 태장춘. 사진 : 이혜승·최아리따.

태장춘(1911~1960)은 소련 조선인 희곡문학에서 대표적 작가 가운데 한 사람이다. 그는 조선극장 조직자 가운데 한 사람으로서 극장이 그에게는 생활로 되었댔다. 그는 《밭지경》, 《우승기》, 《생명수》, 《해방된 땅에서》, 《38도선 이남에서》, 《종들》 등의 희곡들을 창작하여 무대화하였으며 특히는 홍범도 장군의 생전에 그에 대한 희곡 《홍범도》를 무대화한 것이 자랑으로 되었댔다.

이외에 그는 많은 단편들과 시편들도 창작하였다.

임하는 1911년 4월 8일에 원동 세야 시에서 출생하였다. 그는 소련 조선인 문단에서 희곡·산문·시 창작에서 독창적인 작가로 알려졌다. 그의 희곡 《항쟁의 노래》, 단편 《불타는 키쓰》 같은 작품들은 특히 인상적이다. 그는 많은 소련 희곡들을 번역하여 평양 국립극장 무대에서 상연하였다.

한대용(한진)은 조선 평양 출신으로서 현재 소련 조선인 희곡문학에서 가장 대표적 작가이다. 그의 희곡들 《산부처》, 《토끼전》, 《량반전》은 조선극장 연출 목록에서 우수한 연극들로 되어 있다. 현대 소련 조선인 희곡문학에서 그는 자기의 경쟁자를 모른다. 그의 희곡들은 여하한 수준의 무대에서도 성과적인 연극으로 될 수 있다.

이경진(이진)은 조선 함경남도 출신으로서 소련 조선인 문단의

우수한 시인으로 인정되고 있다. 1989
년에 알마아타(지금의 알마티)에서 출
판된 시집 《해돋이》에는 그가 창작한
대표적 시편들이 실리기는 했으나, 발
표되지 않은 시편들이 더 흥미롭다고
나는 생각한다. 이진의 시편들은 우선
생각이며 깊은 마음의 세계이다. 필자
는 조선 시문학에서 발라드 장르를 선
명하게 보여준 그의 《신각》을 어느
때나 생각하고 있다. 이진과 같은 시
인을 북조선 문학에서는 찾아볼 수가
없다.

희곡작가 한진. 사진 : 고려일보.

　박현은 북조선 출신으로서 벌써 150여 편의 시를 발표하였으며
그의 시편들은 많은 작품집들에도 실렸다. 극히 서정적이면서도
생각할 여지를 주는 그의 시편들은 독자들의 좋은 평가를 받고
있다.

　이정희는 단편소설가로서 인정 세계에 깊이 파고들면서 좋은
단편들을 세상에 내놓았다. 특히 그의 마지막 단편소설 《소나무》
는 보통, 소박한 조선 여성의 운명을 심각히 묘사하면서 인간의
숙명적인 '본질'을 선명히 보여주었다.

　이외에도 주송원, 이은영, 차원철, 김광현, 김종세, 우제국 등 시
인들과 한상욱, 이 와실리와 같은 산문가들이 있다는 것을 부연하
고 싶다.

　1937년 강제이주 전 다수 작가들의 작품들은 주로 조선 독립,
조선에서의 혁명운동을 주제로 하였다. 그리고 수천 명의 조선 독
립지사들이 국내전쟁에 참가하면서 — 실상은 원동에서 소비에

트 주권을 수립하기 위한 준엄한 투쟁에 참가하면서 — 소비에트 나라의 지지 위에서 조선 독립을 수행할 수 있으리라고 진실로 믿었다.

국내전쟁이 끝난 뒤에도 이들은 이런 숙망을 버리지 않았다. 바로 이와 같은 숙망이 연성용의 희곡 《장평동의 횃불》, 《올림피크》, 채영의 희곡 《동해의 기적》, 김해운의 희곡 《동북선》, 김기철의 희곡 《동변 빠르찌산》, 포석 조명희의 시편 〈짓밟힌 고려〉 등에 반영되였다.

그러나 강제이주 뒤에는 이와 같은 주제가 점차 없어져갔다. 왜냐하면 1937~1938년 사이에 원동의 국내전쟁 영웅들인 오하묵, 박진순, 김 아파나시, 한창걸, 이중집, 박 미하일, 최고려 등 많은 조선인 사회·정치 활동가들이 숙청, 처형되였댔다. 심지어는 그런 주제가 금지되다시피 하였다. 그래서 조선인 작가들과 시인들은 소비에트 현실을 이상화하는 길에 들어서지 않으면 안 되였다. 그 당시 희곡·소설·시 등 작품들에서 소비에트 나라의 생활, 현실은 그야말로 지상낙원이였다. 이렇게 빈궁과 낙후, 무권리와 탄압의 현실을 '지상낙원의 나라'로, '사회주의의 모범의 나라'로 세상에 선전하며 묘사하고 있는 나라가 아직 존재하고 있다는 것을 상기시키고 싶다.

5년 동안의 개편 정책이 우리나라에서 사회의 모든 면을 개변시키고 있다. 나라는 어려운 위기에 처하여 있다. 그러나 소련 조선인 문단에는 아무러한 변경도 없다. 조선인 작가들은 언제 낡은 세계의 꿈에서 깨어나 개편혁명에 나설 것인가?

소련 문학계에는 노어로 창작하는 조선인 작가·시인들도 있다. 김 로만, 김 아나톨리, 박 보리스, 박 미하일, 강 알렉산드르, 한 안드레이, 강 겐리에타 등 작가·시인들은 독자들에게 이미 알려져 있다. 그들 가운데서도 김 로만과 김 아나톨리의 작품은 세계 여러 나라들에서 번역되여 애독되고 있다.

김 로만 니콜라예비치(1899~1968)는 블라디보스토크에서 태여나 1907~1917년 사이 유년 시대를 일본에서 보내면서 그곳에서 동경대학을 졸업하고, 러시아에 와서 1917~1923년에는 원동 종합대학 동양학부를 졸업하고 모스크바 대학들에서 중국 및 일본 문학 강의를 하였다. 그는 주로 실제 있는 사실에 근거하여 정치적 탐정모험소설들을 창작하였다. 《읽고는 태워버리라》, 《베개 밑에 둔 독사》, 《순천에서 얻은 수첩》, 《히로시마에서 온 처녀》 등은 소련에서뿐 아니라 세계 여러 나라들에서 번역되여 애독되고 있다. 그러나 그는 완전한 러시아 작가이다. 그의 묘사 세계에서, 사고에서 조선적인 것이라고는 찾아볼 수 없으리 만큼 러시아 작가로 되어있다.

반면에 김 아나톨리는 독특한 조선 색채, 조선 향기를 향유한 러시아 작가로 인정되고 있다. 그의 소설들 《푸른 섬》, 《꾀꼴새의 산울림》, 《다람쥐》 등과 같은 소설들은 소련 독자들이 많이 읽는 책들로 되어있으며 외국, 특히 한국에서 다수 번역되였다.51)

소설가 김 아나톨리. 사진 : 고려일보.

---

51) 국내에 번역 출간된 것으로는 《초원, 내 푸른 영혼》(대륙연구소출판부, 1995), 《아버지 숲》(고려원, 1994), 《다람쥐》(문덕사, 1993), 《신의 플루트》(문학사상사, 2000) 등이 있다.

오늘 소련 문학에서는 원칙적인 문학 발전의 문제들을 중심으로 논쟁이 벌어지고 있다. 협소한 당성黨性 문학, 철저한 이론적 토대를 갖지 못한 사회주의적 사실주의 문제 등이 문학이론가들, 전체 문인들의 고민거리가 되고 있다. 이때까지 소련 문학은 없는 것을 있다고 해야 했고, 있는 것을 없다고 해야 하는 변태적 사고에 따라 움직였다. 이것을 타개하고 새로운 창작 방법을 찾아내며 새로운 민주주의적이고 자유로운 창작 세계를 수립하는 것이 우리의 과업이라고 생각한다. 그러나 이 문제는 이제 다른 큰 연구 대상이라고 생각하면서 학자·평론가·철학자들에게 밀어둔다.

2. 소련의 고려인 작가들

소련 고려인 문학이 태어난 곳은 러시아 연해주 블라디보스토크 시 신한촌新韓村이다. 신한촌의 첫 개척자들은 그곳을 '개척리' 開拓里라고 불렀다.52) 그 뒤 조선 사람들은 보통 '개체기'라고 부르기도 했다. '개체기 사람', '개체기 상점', '개체기 학교'—'신한촌'으로 주권 당국에 공식 등록된 뒤에도 사람들은 계속 이렇게 불러왔다. 신한촌에 정착한 다수 조선족은 무식하고 가난한, 막노동

---

52) 1863년 13호의 농가들이 연해주의 지신허Tizinkhe로 도강한 이래 연해주 남부 지역 각지에 한인 촌락이 형성되기 시작하였다. 1871년에는 아무르 주(흑룡주)의 아무르 강 연안 촌락을 형성하여 러시아어로 '블라고슬로베노예', 한국말로 '사만리'라 불렀고, 연해주 동남부 지역의 여러 곳에도 한인 촌락이 형성되었다.

한인들이 해삼위海蔘威라 부르는 블라디보스토크에도 1874년에 한인촌 개척리開拓里가 형성되었다. 한인들은 이 초기 한인촌을 1911년에 형성된 신한촌과 구별하여 구개척리, 신한촌을 신개척리라 불렀다. 개척리는 한옥식 초옥草屋 5개에 불과한 작은 마을이었으나 점차 확대되어 1911년 폐쇄될 당시에는 4~5백 호에 달하는 대촌으로 발전하였다.

신한촌은 제정러시아 당국이 콜레라 근절을 이유로 블라디보스토크 시 중심지에 자리 잡고 있던 한인촌을 강제로 철거하면서 1911년 봄부터 시 외곽의 변두리 지역에 건설된 한인 집단 거주지를 말한다.

으로 살아가는 정말 빈천자들이었다.

　　찌푸린 낯 투렁이 옷
　　재산이란 가슴 속 웅키운 노예의 설움
　　의탁이란 장알진 손, 지팽이뿐
　　놈들에게 빼앗기고 짓쫓기는 그 신세—
　　〔조기천, 〈두만강〉〕

　이것이 바로 그 당시 러시아 연해주를 찾은 고려인이었다. 그들의 처지는 너무나 비참하였다. 그 뒤 연해주 산간벽지들에는 '3호동내', '5호동내', '10호동내' 들이 나타나기 시작했으며 화전민들이 밭을 이루어 농사를 짓기 시작하였다. 이런 농촌들에도 '훈장'들이 나타나 '서당'들에서 어린이들에게 천자문을 가르쳐 주고 그와 함께 언문이라고 하는 국문까지 배워주었다. 조선족은 배움이 없이 살 수 없는 민족으로 세상에 알려지기도 했다.

　19세기 말, 20세기 초 시베리아 횡단철도 부설을 위하여 조선의 북방을 여행 탐구한 러시아의 유명한 작가이며 철도 건설 기사였던 가린미하일로프스키는 조선인들의 지식에 대한 지향을 높이 평가한 바 있다. 작가는 조선 북방 보잘것없이 빈궁한 농촌들에서, 특히 저녁때면 집집마다 노래와도 비슷한 단조로운 음성이 밤늦게까지 계속되는 것을 듣고는 자기의 통역에게 물었다. 저렇게 가난한 사람들이 무슨 기분에 저녁이면 저렇게 오래 노래를 부르는가 하고.

　"아닙니다. 서당에 다니는 학생들이 공부하는 소리입니다."

　통역이 이렇게 설명하자 가린미하일로프스키는 감탄하여 마지 않았다.

20세기 초. 바다 쪽에서 바라본 블라디보스토크항의 모습. 사진 : 고려일보.

"저렇게 가난하게 살면서 또 어렵게 노동하면서, 반半기아 상태에서 아무런 출세에 대한 목적도 없이 저렇게 열심히 공부에 열중하는 민족은 아마 세상에 조선족뿐일 것이다."

가린미하일로프스키는 자기의 일기에 이렇게 지적한 바 있다.

"지식에 대한 이런 지향은 진실로 너무나 이상적이다."

이것은 예로부터 오늘까지, 아니 영원히 한민족의 이상적인 민족적 신앙으로 되어버렸다. 이렇게 이주민들이 사는 수백 개의 연해주 산간벽지 농촌들에는 이른바 구학舊學 서당들이 생겨서 밤이면 글 읽는 소년들의 소리가 너무나 아름답기 그지없었다.

역사소설 《홍범도》를 쓴 김세일 씨는 자기의 소설 머리말에서 그 당시 연해주 조선족의 문화 발전 상황을 너무 잘 소개했다.

러시아 연해주에는 조선 민족해방운동가들인 정치망명객들이 많이 모여와 있었고 또 그들이 연해주 각 지방에 산재해 있는 조선족에게 애국사상, 독립사상을 심어주고 고취시키는 사업을 열렬히 하고 있던 시기여서 조선학교들에서는 국어, 산수, 역사, 지리, 노래, 체조 등 과목들이 있었는데 선생님들이 학생들에게 큰 주목을 돌려 가르쳐준 과목들은 역사와 체조였다.

그리하여 우리는 을지문덕 장군이 살수에서 수나라 침략군 수십만 명을 소탕했다는 것, 강감찬 장군이 백전백승의 능한 전술로 소손녕의 거란 침략군을 격멸시켰다는 것, 이순신 장군이 거북선을 만들어 한산도 앞바다에서 왜적 수군을 침몰시켰다는 것 등을 어려서부터 알 수 있게 되었다. 그리고 애국 열사들의 위훈에 대한 이야기, 즉 이준 열사가 광무황제의 밀사로 해아海牙 만국회의에 갔다가 거기서 그들을 한국 대표로 인정하지 않아서 의분에 넘쳐 배를 갈라 만국회의에서 피를 뿌렸다는 이야기, 안중근이 하얼빈에서 이등박문伊藤博文을 육혈포로 쏴 죽인 다음 놈의 배를 디디고 '대한독립만세'를 외쳤다는 이야기들을 해주면서 나의 부친, 선생들은 이들을 본받아 왜적과 목숨 바쳐 싸울 준비가 되여 있어야 한다고 늘 강조하셨다.
학교에서 선생들은 우리에게 이런 영웅·열사들에 대한 노래까지 부르게 하였다.

배를 갈라 만국회에 피를 뿌리고
육혈포로 하얼빈에서 원수 쏴 죽인
이준 씨와 안 의사의 용진법대로
우리들도 그들 같이 싸워봅시다.

　　우리 선조들과 선생들은 홍범도, 김좌진, 허재욱 및 기타 의병
장들이 지휘하는 독립군 부대에 대하여서도 자주 이야기해 주었
다. 우리는 홍범도 장군을 직접 보기도 했고 그에 대한 연극 〈홍
범도〉 초연에서 생전의 홍범도 장군에게 박수를 보내기도 했다.
이와 같은 이야기들은 당시 청소년들의 애국 열의를 북돋아 주기
도 했다. 우리는 독립군들이 부르던 노래도 종종 불렀다.

　　　　이천만의 동포야, 일어나거라.
　　　　일어나서 총을 들고 칼을 잡아라.
　　　　잃었던 네 자유와 너의 권리를
　　　　원수의 손에서 도루 찾도록
　　　　나아가라 싸워라. 대승리 월계관
　　　　네게로 오도록 나아가 싸워라.
　　　　……

　　한인들이 나라를 잃고 독립운동을 하느라고 국내, 국외에서 적
극 활동하고 있던 때에 지구의 6분의 1을 차지하고 있으며 백여
민족 및 준準민족53)이 살고 있는 러시아에서는 인민들이 혁명을
일으켜 1917년 3월에 군주 독재정치를 뒤엎어 놓고, 또한 반년 더
지나 부르주아 임시정부를 전복하고 무산자 독재국가인 소비에
트 정권을 수립하였다.
　　이와 같은 위대한 역사적 사변은 세계 제국주의자들로 하여금
놀라게 하였으며, 전 세계 근로자들과 식민지 피압박 인민들의

---

53) 민족은 러시아, 카자크, 우즈베크, 타지크 등처럼 민족으로서 국가를 형
　성하여 전체를 대표할 수 있지만, 준민족은 그렇지 못한 소수민족을 말한
　다. 옛 소련의 독일인, 위그르인 그리고 고려인이 준민족에 해당한다.

20세기 초. 블라디보스토크의 한인 거주지(구개척리). 사진 : 고려일보.

사회 정치적 해방을 위한 투쟁을 고무 추동하지 않을 수가 없었다. 독일·일본·영국·미국·프랑스·이탈리아 등의 나라들을 비롯한 14개 제국 열강들이 연합하여 소비에트 러시아를 송두리째 없애 버리려고 무력간섭을 감행했다. 이렇게 되어 일본제국군이 러시아 연해주와 시베리아에 대병력을 투입시켰다.

일본 출정군의 연해주 강점으로 하여 연해주 한인 부락들에 있던 학교들이 전부 폐교되었다. 선생들은 헤어져, 혹은 연해주에 남아 빨치산 부대들로 가고, 혹은 만주로 넘어가 독립군에 가담하기도 했다. 학교들이 없어지니 부모들은 하는 수 없이 자신들의 동리에 이른바 '구학 서당'을 열어 놓고 한문 공부를 하게 하였다. 이런 시기에 연해주 조선족 소년들의 교육에서 '구학 서당'들의 구실과 위훈이 너무나 컸다.

연해주에서도 혁명군이 승리하여 소비에트 주권이 수립되었고 1923년 가을부터 연해주 다수 마을들에 관립 소학교들이 열려서 공부가 시작되었다. 연해주 조선족은 시월혁명을 열렬히 지지하였으며 소비에트 정권을 위한 투쟁에 적극 참여하였다. 이와 같은 투쟁에 홍범도 장군이 지휘하는 부대도 참여하였다. 연해주에 이주한 조선족은 99퍼센트가 빈천자들이었다. 때문에 유산계급을 때려 부수고 무산계급 독재를 수립하는 혁명을 지지하지 않을 수 없었다. 마르크스, 레닌의 학설을 알아서가 아니라 그 혁명의 구호들이 너무나 빈천자들의 마음에 들었던 것이다.

공장과 제조소는 노동자에게, 토지는 밭갈이 하는 자에게!

부자가 없고 천민이 자유롭게 살 수 있는 세상을 찬성하지 않을 수가 없는 조선족 빈농들은 러시아의 혁명을 무조건 환영하였다.

———— · ————

구학 서당 훈장들의 서재에서 《춘향전》, 《심청전》, 《홍부전》, 《홍길동전》, 《장화홍련전》 등과 같은 조선 고전 작품들이 나타나 청소년들이 이를 애독할 수도 있었다. 하지만 위대한 문학을 갖고 있는 러시아에서 살면서도 조선족 인텔리들은 러시아 문학 작품들을 읽을 수가 없었다. 러시아말을 몰랐기 때문이었다.

세월이 흐르면서 연해주 조선족 인텔리들 사이에서는 문학 창작에 흥미를 가진 청년들이 나타났다. 그런데 조선 고전문학 형식에 새 시대가 낳은 생활을 담을 수는 없었다. 소비에트 시대는 그 시대의 정신을 담을 수 있는 창작 방법과 형식을 요구하고 있었다. 바로 이때 조선서 카프KAPF 문학의 대표자들인 박팔양, 이상화, 최서해 등의 작품들이 연해주에 들어오기 시작하여 조선족 청소년들이 애독하는 작가들로 되었으며, 또한 이광수, 최남선, 김동환 같은 작가들의 작품들도 조선족 문학의 형식과 창작 방법에 일정한 영향을 주었다고 봐야할 것이다. 그리고 1920, 1930년대 조선서 김동환이 발간했던 잡지 《삼천리》, 좌익 잡지 《조선지광》 등도 조선족 문단의 성장에 좋은 영향을 주었다고 보는 것이 정당할 것이다.

소비에트 정권은 건국 초시로부터 강제이주 전까지만 해도 소련 내 소수민족들의 사회·정치·문화 면에서 많은 배려와 관심을 돌렸댔다. 그것은 아직까지도 레닌의 민족정책이 지속되고 있다는 것을 의미하기도 했다.

레닌은 진심으로 소비에트 정권, 체제의 미래를 믿었으며 자기가 제창한 민족정책의 승리를 믿었던 것 같다. 1924년 레닌은 당 정권 지도자들에게 백여 개 이상의 소수민족들에 대하여 계속 배려를 돌릴 것과 그들에 대하여 양보와 화해를 아끼지 말 것이며 소비에트 기치 아래서 다른 민족들과 함께 친목하게 살림을 꾸려 나가게끔 모든 정책을 써 나갈 것을 유언하였다.

그러면서 소비에트 정권의 세 개의 적(원수)을 피해야 하며 그것을 피하지 않는 한 소비에트 정권은 파멸에 이르게 될 것이라고 이미 경고한 바 있다. 첫째로 '대러시아 민족주의', 둘째로 '공산주의적 오만성', 셋째로 '무식'—— 이것이 바로 레닌이 본 소비에트 정권의 세 적들이었다. 결국은 대러시아 민족주의와 공산주의적 오만성이 소비에트 국가를 붕괴시킨 것으로 되었다. 무식은 그런대로 퇴치했으니까…….

이렇게까지 레닌은 민족정책의 실천을 소중히 여겼으며 많은 자기 저서들, 서한들에서 수차 경고하였다. 스탈린은 결국 레닌의 민족정책을 뒤엎어 놓고 소수민족들을 차별하고, 더 나아가서는 탄압하는 데까지 이르렀댔다.

1923년부터 1933년까지 약 10년 동안은 소련 조선족들이 정치·경제·문화 여러 면에서 빛나는 성과를 거둔 황금기라고 할 수 있다. 연해주 지역들에서 조선민족 구역들이 생겨났고, 블라디보스토크 시에는 고려사범대학, 국립조선극장, 어업대학, 고려학부, 의학전문학교, 상업전문학교, 주州 기관지《연해주어부》신문이 있었고, 우수리스크 시에는 고려사범전문학교, 벼재배전문학교, 하바로프스크 변강 기관지《선봉》신문, 국영출판사 고려출판부, 고급농업학교, 고려간부양성소들이 있었으며 그 밖에도 조선말 신문들이 발간되었다. 그리고 연해주에 3백여 개의 조선말 소·중학교들이 있었다.

이렇게 우리 소련 조선족은 수많은 중학·전문학교·대학까지 가지고 있었고, 극장·문화회관·구락부(클럽)들을 가지고 있었으며, 여러 개의 신문·잡지들과 출판 기관들을 가지고 있었다. 그러나 이런 조건에서 창작 사업을 힘차게 할 수 있는 작가·문예인들이 너무나 부족하였다. 이처럼 1930년대 중반까지는 소수민족 문화가 발전할 수 있는 조건들을 원만히 조성했다고 봐야 할 것이다. 그때 우리 소련 조선족은 고국이나 해외 각국에 산재해 있는 한인들 가운데서 가장 유리한 처지에 있었다고 생각한다.

우리 소련 조선족은 고국에서 일제의 기반羈絆에서 신음하는 동포들을 한순간도 잊어버린 적이 없었으며, 늘 동정의 마음을 깊이 품고 있었으며, 때가 오면 구원의 손길을 뻗칠 준비가 항상 되어 있었다.

소련 고려인 문학의 선구자들

소련 고려인 문학이 본격화되기 시작한 것은 포석 조명희 선생이 1928년 소련에 망명한 시기부터이다. 조명희 선생이 소련에 망명해 와서 첫 작품으로 산문시 〈짓밟힌 고려〉를 썼는데, 이것은 너무나 뜻 깊은 한 개의 사건, 소련 고려인 문학의 새 시대를 시작하는 선언이기도 했다. 시는 이렇게 시작되었다.

일본제국주의 무지한 발이 고려의 땅을 짓밟은 지도 벌써 오래다. / 그놈들은 군대와 경찰과 법률과 감옥으로 온 고려의 땅을 얽어 놓았다. / 칭칭 얽어 놓았다. 온 고려대중의 입을, 눈을, 귀를, 손과 발을……

고려인 청년으로서 이 산문시를 읊지 않는 사람이 없었으며 좌석에서, 모임에서 으레 읊어야 하는 애국 시편으로 되었다. 조명희 선생의 직접적인 영향 아래서, 또한 그의 지도 아래서 고려인 문단이 결성되었으며 발전하기 시작하였다.

연성용, 채계도, 김기철, 김해운, 태장춘, 한 아나톨리, 강태수, 김준, 전동혁, 김증손, 조기천과 같은 작가·시인들이 나타났으며 조명희 선생님의 직접적인 영향 아래서 조선극장이 운영되었고 《선봉》 신문이 발간되었다. 조명희 선생이 1937년 8월 체포 총살되기까지의 기간은 진실로 소련 고려인 문학의 성장기였으며, 특히 선생이 발간을 시작한 잡지 《로력자의 고향》 제1, 2집은 고려인 문학 발전의 토대로 되었댔다.

고려인에 대한 스탈린의 야만적인 탄압은 고려인 문학의 성장·발전을 막아버렸다. 1937년까지 고려인 문학의 기본 주제는 바로 조선 독립, 조선 혁명, 조선의 비참한 진상이었다. 하지만 1937년 강제이주 뒤에는 조선 문제를 주제로 할 수가 없었다. 자 칫하면 민족주의로 불릴 수가 있었으니까……. 때문에 그 당시 문학은 주로 서정시거나, 소비에트 현실의 찬미, 스탈린과 레닌의 우상화·이상화를 내용으로 한 것이었다. 탄압당한 민족의 문학 은 이렇게 하지 않고는 존재할 수가 없었다.

대략 이상과 같은 사회·정치적 환경과 조건에서 소련 고려인 문단이 발생 발전되었다. 사실 1937년 강제이주는 소련 고려인 문 단의 전진의 길을 막아 버렸다. 조선말 학교, 대학, 전문학교 들이 없어지면서 고려인은 동화돼 버렸다. 지금 조선말로 작품을 쓰고 있는 작가·시인들은 사할린 섬 태생이거나 북한 출신이다.

양원식, 이정희, 정장길, 최영근, 정상진(필자)— 이것이 조선 말로 글을 쓰고 있는 고려인 문단의 전부이다. 현 고려인 문단의 전망은 없다시피 하다. 현재 대학들에 있는 한국학부를 졸업한 사 람들이 우리 문단의 운명을 지속하리라는 희망은 너무나 아득하 다. 서울의 문학평론가 이명재 교수(중앙대 국문학과)의 말 그대 로, "한 마디로 중앙아시아를 중심한 구소련 지역 한글 문학은 위 축일로를 걸은 나머지 고사 직전의 처지에 놓여 있는 것이다."

그렇지만 우리의 고려인 문학을 위하여 일생을 바친 작고한 작 가·시인들을 잊어서는 안 될 것이다. 한국 출판사들이 세계 한민 족의 문화유산을 살리며 보전하는 뜻에서 '구소련 고려인 문학선 집' 같은 총서 비슷한 것을 만들어 놓았으면 하는 희망이 있을 뿐 나는 다른 소망은 없다. 우리가 믿고 의지할 수 있는 힘은 오직 한국 문학계뿐이다. 나는 굳게 믿는다.

나는 소련 고려인 문학의 선구자들인 연성용, 김기철, 채계도 (채영), 태장춘, 강태수, 한 아나톨리, 조기천, 전동혁, 김증손, 김세일, 이은영, 김두칠, 한상욱, 김준 등 작가들과 동료 및 친우 관계였다. 이들과 함께 신문사에서 일하였으며 주요 작품들에 대한 토론, 의견 교환도 함께 하였다.

이상 작가들의 작품을 하나도 빠짐없이 다 읽은 사람은 아마 지금 나 하나뿐이라고 해도 지나친 말은 아닐 것이다. 너무나 친절했고, 열정적이었고, 모두 다 깨끗한 양심을 품은 사람들이었으며, 모두들 한반도 운명에 대하여 너무나 고민스러운 관심을 갖고 고국에 축복을 빌던 사람들이다.

> 남북이 다시
> 한 가정 되어
> 부모와 자식
> 다시 만나고
> 끓어 넘치는
> 애정 속에서
> 잃었던 사랑을
> 되찾으려 한다.
> ……
> 〔연성용의 시 작품 가운데서〕

이 시행들은 35년 전에 쓰인 것이다. 소련 고려인 문학의 선구자들의 가슴속 깊이 숨어 있었던 숭고한 숙망을 기도했다. 지금은 이 숙망이 어렵게나마 이루어 질 수 있는 노력, 지향이 느껴지기도 한다. 그래서 고려인 문학의 선구자들에 대한 회고를 남기려 한다. 이들이 세상을 뜬 지도 오래됐건만 이들에 대하여 산 기록을 남길 수 있는 사람은 또다시 나 하나뿐이다. 그래서 고려인 문학의 원로인 연성용으로부터 회고를 시작하기로 결심했다.

선구적 작가 · 작곡가 · 연출가 연성용

소련의 조선 사람들이 어렸을 때부터 〈아리랑〉과 더불어 즐겁게 부르는 노래가 있다. 많은 사람들이 그저 민요라고만 생각하고 있는 노래 〈씨를 활활 뿌려라〉의 가사를 썼으며 작곡을 한 사람이 바로 연성용이다.

연성용은 1909년 러시아의 원동遠東 연해주 라즈돌리노예(하마탕)에서 출생하였으며 그곳에서 창작 활동을 시작하였다. 블라디보스토크 시를 중국 사람들은 예로부터 해삼위海蔘威라고도 일컬었다. 도시를 둘러싼 바다에서 사람들은 해삼을 잡아서 중국에 수출하였다. 진실로 해삼시 주변 바다에 해삼이 많았던 것만은 사실이었다. 어렸을 때 아무르 만灣에서 해수욕을 하면서 해삼을 잡아다 고추장에 무쳐 먹던 기억이 남아 있다. 연해주 조선족 사람들은 별로 블라디보스토크라고 하지 않고 대개는 해삼시라고들 불렀다. '해삼시', '해삼 신한촌', '해삼 사람'이라고들 일컬었다. 연해주에는 중국 지명들이 많았다. '산두거우'三道溝, '수청'水靑, '얼두거우'二道溝, '랸치허'煙秋, '소왕령'蘇王嶺, '재피거우'麥皮溝 등 많은 촌들과 소도시들이 중국 이름을 갖고 있었다.

유서 깊은 신한촌! 보잘것없는 촌이었다. 가난하고 빈궁하기 짝이 없는 마을이었다. 수만 명의 조선 사람들이 살고 있는 신한촌에는 수도도 우물도 병원도 없었다. 그래서 신한촌에는 '개체기물장사', 한의원, 점쟁이들이 생겨나서 어렵게 사는 사람들에게 봉사도 하고 위안도 되었다.

'개체기'란 말의 어원을 밝히기로 하자. 19세기 말 무인산정無人山頂에 조선족 마을이 생기기 시작하였다. 그 마을을 조선 사람들은 '개척리'라고 했는데 점차 '개체기'란 사투리로 변하여 버렸다. 지금도 노인들은 '개체기 사람', '개체기 집'이라고들 말하고 있다. 그래서 '해삼 개체기'라고도 한다.

연선용의 팔순을 맞아 《레닌기치》가 실은 기사(1990년 12월 12일).

빈궁과 기아, 몽매와 천대의 소굴로서 '개체기' 신한촌은 소수 민족들에 대한 제정러시아의 야만적 민족정책의 본보기이기도 했다. 그곳에는 조선민족이 이주당한 시기인 1937년까지도 별로 큰 변화가 없었다. 이런 마을에서 우리는 태어나 맨발로 걸어 소학교에 다녔다.

그러나 신한촌은 연해주에서 문화 중심지로 유명하였다. 신한촌은 원동의 조선 혁명가들, 국제주의자들을 어느 때나 따뜻이 맞아들였으며 그들의 혁명적 위업을 힘자라는 대로 지지 응원하였다. 일본 침략자들을 반대하여 독립의 높은 뜻을 가슴에 품고 러시아를 찾아오는 조선의 망명가들도 신한촌의 혜택을 입었다. 안중근 의사도 하얼빈에 가기 전 해삼 신한촌에 들렀다는 이야기도 들었다. 이처럼 해삼 신한촌은 혁명가들, 독립지사들의 연락처로도 되였댔다.

우리는 지금도 신한촌을 잊지 않고 있다. 너무나 뜻 깊은 마을이었다. 연성용은 신한촌을 이렇게 노래했다.

잘 있느냐, 그 동안
정깊은 신한촌아!
지난 밤 꿈결에도
또 너를 보았다.

내 살던 작은 집
내 심은 버드나무
행복에 넘쳐 딩굴던
바다언덕 금잔디

오, 항상 그립다.
진정 못잊겠다.
나를 고이 길러준
은혜많은 신한촌!

아무르만의 신비로운 달밤
오리알 물결우에
한숨도 지었고
희망에 뛰는 맘
청춘의 마음
수평선에 뜬 배와 함께
만리에 보냈다.

마아산 청강판에
눈보라 칠 때
행복의 길 따르노라

널 찾아오던
흰옷 입은 사람들도
나는 보았고
국내전쟁의 풍랑에
함께 일떠서
시월의 전취물을 지키려
총을 메고 빠르찌산으로 가던
용감한 사람들도
나는 보았다.

한도 락도 한데 엉킨
뜻깊은 신한촌아
옛추억에 타는 마음
내 노래 들으라!

정깊은 너를 두고
떠나던 그때—1937년!
쓸쓸하기도 하였다.

오, 신한촌, 신한촌
언제나 잊지 못할
신한촌아!
내 심은 버드나무
얼마나 컷을까?
그때로부터 오늘까지
반세기도 넘어

내 머리에 비록

백설이 휘날리나

아직도 희망에 들끓는 마음

청춘으로 또다시 돌아와

신한촌아, 신한촌아!

널 보고싶은 마음

오늘도 향촌땅우에

생의 노래 띄우노라.

〔연성용, 〈신한촌〉〕

혁명 전에는 우리에게 자기 작가도, 시인도, 극장도 없었다. 대중은 혁명을 믿었고, 또 절대 지지 환영하였다. 혁명이 낳은 새 시대는 자기에 대한 연대기를 쓸 수 있고 자기를 노래할 수 있는 작가와 시인들을 간절히 요구하였으며, 또 그런 자기의 가수들을 낳기도 했다. 이와 같은 변혁의 풍파 속에서 연성용, 한 아나톨리, 채영, 태장춘, 김준, 김기철, 강태수와 같은 작가들과 시인들이 태어났으며 새로운 형型의 극장이 인민을 위하여 막을 올렸다.

신한촌 문화의 등대였던 스탈린 구락부, 1920~1930년대의 신한촌에서 살지 않고서는 이 구락부가 논 위대한 구실을 상상하기 어려울 것이다. 모든 기념 집회, 문화 행사 그리고 연극들이 여기서 진행되었으며 공연되었다. 또한 조선극장이 이 구락부 무대에서 태어났다. 동시에 이 극장 무대에서 연성용이 작가로 태어나 자기의 영광스러운 예술의 일로를 마련하기도 했다. 연성용과 채영의 희곡들을 중심으로 한 연극들에서 소련서 명성을 떨친 '인민배우'들인 김진, 이함덕, 이장송, '공훈배우'들인 최봉도, 이경희, 이길수와 같은 아름다운 배우들이 태어났으며 바로 이들이 현 카자흐스탄공화국 국립조선극장의 창시자들로 되었다.

연성용은 18세의 청년이었던 1927년에 첫 희곡 《승리와 사랑》
을 집필하여 소련 원동 변강 희곡 현상모집에서 일등상을 받았다.
바로 이 희곡이 또한 혁명 뒤 원동 연해주 조선 문단의 첫 문학
작품이며, 그 저자는 소련 조선 희곡문학의 선구자로 되었다. 그
당시 원동 연해주 조선 지식층에는 배우도 연출가도 없었다. 이와
같은 현실은 연성용으로 하여금 배우로 연출가로 또 연극의 조직
자로 되게 하였다.

이 글을 쓰는 필자의 눈앞에는 지금도 그 당시 청년들의 헌신
적이며 눈부신 사회 활동이 선하게 떠오른다. 극장 활동은 참으로
고상하고도 아름다운 사회사업으로 되였댔다. 그들은 돈도 표창
도 요구하지 않았으며, 또 그러한 생각조차 있을 수가 없었다. 그
들은 무대에 올라 관객의 박수를 받는 것을 영광으로 생각했으며
그것이 또한 그들에게는 최고 영예였다.

연성용과 나의 관계는 특별하였다. 그의 부친 연 의관(의원이며
약제사)과 나의 부친은 형제처럼 너무나 가까운 사이어서 나와 연
성용 사이도 또한 그러했다. 우리는 형님, 동생 하는 사이었다. 이
에 대하여는 연성용이 나에게 보낸 편지가 증시해 주고 있다.

나의 동생 상진에게!
금년 11월 10일에 나는 '사수 시' 출판사에 가서 나의 책을
가져왔소. 5년 동안 기다리던 책이 세상을 보게 되었으니 감동
된 맘은 한이 없소. 집에 와서 상진이 쓴 머리말을 읽어보고 오
직 나를 지극히 사랑하는 사람만이야 그런 글을 쓸 수 있다는
것을 나는 다시금 감각했소. 나는 지금 병세가 좀 낫소. 나 죽
지 말고 좀 더 오래 살아야 나의 머릿속에서 쌓여있는 창작적

계획을 좀이라도 더 실행하겠는데 머리는 백발이요 힘은 쇠진
하여 어찌할 바를 모르겠소.

　　가는 봄 가는 세월
　　걷잡을 수 있다면
　　창검을 들고서라도
　　길 막아서련만
　　이제 또 한 생
　　더 살 수 있다면
　　어떻게 살 것을
　　인제야 알건만

　　어언간 머리엔
　　백발이 휘날렸다.

　　희망의 새야
　　깃을 펴라
　　희망의 별아
　　반짝여라!

　　칠십 고개에
　　올라선 길손
　　신들매를 졸려맨다

　제수 마리야에게 진정한 문안을 전해주오. 상진이와 마리야
와 집 애들의 건강과 빛나는 업적을 진심으로 축원하오. 언제나

또 한 번 만나겠는지……

연성용 씀
1983년 11월 11일

우리는 이만치 가까운 사이였다. 큰 작품, 희곡과 같은 작품들을 함께 읽고 분석하고 때로는 심한 논쟁에까지 이르기도 했다. 연성용은 희곡 작품들의 제목에 대하여 자주 신경을 쓰기도 했는데, 그 면에서 그는 자주 내가 제기하는 제목을 접수하군 했다. 예를 들면 희곡《불사조》,《강직한 여성》등의 제목은 내가 제기한 것이었다.

나는 소년 시절부터 연성용의 무대 활동을 환희로운 마음으로 살피기도 했다. 그는 진짜 시대가 낳은 작가며, 작곡가며, 가수며, 배우며, 연출가며, 시인이었다. 1920~1930년대 연해주에서 연성용이 없으면 무대가 없었을 것이었다. 이렇게 되어 연성용은 연해주 일대에서 가장 이름난 작가·예술가였다. 도시와 농촌들에서, 각종 행사들에서, 좌석들에서 연성용의 작사·작곡으로 된 가요들 〈씨를 활활 뿌려라〉, 〈내 사랑아〉 그의 희곡(연극)에서 나온 〈마루꼬의 노래〉가 반드시 울려 나오군 하였다. 이 노래들의 몇 구절을 보기로 하자.

이 넓은 논판에 씨뿌려
풍작의 가을이 돌아오면
누렇게 누렇게 벼이삭
우거우거져 파도치리

에헤헤—뿌려라

씨를 활활 뿌려라

땅의 젖을 짜먹고

와싹와싹 자라게.

……

에헤라 즐겁다, 이 봄이

따뜻한 태양이 비치는 봄

일망무제의 막야옥토

부요한 내 나라 이 아니냐

……

〔〈씨를 활활 뿌려라〉에서〕

내 사랑아 기억하냐?

네가 상금 탄 그날 밤을

그 후로는 웬일인지

나도 몰래 밤잠을 못자

밤마다 너의 집 뒷동산에 가

단소를 곱게 불어 널 불렀네

〔〈사랑의 노래〉에서〕

사랑하는 동철 씨

내 말 좀 들어줘요.

연년이 이날 밤에

비가 오거든

마루꼬의 눈물인 줄

알아주세요.
　〔연극 〈올림피크〉에서〕

　지금 생각하면 좀 어색할는지 모르겠으나 1930년대에는 이 노래들이 너무나 유행이었다. 지금도 가끔 결혼식에서 좌석들에서 민요처럼 부르군 한다. 연성용이 죽은 지 벌써 6년이 지나도 그의 노래는 살아서 사람들의 마음을 기쁘게 하고 있다. 이것이 바로 작가 예술가의 기나긴 끝없는 세월이 아닌가 하고도 생각된다.
　이처럼 연성용은 진실로 타고난 예술가였다. 그는 종종 나하고 농담조로 이렇게 말한 적도 있다.
　"상진이, 세상에 문학예술이 없었더라면 연성용은 굶어 죽을 신세였을 거야! 거어지, 멍텅구리가 되었을 거야! 그렇지 않소, 상진이? 글쎄 문학예술 외에는 아무 것도 할 줄을 모른다니까!"
　그러고는 크게 소리쳐 웃는 것이었다.
　그의 웃음은 독특하였다. 뱃속에서 크게 나오는 쾌활하고도 진정한 웃음! 너무나 우리는 이런 웃음을 드물게 느낀다. 어느 한 불란서 학자가 '웃음 자체가 건강이다'라고 말한 것이 백번 타당하다고 생각한다. 그래서인지 그는 87세를 살았다. 그리고 그의 성격은 죽을 때까지도 천진난만한 동세계童世界였다. 그리고 그는 너무나 열리고 투명한 사람이었다. 그는 마음속에 비밀도 거짓도 없는 깨끗하고도 열정적이면서도 솔직하고 소박한 인간이었다.
　1978년에 그의 전집 《사랑의 노래》(시·산문·희곡 선집)에 내가 머리말을 쓰기도 했다. 그래서 그가 1930년대에 쓴 희곡들인 《장평동의 횃불》, 《올림피크》, 《불속의 조선》 등 5~6편을 다시 읽어 보았다. 1930년대에 나의 환희를 자아내던 작품들이 너무나 유치해 보이기도 하고 많은 의심스러운 점들이 느껴졌다. 그래서 연성용을 만나서 내가 생각하는 대로 전부 이야기했더니 연성용이 자기를 위안하듯이 나에게 말하였다.

"상진이, 나도 지금 그것을 느끼고 있소. 그때 나의 수준, 상진의 수준, 관객들의 수준, 더 나아가서는 시대의 수준이 그러했다고 생각하오. 위대한 천재 아니고는 자기 시대의 수준을 넘을 수는 없다고 생각하오. 상진이, 나는 천재는 아니니까!"

연선용과 이경희. 사진 뒷면에 "1935년 1월 5일/영원한 동무적 선물로/연성용, 리경희로부터/태장춘, 리함덕에게……/카짜스딴, 크실오르다"라 적혀있다. 사진 : 이혜승·최아리따.

그에게 동의하지 않을 수 없었다. 그리고 나서 나는 그의 선집에 머리말을 썼다. 진실로 연성용은 자기 시대의 영웅이였다. 자기의 작품집을 나에게 선사하면서 나에게 장황한 편지도 보내왔고, 작품집 첫 면에 "소련 조선인 사이에서 으뜸가는 문예평론가인 정상진 동무에게 이 책을 선물로 드립니다"라고 쓰기도 했다.

연성용에게는 너무나 훌륭한 부인 이경희가 있었다. 나는 그저 '형수' 또는 '아주머님'이라고 섬기면서 무한히 존경하는 분이었다. 이경희는 충실한 부인이였으며 아름다운 배우였다. 이경희는 1935년 16세의 처녀로 연성용에게 시집가서 그날부터 무대에 올라선 조선극장의 원로 가운데 한 분이다.

이경희의 무대 생활에서 나에게 너무나 큰 인상을 준 연기가

《심청전》에서 심청의 역이었다. 1936년 봄이라고 기억되는데, 연극《심청전》개막이《선봉》신문을 통하여 전 연해주에 널리 알려졌다. 그래서 연해주 일대 농촌들에서는 사람들이 며칠 앞서 신한촌에 와서 스탈린 구락부 마당에 자리를 펴고 자면서까지 그 연극을 기다렸다. 그 당시 조선극장의 위신이란 상상할 수 없이 높았다.

그런데《심청전》초연 전야에 이경희의 갓난애기가 죽었다. 이것은 집안의 비극이었다. 그러나 광고된 연극《심청전》은 연기할 수가 없게 되었다. 그때 이경희는 자기 남편 연성용에게 이렇게 말했다고 나는 들었다.

"나의 사랑하는 애기는 죽었소. 그러나 극장은 살아야 하오. 나는 무대에 나갈 거요."

그러고는 목 놓아 울었다.

만원을 이룬 장내는 긴장 속에서 개막을 기다렸다. 연극에서 이경희는 실지로 처음부터 막이 내릴 때까지 울면서 연기를 계속하였다. 심청과 심봉사의 이별 장면! 이경희, 심청은 통곡에 가까울 정도로 울었다. 장내는 울음바다로 변하였다. 막이 내렸다. 장내는 죽은 듯 침묵 속에 잠겼다. 그러나 흐느낌 소리는 이곳저곳에서 들렸다. 불시에 장내 모든 사람들이 일어서고 박수와 함성이 계속되었다. 이경희는 박수 속에서도 눈물을 금치 못하였다. 이것이 배우 이경희의 첫 성공이었다. 내 자신이 이 모든 광경을 심청과 함께 울면서 본 산증인이기도 하다.

연성용, 이경희는 소련 조선족 예술사에서 한 시대를 뜻하기도 한다. 여기에서 1987년 9월 연성용과 나 사이에 나누었던 대화를 밝히려 한다. 그 당시는 소련이 자기의 붕괴를 앞 둔 시기이기도 했다.

"상진이, 어떻게 생각하오. 소련 체제가 좀 흔들리는 것 같은 느낌이 없소? 나는 일생 무소속으로 산 사람이 돼서 잘 모르기는 하지만, 어쩐지 나라가 심상치 않다는 말이오. 지금 나는 글을 쓸 수가 없소. 이런 부정확한 상황……. 나라가 갈팡질팡하고 있으니 말이오."

연성용은 심각한 표정을 하는 것이었다.

사실 사고를 가진 인텔리는 그 당시 이런 의심 속에서 고민하지 않을 수가 없었다. 당·정부 고위층에까지 매수, 뇌물 등 각종 비법非法 및 무법 천지였으니 이것은 곧바로 망할 징조였다.

"형님, 누구와도 이런 말을 한 적은 없었지만 사실 그런 의심이 사회적 현상으로 되었소. 지금 '공산주의는 불가능하다', '공산주의는 공상이다'라는 말을 사람들은 공공연하게 하고 있소.

형님 기억하오. 우리 아버지를 체포하여 총살한 걸? 얼마나 많은 학자들, 전문 기술자들, 군대 고위 장성들이 학살당했습니까? 이것이 망하는 징조였소. 이렇게 벌써 1937년도에 소련이라는 공산체제가 기울어지기 시작했다고 나는 생각하오. 이런 의미에서 스탈린 자신이 제1호 변절자, 배신자이기도 하지 않소?!"

"글쎄, 이처럼 위대한 나라가 기울어진다는 것이 너무 무섭기도 하고……. 그러면 우리는 어디로 가는 거야?"

"어쨌든 소낙비가 내려서 싹 씻어 쓸어버려야 하오. 이대로는 더 살 수 없다고 나는 생각하오."

나는 좀 흥분된 어조로 말했다.

"그러니 무슨 글을 어떻게 써야 할지……. 이거야 정말 갈 바를 모르겠단 말이오."

연성용의 답답한 말이었다.

"형님, 이런 시기에 자기의 의심, 혼란 상태, 갈 바를 모르는 사람들……. 이것이야말로 위대한 갈림길 시대의 시대적인 주제가 아니겠소?"

"글쎄, 좀 기다려 보지."

이렇게 연성용은 이야기를 끊어 버렸다.

그 뒤 얼마 안 되어 위대한 고르바초프의 개방세기(글라스노스트)가 개창되며, 1989년 9월 25일에 140명의 소련 조선족 대표단이 제1회 세계한민족체전에 참가하기 위해 서울에 오게 되었다. 이것은 소련 조선족에게 천지개벽이나 다름이 없었다. 서울 김포 공항에 내려 나와 허웅배는 무릎을 꿇고 두 손을 하늘에 높이 치켜들고 "아 조국이여!" 하고 얼마나 울었던가? 영원히 잊지 못할 순간이었다.

오늘의 카자흐스탄 조선극장에는 연성용, 이길수, 이함덕, 이경희, 김진, 최봉도와 같은 열광적인 진짜 조선적인 배우들이 없다. 《고려일보》, 조선극장, 조선말 라디오, 텔레비전 방송 '고려사람' ── 모두가 한 운명의 길을 걷고 있다. 이들에 대하여 생각할 때 나는 그저 울고만 싶다. 이들의 전망을 전혀 볼 수가 없다. 이들이 믿고 의지할 곳과 힘은 오직 대한민국뿐이다. 나는 죽기 전에 이들 운명의 밝은 내일을 보고 싶다. 나는 맥 빠진 사람처럼 그런 내일이 동쪽 하늘에서 밝아 오기를 조리는 마음으로 기다리고 있을 뿐이다.

작가 김기철

김기철 선생은 조선족 문학계에서 가장 산문문학의 문화文華가 높으신 분이었다. 문장·문맥이 고르고 창작에 대한 요구성이 강

한 작가였다. 그는 주로 희곡
과 단편소설을 썼다. 소련 조
선족 사이에서 존경받는 문학
가였다.

김기철 선생은 나를 특별히
사랑하고 돌보아 주시던 분이
어서 나의 생애에서 잊을 수
없는 선생으로 모시던 분이기
도 하다. 모든 문제에 대하여
심중深重하게 관계하시고, 또
모든 문제의 해결에서 정확하
시고 선명한 분이었다.

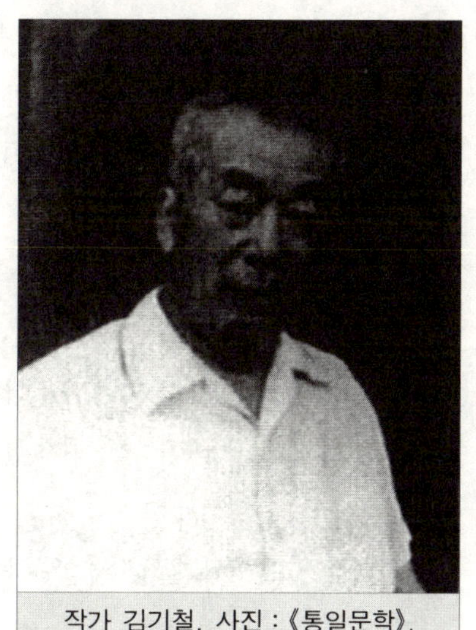

작가 김기철. 사진 : 《통일문학》.

김기철 선생은 연성용, 화가 김형윤과 함께 1920년대에 중국 동
만東滿 용정龍井에 있는 애국 사상으로 유명했던 대성중학大成中學
을 졸업했다. 나는 지금도 이들이 동만 용정에 유학하면서 방학이
면 해삼에 오군 하던 때를 기억하고 있다.

김형윤은 대성중학을 졸업하고 또 해삼(블라디보스토크) 8호
10년제 중학을 졸업한 뒤 모스크바 미술대학을 졸업한 그 당시
조선족 사회에서 유일한 화가였다. 사람들은 김기철, 김형윤, 연
성용을 '삼형제 친구들'이라고들 말하기도 했다. 이 삼형제 친구
들과 나는 무척 친숙했으며 늘 어디에 가나 그들과 함께 모든 행
사, 좌석들에 동참하는 사이였다. 지금은 삼형제 친구들이 전부
저승에 간 영혼들이 되어 나 혼자만 남아서 그들에 대하여 글을
쓰게 된 것을 너무나 다행으로 생각하기도 한다. 그들이 몹시 그
립다.

김기철 선생은 생활에서 몹시 성실하고 겸손하고 소박한 인간

이었다. 말이 적고 조심스러운 분이었다. 그런 선생에게는 세상에
서 가장 존경하고 숭배하다시피 모시던 분이 있었다. 그분이 바로
우리 민족의 자랑인 홍범도 장군이었다. 김기철 선생은 출장 전후
꼭 장군님을 찾아서는 절하고, "장군님, 저 잠깐 출장을 떠납니다.
그 동안 부디 건강하시기를 믿습니다" 또는 "장군님, 저 출장에서
돌아왔습니다" 하고 보고하듯 하였다. 장군님이 사망한 지 몇 달
이 지난 다음 길가에서 만났더니 나를 껴안고 흐느껴 울었다.

"상진이, 장군님이 돌아가셨소. 조선 해방도 보시지 못하고
……."

그렇게 말을 채 끝내지 못하면서 계속 우는 것이었다.

'진정 김기철 선생은 장군님을 숭배하셨구나' 하고 나는 그와
함께 슬퍼하기도 했다. 그렇게 장군님을 존경하며 모신 분이 장군
님에 대한 작품은 한 편도 남기지 않았다. 한번 어느 좌석에서 이
에 대하여 대화를 나눈 적이 있다.

"선생님, 홍범도 장군님과 친숙했으며 자주 만나기도 하고 그
의 일생을 잘 알고 계시면서 왜 장군에 대하여 글을 쓰지 않습니
까?"

이렇게 내가 물었다.

"너무나 위대한 인물이어서 나의 재주로는 감당해 낼 수가 없
으니……."

선생은 좀 미안한 기색을 얼굴에 띠면서 대답하는 것이었다.

그 뒤 1960년대에 김세일 씨가 장편소설 《홍범도》를 써서 《레
닌기치》에 연재하기 시작하였다. 그때 나는 김기철 선생과 김세
일 씨가 쓴 소설 《홍범도》에 대하여 논의한 바 있다.

"선생님, 김세일 씨의 소설 《홍범도》를 읽어 보았습니까?"

내가 물었다.

"읽고 있소. 나는 그 소설을 찬성하고 싶지 않소. 홍범도 장군은 홍길동이 아니오. 평범하고도 용맹무쌍한 애국애족의 인간이오. 한 마디로 인간이오. 그러니 독자가 김세일 씨의 소설 《홍범도》를 믿을 수가 있겠소? 인간 장군으로 묘사해야 되지 귀신을 만들어 놓았으니……."

이렇게 흥분하더니 잠깐 있다가,

"하룻강아지 범 무서운 줄을 모른다는 격이야!"

1958년 연극 〈홍범도〉에서 홍범도로 분장한 카자흐스탄 공훈배우 이용수(1916 ~1972). 사진 : 이혜승·최아리따.

그러고는 더 이야기하고 싶지 않다는 듯 입을 다물었다.

이것이 김세일 씨의 장편소설 《홍범도》에 대한 김기철 선생의 평가였다. 나는 선생의 이런 평가에 일리가 있다고 생각했다. 김기철 선생은 누구의 작품에 대하여 이렇다, 저렇다 하고 평가하기를 즐겨하는 분이 아니었다. 그러나 홍범도 장군에 대한 이야기가 나오게 되면 커다란 관심을 갖고 상세히 또는 열렬히 해명 설명하기도 했다.

이와 관련하여 1942년 봄에 카자흐스탄 크질오르다 시 조선극장 무대에 태장춘 씨가 쓴 희곡 《홍범도》가 올랐던 때를 회상하고 싶다. 그날 나는 김기철 선생 덕분에 선생과 함께 바로 홍범도 장군이 앉아계신 뒷줄에 앉아 연극을 보게 되었다. 그때 나는 처음 홍범도 장군을 가까이 보게 되었다. 물론 1930년대부터 이주 뒤에도 각종 행사들에서 자주 장군을 보기도 하고 그의 연설도 들었다. '장군으로는 너무 평범하고 소박하지 않는가?' 하는 생각도 없지 않았다.

연극을 보면서 김기철 선생은 귓속말로 "상진이, 태장춘이 확실히 재간 있는 사람이야! 됐소! 장군의 모습이 제대로 된 것 같아!" 하고 감탄하였다. 연극이 끝나자 장내 관객들은 일어서서 연극에라기보다 홍범도 장군을 향하여 박수를 보냈다. 홍범도 장군은 일어서서 관객들을 향하여 손을 들어 답례하시는 것이었다.

배우들이 무대에서 객석으로 내려와 홍범도 장군의 손을 잡고 인사 겸 물었다.

"장군님, 인상이 어떻습니까?"

"너희들이 나를 너무 추켰구나!"

홍범도 장군은 웃으면서 대답했다.

"어쨌든 고맙다."

이렇게 가까이서 나는 장군의 말을, 음성을 들을 수가 있었다. 어쩐지 그때 장군님의 모습이 나의 기억에서 사라지지 않고 해방 3년을 앞두고 세상을 뜬 것이 아쉽다는 생각에 이따금 우울하기도 했다.

김기철 선생의 창작 가운데 나의 기억 속에 남은 작품들은 희곡 《동변 빠르찌산》과 중편인 《붉은 별들이 보이던 때》, 《복별》, 《금각만》이다. 1934년 해삼 신한촌 조선극장 무대에서 나는 처음 김기철 선생의 희곡에 의한 연극 《동변 빠르치산》을 보았다. 관객들의 환영을 받았다. 연해주 조선족 사람들은 처음 그 연극을 통하여 만주벌, 수림 속에서 조국의 독립을 위하여 싸우는 형제들을 볼 수 있었다.

중편소설 《붉은 별들이 보이던 때》는 1941~1945년 소독전쟁의 어렵던 시기를 그린 작품이다. 이 중편의 주인공이 곧 김기철 선생이었다. 중편소설 《금각만》과 《복별》은 러시아에서 1917년에서 1922년 사이 혁명과 국내전쟁 시기의 조선족 고난사이기도 하다. 이상 세 작품들에 그려진 사변들은 김기철 선생이 몸소 체험한 고난의 길이었다. 김기철 선생은 그 당시 조선족이 얼마나 어렵게, 고통스럽게 살았는지 소설 《복별》에 이렇게 썼다.

끊임없는 기대와 불안 속에서 여름 한 철이 다 가고 가을이 닥쳐왔다. 농사조차 변변히 짓지 못하다보니 무엇보다 먹을 걱정, 입을 걱정이 컸다. 어머니들 입에서는 '이젠 굶어죽었다'는 말이 자주 튀어 나오군 하였다. 정말 더 살아나갈 길이 없는 것만 같았다.

"조선족은 죽지 않아! 조선족은 영원한 민족이야!" 하고 조선족에 대한 긍지를 김기철 선생은 소리 높여 표현한 적도 여러 번이었다.

김기철 선생이 여러 작가들의 모임들에서 한 명언들을 나는 지금도 기억하고 있다. 물론 새로운 것은 아니었지만 그 명언들은 선생의 문학 창작에 대한 태도를 말하여 주기 때문에 중요하다. '느껴지지 않으면 쓰지 말라', '흥미가 없으면 문학이 아니다', '자기 작품의 주인공들을 사랑하라', '독자가 믿지 않으면 붓을 꺾어라' 등 선생의 교시들은 그 당시 젊은 작가들에게 너무나 적절하였다.

김기철 선생은 조선을 무한히 사랑하였으며 그리워하였다. 그러면서도 해방 뒤 한 번도 조선에 못 가 보셨다. 1989년 서울에서 열린 제1회 세계한민족체전에 소련 조선족 대표단도 참가하게 되

었다. 김기철 선생도 대표단의 일원으로 되었댔는데, 건강 상태가
너무 어려워서 갈 수가 없었다. 선생은 타슈켄트에서 나에게 전화
로 "상진이, 한국에 가서 나의 울음 섞인 인사를 서울에 전하오!"
하시더니 말씀을 더 잇지 못하셨다. 선생은 그 뒤 얼마 안 지나
83세를 일기로 세상을 떴다.

작가 김준

소련 조선족 문학사에서 김준(1900~1979)은 여러 가지로 귀중
한 존재이다. 그는 1917년 시월혁명에서부터 국내전쟁, 레닌의 신
경제정책NEP 시기, 농촌집단화와 부농 청산, 나라의 공업화와 문
화혁명, 1937~1938년 스탈린의 탄압·학살과 조선족의 강제이
주, 제2차 세계대전과 소련의 승리 등 소련 70년의 산 역사로도
되어 있다. 김준 선생은 특히 러시아에서 1918~1922년에 벌어진
국내전쟁 당시의 조선족 빨치산 명장들과 붉은 군대 장교들을 직
접 알고 있었다.
김준은 러시아에 이주한 조선족 가운데서도 진짜 가난하기 짝
이 없는 가정에서 태어났다.

기억도 아득하니 멀다.
생각하면 천리로다
그 옛날
퇴창문에 햇살도 못 드는 땅굴막!
거기서 내가
첫 울음을 울었다오.

갓난 애기의 첫 울음 소리를
그대는 알아듣는고
인간에 한 번 내려져
만 갈래 슬픔을 아뢰는 소리였다.
그 소리 난 고장을
사람들이 '이만'이라 부른다오.

이렇게 작가 김준은 자기의 시편 〈내 고향 땅에서〉에서 자기의
운명, 수천수만 조선족의 그 당시 운명을 슬피 노래하였다.

나는 그의 작품들인 장편서사시 〈마흔 여덟〉, 중편소설 《지홍
련》, 그리고 장편소설 《십오만 원 사건》과 그의 모든 시편들을
다 읽었다. 특히 그의 산문 작품들이 나의 마음에 들었다. 앞의 두
산문 작품은 나와 자주 만나 토의하면서, 때로는 논쟁도 하면서
창작된 것인데, 소설 《지홍련》은 작품의 내용과 형식, 사건 발전,
줄거리로 보아 잘 짜이고 선명한 것이 나의 마음에 들었고, 장편
《십오만 원 사건》은 실지 역사적 사실을 내용으로 하여서 흥미가
있었다.

나는 그 소설의 주인공인 최계립(최봉설) 선생도 잘 알고 있었
으며 자주 만나서 좌석을 이룬 적도 한두 번이 아니었다. 나는 그
소설의 내용 전체를 실지로 최계립 선생에게서 직접 자세히 듣기
도 했다. 그러기에 나는 '김준 선생이 얼마나 사실에 충실했는가를
절대 확증할 수 있다. 사실 소설 창작에서 사실에 너무 충실해도
안 된다고 본다. 창작에서 허구라는 것을 법으로 하고 있기 때문
이다.

김준 선생은 성격상 좀 어려운 분이기도 했다. 과격이 심하고
한번 좋지 않게 본 사람하고는 영원 절교였고, 좋다고 본 사람에

작가 김준. 사진 : 《통일문학》.

한하여는 누가 무어라고 해도 영원한 친구로 되군 했다. 그래서인지 나는 그의 영원한 친구로, 창작적 동료로 되어 몹시 친숙한 사이였다. 우리는 만나기만 하면 창작에 대한 이야기, 소설 분석, 시편 낭송을 하였다. 특히 술좌석의 김준 선생이 너무나 마음에 들었다. 술만 좀 마시면 김준 선생은 자기의 시편들을 읊는 것이었다.

"상진이, 나는 내가 쓴 시들을 전부 암송하고 있소. 내가 이주 초년 시 초원마을에서 사밀랴라는 여인을 몹시 사모한 때가 있었소. 좀 들어보오."

생활의 시름과 갈망이
등불 아래 설레는 때면
나는 사밀랴의 뒤에
가벼운 그림자를 안아
내 앞 가을 산마루에
높게 기념탑으로
동백나무를 세우노라!
만년을 두고 푸르러라!
오늘도 나는
밤새도록 마른,
그러나 푸른 입술을
또 다시 횡적에 붙이노니 :

그
　　수줍은
　　　　미소와
그
　　무거운
　　　　태도를
나의 맑은 곡조에 담아
귀뚜라미 노래하는 달밤
저 초원으로 보내노라-
응당 듣기리라,
　　　　　사밀랴에게
……
〔김준, 〈샤밀라〉〕

"상진이, 어떻소?"

그리고 김준 선생은 만족하게 웃는 것이었다. 상당히 좋은 기분이었다. 좌석 사람들은 알아들었는지 못 들었는지 모두들 취중이어서 웃으면서 박수하였다.

"김준 선생님, 선생님의 진정이 담긴 시편이라는 것이 느껴지는데 왜 그렇게 아름답고 소박한 심정을 그처럼 복잡하고도 어려운 표현 속에 잠겨버리는지를 이해할 수가 없소."

이렇게 말했더니 김준 선생은 노여워하셨다.

"상진이는 어느 때나 내 시에 대하여 너무 심하게 논하는데……. 좀 섭섭하오."

"선생님, 내가 김소월의 시를 무척 좋아하는데……. 원인은 하나입니다. 그 문맥 표현이 시적이면서도 너무나 깨끗하고 소박하고 아름답고, 알아듣기 쉽고 해서입니다. 들어 보십시오."

　　그리운 우리 님의 맑은 노래는
　　언제나 제 가슴에 젖어 있어요.
　　긴 날을 문 밖에서 서서 들어도
　　그리운 우리 님의 고운 노래는
　　해지고 저물도록 귀에 들려요.
　　밤들고 잠들도록 귀에 들려요.
　　〔김소월, 〈님의 노래〉〕

"또 다른 김소월의 시편 〈고적한 날〉을 들어보기로 합시다."

　　당신님의 편지를
　　받은 그 날로
　　서러운 풍설이 돌았습니다.
　　물에 던져달라고 하신 그 뜻은
　　언제나 꿈꾸며 생각하라는
　　그 말씀인 줄 압니다.
　　흘려 쓰신 글씨나마
　　언문 글자로
　　눈물이라 적어 보내셨지요.
　　……

"선생님, 보십시오. 심각하고도 뜻 많은 심정을 얼마나 소박한 표현들에 담았습니까! 보편적인 이야기면서도 서정이 흐르는 시행들이 아닙니까?"

나는 김준 선생을 설복시키려고 시도했다.

"김소월은 그렇게 쓰고, 나는 또 나대로 쓰는 거지."

선생님은 이렇게 대꾸하셨다. 그 뒤 만나서 화해도 하고 계속 친숙한 사이로 지냈다.

진실로 김준 선생의 산문은 좋은 문학적 수준에 놓여 있다고 보는 것이 정당할 것이다. 소련 고려인 산문문학에서 김기철 선생과 김준 선생이 고전으로 되어 있다고 봐야 할 것이다. 김준 선생은 글을 쓰지 않을 수 없는 분이다. 그는 너무나 많은 사실들을 체험한 역사적 사실과 사변들의 직접적인 참가자이기 때문이기도 하였다.

"상진이, 내가 확실히 재주가 부족한 모양이야. 이렇게 많은 역사적 사변들을 겪었는데 쓴 작품들은 너무나 적지 않소."

이렇게 실망 비슷한 말도 종종 하시군 했다.

김준 선생은 성실하고, 친우들에 충실하고, 물질적으로 어려우면서도 어느 때나 대범하였다. 친구들을 위하여는 아까운 것이 없는 사람이었다. 김준 선생의 창작에서 나는 그래도 소설 《십오만 원 사건》과 《지홍련》을 무척 좋게 생각한다. 한국 출판계에 내놓아도 손색이 없을 거라고 본다.

3. 70년을 조선극장과 함께*

1932년 소련 연해주 블라디보스토크 시 신한촌에 조선극장이 공식 탄생하여 오늘까지 이곳 고려인의 자랑으로 되어 왔다. 극장 창건 70주년을 맞이하는 나는 기쁨보다는 절망 비슷한 우울한 감정을 더 느끼고 있다. 나는 극장의 첫 공연부터 거의 빠짐없이 모든 연극들을 다 보았고 그 연극들에서 세상을 알고 많은 것을 배웠다. 14세, 15세 된 나에게는 그 당시 조선극장(고려극장) 무대가 나의 세계로, 나의 삶의 학교로 되었댔다. 그 당시 연해주 고려인에게는 극장과 《선봉》 신문이 유일한 문화 중심지로 되어 있었다. 그러나 오늘의 극장은 너무나 어려운 시련 속에서 나날을 보내고 있다.

12년 전에 조선극장의 유일한 극작가로 남아 있던 한진은 이렇게 썼다.

---

* 이 글은 1932년 9월 9일 창립된 조선극장(고려극장) 창립 70주년을 맞이하여 저자가 《고려일보》 2000년 9월 6일자, 9월 13일자에 기고하였던 〈70년을 조선극장과 함께〉를 새로 손보면서 연재 당시 편집상 누락되었던 앞부분도 살려서 함께 실었다. 러시아말로 '카레이스키 떼아뜨르'로 불렸던 이 극장은 사람과 시기에 따라서 '조선극장' 또는 '고려극장'으로 불렸다.

아직은 우리에게 자기 신문, 자기 극장, 자기 문학이 있다. 지금 어떤 사람들은 그것들을 대수롭지 않은 것으로 생각할 수 있지만 만일의 경우를 생각해보자. 그것들이 다 없어졌다고 생각해보자. 그것은 비참한 일이 아닐 수 없다. 우리 선배들은 신문을 조직하고 극장을 창립하고 작가들을 양성하기 위하여 정말 목숨을 내걸고 일을 하였다. 무엇으로 그들의 노력에 대답을 하겠는가?

우리들은 문화의 유물들을 보호하고 있다. 크든 작든 한 민족의 언어는 두말 할 것 없이 문화의 기념비이다. 누구를 막론하고 우리는 우리에게 생명을 주고 가장 큰 재부인 자기 언어를 준 자기 인민 앞에 자손으로서의 신성한 의무가 있다.

그러면 이 문화의 기념비인 언어를 과거의 고적으로 보호하는 것보다 살아있는 그대로 보호하는 것이 옳지 않겠는가? 산 것은 썩지 않는다. 또 잘 돌보아주면 발전할 수도 있다.

우리말이 없어지면 문학도, 극장도, 신문도 다 없어지게 될 것이다.

그러나 그냥 가만히 있다가는 오래지 않아 글을 쓸 사람은커녕 글을 읽을 사람도 없어질 것이다. 연극을 놀 사람은 물론 연극을 구경할 사람도 없어질 것이다.

어떻게 하면 되겠는가?

이것은 비참하고도 숙명적인 질문이다. 이에 대한 대답은 누가 줄 것인가?

—— · ——

극장 창건 70주년을 맞이하여 글을 쓰면서 머나먼 55년 전 북

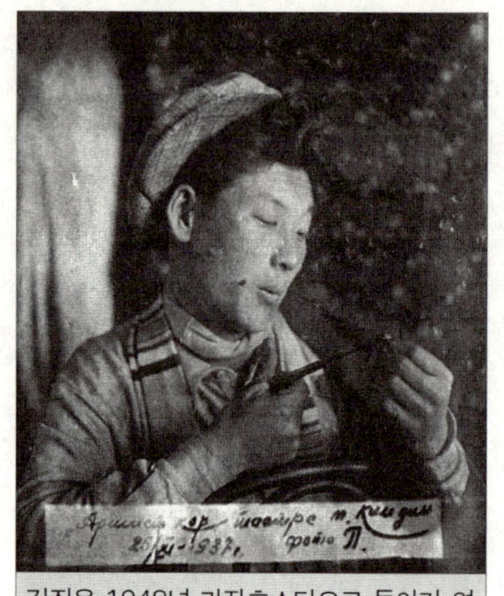

김진은 1948년 카자흐스탄으로 돌아가 연기자로 명성을 쌓았다. 사진은 1937년 김진의 연기 장면. 사진 : 이혜승·최아리따.

한 평양에서 우리가 모두 사랑하던 김진과 함께 조선극장 15주년을 맞이하던 회상이 나의 가슴을 따뜻하게 하는 것이었다. 1947년 9월 20일 북조선 평양 대동강변에 있는 문학예술총동맹 부위원장실. 날짜, 시간까지도 잊혀지지 않는 아득한 옛날의 추억, 그처럼 내가 사랑하던 친구, 배우 김진과 함께 단 둘이 앉아 소련 원동변강 연해주 해삼시 조선극장 창건 15주년을 아름답고도 따뜻한 회상 속에서 맞이하던 때가 어제 같다.

우리는 근무가 끝난 뒤 6시 무렵에 나의 사무실에 잠깐 앉아 이야기하다가 대동강 부벽루 곁 어느 한 식점에 들어가 아늑한 방에서 술상을 주문해 놓고 한 잔, 두 잔 마셔 가면서 우리 극장 창건 15주년을 축하하기도 했다. 나와 김진! 두 사람이 앉아 있었지만 우리는 마치 전체 극장 친구들과 함께 있는 기분이었다.

정열적인 연성용, 이성적이면서도 성격적인 채계도(채영), 어느 때나 웃음기가 빛나는 이함덕, 서정적인 이경희, 드라마틱하면서도 인자한 최봉도, 어느 때나 쾌활하고 친구들에 충실한 이장송, 친절하고 다정다감한 박춘섭, 너무나 아름다웠던 송 타치야나, 너무나 다정스러웠던 김 타치야나, 유일한 희극배우였던 정후검, 작곡가였던 오철암, 무대장치가 방일추, 나팔수로 유명했던 채 빅토르, 그 밖의 다른 많은 배우들이 그날 우리와 함께 좌석을 하고

있는 듯싶었다. 그리고 잊을 수 없는 이길수와 태장춘도……. 이
들에게는 무대가 생활이었으면 세계였다.

"진아, 《장한몽》 만세! 그 연극에서 네가 평양 부자 김중배 역
을 했잖아! 그리고 이경희가 심순애 역을 했고! …… 아, 참 그때
가 너무나 그리워! 우리가 바로 김중배와 심순애, 이수일의 고향
평양에 와 술을 마시고 있단 말이야! 참 옛말 같고나!"

내가 우울하게 감탄했을 때 김진이 대꾸했다.

"상진아, 생각나니? 글쎄 그 연극을 보려고 연해주 농촌들에서
수백 명이 와서 극장 마당에 자리를 펴놓고 자면서 연극을 봤다
니까! 그런 때는 다시 오지 않을 거야! 지금 우리 조선 사람들이
좀 달라졌단 말이야! 야, 상진아, 〈춘향전〉 만세!"

김진이 술잔을 들어 극장 창건 기념일을 축하했다.

"아, 참! 그때의 춘향, 함덕을 보고 싶고나! 나는 지금도 춘향이
라고 하면 이함덕을 생각하게 된단 말이야. 평양에서 여러 춘향을
봤어도 나의 마음 속 광한루에는 이함덕이 서 있는 거야……. 진
아! 지금 이도령 역을 할 수 있어, 응?"

나는 웃으면서 김진을 바라보았다.

"그런데 해삼 신한촌에서는 할 수 있지만 평양에서는 자신이
없어! 그런데 나는 최봉도와 같은 춘향모(월매)는 보지 못했어!
최봉도는 어디에서나 자신이 있을 거야!"

김진은 만족하게 웃었다.

"나도 그렇게 생각해. 최봉도의 춘향모는 전 세계에서 최고야!"

나는 술잔을 높이 들어 최봉도를 진정 자랑했다. 진실로 나도
역시 평양에서 수차 〈춘향전〉을 봤지만 최봉도가 연기한 춘향모
수준의 춘향모를 본 적이 없다. 나는 지금도 그렇게 생각한다.

김진은 술잔을 비우고는 우울한 웃음을 얼굴에 그리면서 자기

■□ 이함덕은 자타가 인정하는 고려인 최고의 여배우였다. □■1950년대 고려극장의 연극 〈춘향전〉에서 월매 역을 맡은 최봉도의 연기 장면. 사진 : 이혜승·최아리따.

의 가슴 속에서 사진 한 장을 끄집어내 나에게 주는 것이었다. 그것은 바로 그의 아내 최봉도의 사진이었다.

"그래 몹시 보고 싶어?"

내가 물었을 때 그의 눈에서는 눈물이 빛났댔다.

"애들도 보고 싶고……."

그러더니 진짜 우는 것이었다. 그렇게 김진은 자기의 아내 최봉도를 무척 사랑했다.

좋은 사진이었다. 진짜 최봉도의 마음 세계까지도 엿볼 수 있는 인상적인 사진이었다. 그 사진에서 나는 최봉도의 착하고도 선한 미소, 그의 거짓 없는 깨끗한 시선, 한마디로 아름다운 여인을 볼 수 있었다. 조선극장 무대에서 연극배우로서 최봉도의 연기술을 능가할 수 있는 다른 배우를 나는 모른다. 우리 모두가 그를 사랑했다.

나는 70년 동안 조선극장 무대에서 자기 일생을 남김없이 바친 연성용, 채계도, 이함덕, 이길수, 이경희, 박춘섭, 김진, 최봉도, 이장송, 김호남, 김 타치야나, 정후검, 송 타치야나, 조정호 등 배우들의 고상한 연기 세계를 무한히 믿고 사랑했다. 이들에게 극장 무대는 곧 생활이었으며 운명이기도 했다. 무대가 없는 삶을 상상할 수도 없는 열광자들이었다.

1947년 9월 20일. 잊을 수 없는 날이다. 김진과 나는 식점에서 나왔다. 저녁 9시 무렵이었다. 연극 〈장한몽〉을 보면서 꿈꾸던 평양, 모란봉 부벽루, 청류벽! 대동강! 바로 이 곳에서 우리 두 사람은 산책하면서 감탄을 금할 수가 없었다.

"평양 대동강변 부벽루야! 이수일과 심순애가 사랑을 속삭이던 옛날을 기억하는지!"

나는 흥분된 어조로 시 읊듯이 말하면서 김진과 함께 불빛 아래 유유히, 근심 없이 흐르는 대동강을 내려다보고 있었다. 대동강! 모란봉! 너무나 보고 싶고나!

우리 두 사람은 서로 손잡고 대동강변을 거닐면서 소년 시절부터 즐겨 부르던 〈이수일가〉를 조용히 불렀다.

대동강변 부벽루를 산보하는
이수일과 심순애 양인이로다
……

소설 《장한몽》은 극장 무대에 오르기 전 벌써 오래전부터 연해주 조선족 속에서 전설처럼 전해졌댔다. 많은 조선 사람들은 《장한몽》을 실화라고 믿기도 하면서 〈이수일가〉를 즐겨 불렀다. 누가 작사했는지는 몰라도 그 당시 러시아 연해주 조선족에게는 고향을 그리워하는 소리로, 사랑가로 즐겨 부르는, 진실로 길고도 한없는 꿈의 노래이기도 했다.

이렇게 나와 김진은 55년 전에 평양 대동강변 부벽루에서 소련 원동변강 블라디보스토크 시 신한촌 조선극장 창건 15주년을 따뜻하게, 하지만 좀 우울한 심정 속에서 맞이하였다. 이런 순간은 잊혀질 수가 없다.

— • —

지금은 앞의 모든 선배들, 친우들이 전부 근심 걱정 없는 세상으로 가버렸다. 이들의 생활은 헤아릴 바 없이 어려웠다. 1930년대에는 반년씩 월급도 없이 굶으면서, 그래도 무대에 올라야 할 운명의 예술인들이었다. 그래도 아무 불만 없이 모든 것을 희생해 가면서 예술에, 조선극장에 충실했으며 무대예술 외에 다른 세상을 모르는 특별한 사람들이었다. 진실로 예술은 불사조인 양 희생의 불속에서 태어나는 듯싶다. 그렇다. 예술은 불사조이다.

생활은 계속 하늘의 법칙대로 움직이고 있다. 열광적이었으며 희생적이었던 세대는 가고 새 세대의 무대인들이 선배들의 뒤를 이어 여전히 어려운 생활 속에서 모든 것을 희생해 가면서 계속 무대에 서 있다. 나는 이들의 너무나 어려운 생활을 목격하면서 '아름다움'의 창조가 반드시 이렇게 어려워야 하는가, 반드시 고통스러워야 하는가 하는 질문을 스스로 하는 때도 있다. 아름다운 무대예술, 예술의 고상한 분위기 속에서도 집에 오면 기다리는 것은 빈궁뿐이라……. 그래도 무대만은 버리지 못하는 신세! 이것이 또한 오늘의 우리 극장 배우들의 우울한 평일이다. 그러기에 나는 이들을 무한히 사랑한다.

옛 고려극장의 연극 공연 가운데 한 장면. 사진 : 고려일보

문 알렉산드르, 최 타치야나, 박 소피야, 박 마리야, 임 로자, 이 웨니야민, 송 게오르기, 김 로자, 문공자, 김 갈리나, 이 메리, 백 안토니나 등은 벌써 극장의 원로 배우들이 되어 극장의 주역이 되고 있다. 지금은 은퇴해 있는 최혜숙, 안 미하일, 김기봉, 박 예카테리나, 고 예카테리나 등 배우들도 우리는 잊지 않고 있다. 이들은 한때 우리 극장 무대를 요란하게 빛내던 배우들이다.

가수 김 블라디미르와 무용가 김 림마는 조선극장의 역사에서 가장 아름다운 페이지 가운데 하나를 차지하고 있다. 이들은 조선 민족의 가요·무용 전통을 소중히 보전하면서 자기들의 예술 활동을 높은 수준에서 계속하고 있는, 세계 한인 예술계에서 널리 알려진 아름다운 배우들이다. 가수 송 게오르기는 〈메아리〉 무대의 창시자로서 관객들의 뜨거운 관심 속에서 자기의 예술 활동을 계속하고 있다.

조선극장은 70년 동안 자기의 활동에서 훌륭한 음악가들, 작곡
가들을 갖고 있었다. 김 게르만, 오철암, 정인묵, 김 빅토르, 윤 표
트르— 얼마나 깨끗하고도 고상한 예술인들이었던가? 특히 겸손
하고도 아름다웠던 높은 수준의 음악가 정인묵을 나는 잊을 수
없다. 그는 인간적으로도 이웃 사람들의 존경을 받은 작곡가였다.

극장은 또한 70년 동안 자기의 극작가들을 갖고 있었다. 강제이
주 전에는 극작가들이 대개 조선에서의 혁명 운동, 반일 투쟁에
대한 작품을 썼다. 연성용의 희곡들인 《장평동의 횃불》, 《올림피
크》, 채계도의 《동해의 기적》, 김해운의 《동북선》, 김기철의 《동
변 빠르치산》 등이 그것이었다. 강제이주 뒤에는 대개 소련 조선
인들의 생활을 주제로 작품을 썼다.

이 작가들 외에도 전동혁, 진우, 태장춘, 김두칠, 한진, 이정희,
최영근, 송 라브렌치, 허웅배(허진) 등과 같은 희곡 작가들이 극장
무대를 빛냈다. 이들 전부가 내가 무척 사랑하고 존경하는 높은
뜻의 작가들이었다. 극장에는 영화감독이었던 최국인 씨가 배우
로서, 젊은 배우들의 선배로서 고령에도 불구하고 열심히 무대 생
활을 계속하고 있다. 진실로 우리 극장에서 한국어를 제대로 하는
유일한 배우이기도 하다.

우리 극장 역사에서 잊어서는 안 될 분들이 있다. 나는 지금도
극장 총장으로 어려운 시기에 사업하신 전 빅토르 선생을 기억하
고 있다. 아마 전 빅토르 선생과 함께 극장이 1937년 9월 25일에
강제이주를 당했을 것이다. 그는 극장에서 절대적인 위신을 갖고
있었다. 36년 동안 극장을 지도해 온 조정구 선생은 진실로 전체
극장 역사에서 한 시대를 뜻하기도 한다. 이들도 역시 극장이 자
기들의 삶으로 되었다. 그리고 부총장으로 여러 해 동안 많은 활
동을 한 김 빅토르도 우리들의 기억 속에서 영원히 잊혀지지 않

을 것이다.

강제이주 뒤 극장의 경제 형편은 몹시 어려웠다. 카자흐스탄과 우즈베키스탄 고려인 집단농장(콜호스)들의 계속적인 재정 지원이 없었던들 극장의 운영은 헤아릴 바 없이 어려웠을 것이다. '극성' 콜호스 위원장 소련 2중 사회주의 노력영웅 김병화 선생, '폴리타트젤' 콜호스 위원장 사회주의 노력영웅 황만금, '스베르들로프' 명칭 콜호스 위원장 사회주의 노력영웅 김 드미트리 선생, 카자흐스탄의 집단농장들인 '제3인테르나치오날' 콜호스 위원장 사회주의 노력영웅 채정학 등 전 소련에서 유명한 집단농장 지도자들이 우리 극장의 잊을 수 없는 메쩨나트(보호자, 후원자)로 되였댔다.

이상과 같은 위대한 지원·협조·동정이 지금은 거의 다 없다시피 사라져 버렸다. 그러나 독립국가연합CIS 나라들에 거주하는 고려인 사회계는 이 극장의 운명에 무관심하면 안 된다. 우리의 합친 힘과 성원으로서 극장을 살려야 하며 도와야 한다. 극장은 우리의 자랑이었으며 또 그렇게 남아 있으리라고 굳게 믿고 싶다. 얼마나 훌륭한 집단이었으며, 또 70년 동안 얼마나 많은 세대에게 생활의 학교로 되였댔는가?

나는 1932년 9월 9일부터 지금까지 조선극장의 레퍼토리 전부를 다 보다시피 하였다. 채계도의 연극 〈만주농민〉으로부터 오늘날 최영근의 연극 〈젊어서 죽지 말라〉까지 70년 동안 나는 가장 열광적인 관객으로 있었고, 계속하여 극장은 나의 사랑으로 남아 있을 것이다.

극장은 죽지 않는다!!!

4. 70년을 민족지와 함께*

나는 《선봉》先鋒54) 신문을 1932년부터 읽었다. 《선봉》을 통하여 세계를 알게 되었으며 그 신문에서 조명희 선생의 산문시 〈짓밟힌 고려〉를 읽고 눈물을 흘린 적도 있었다. 그 당시 《선봉》은 내가 읽을 수 있는 유일한 민족지였다. 《선봉》 신문사 회의실에서 이동휘 선생님, 홍범도 장군, 황운정, 최성우 박사의 강의와 회

---

* 이 글을 창간 80주년을 맞아 《고려일보》 2003년 1월 10일자, 1월 17일자, 1월 24일자 3회에 걸쳐 기고한 것이다. 저자는 14세인 1932년부터 《선봉》 신문을 접한 이래 《레닌기치》, 《고려일보》를 읽었고, 1960년대부터 1980년대까지 《레닌기치》 신문기자로 활약했다.

54) 한글 신문 《선봉》은 1923년 3월 1일 3·1운동 4주년을 기념하여 창간된 《三月一日》이 4호부터 개칭되어 발간된 뒤 1937년 9월 중앙아시아 카자흐스탄 크질오르다로 강제이주될 때까지 러시아 원동지역에서 간행되었다. 한편 《선봉》 신문의 기원을 1922년 연해주 아누치노(현재의 아르센예프 지방)의 러시아공산당 고려부에서 간행한 《붉은 21》에서 찾기도 한다. 폐간된 《선봉》의 뒤를 이어 1938년 5월 5일 크질오르다에서 《레닌의 기치》(뒤에 《레닌기치》로 개칭)가 창간되었고, 소련의 붕괴 직전인 1991년 1월 1일 자유·독립 신문인 《고려일보》로 개칭되어 지금까지 발행되고 있다. 《고려일보》는 그 기원을 1923년의 《선봉》에서 찾아 기념하고 있다.

상담을 들었으며, 조명희 선생님의 현대 조선 문학에 대한 강의도 자주 들은 바 있다. 《선봉》 신문사는 1920~1930년대 러시아 연해주 조선 사람의 문화 중심지로 되었고, 조선 인텔리들이 그 주위에 단결하여 유일한 민족지 《선봉》을 적극 지지 성원하였다.

《선봉》에 대해 회고하면서 유서 깊은 러시아 원동 연해주 신한촌에 대하여 따뜻한 추억의 정을 품고 이야기하고 싶다. 러시아에서 조선 사람들의 서울이라고 불리던 신한촌은 아무르 만의 푸른 물결이 한눈에 들여 담기는 경치 좋은 언덕 위에 펼쳐져 있었다. 너무나 아름다운 풍경 속에 담기는 정다운 우리의 향촌이었다. 신한촌에는 큰 네거리가 있었는데 그 가운데 한 거리는 '서울거리'라고 정답게 불리기도 했다. 마을 중앙부에는 2~3층 벽돌 청사로 된 9년제 중학교가 있었고, 모든 주요 기념·문화 행사들이 분주히 진행되던 '스탈린' 구락부가 있었다.

그 당시 9년제 중학교는 우리가 즐거이 다니면서 한글로 공부하던 우리의 세계이기도 했다. 나는 지금도 연성용 선생이 작사 작곡한 교가를 잊지 않았다.

아물만이 쑥 들어가
돌아 나가고
마아산이 울먹줄먹
둘러선 곳에
붉은 기를 휘날리며
높이 솟았네
우리의 9년제
……

우리는 우리의 9년제 중학교를 너무나 소중히 여겼다.

신한촌은 또한 위대한 애국지사들이 찾아와서는 나라의 독립을 꿈꾸면서 조선 사람들에게 애국애족의 사상을 심어주던 고장이자 농촌과 도시들에 학교들을 열고는 어린이들의 교육에 열중하던, 잊을 수 없는 또 하나의 조국이기도 했다. 신한촌은 또한 안중근 의사가 거룩한 위훈을 앞두고 잠시 오셔서 자기의 가장 가까운 전우들과 작전을 계획하던 곳으로도 되였댔다.

그러나 강제이주를 당하던 1937년 9월까지 신한촌은 너무나 빈궁한 마을이었다. 주로 막노동을 하면서 겨우 생계를 이어가는 가난한 조선 사람들이 어렵게 살고 있던 블라디보스토크 시 주변의 보잘것없는 마을이었다. 신한촌에는 전기도 수도도 없었다. 집들은 대개 목조로 된 것이어서 화재에 자주 타 버리곤 했다. 한반도에서 살길을 찾아왔으나 러시아말도 모르는 조선 사람들은 너무나 어려웠다. 물장사하는 사람들의 남루하고 여윈 모습이 나의 기억 속에서 지금도 사라지지 않고 있다. 그리고 절대 다수 조선 사람은 무식하였다.

시월혁명 뒤 조선족뿐만 아니라 러시아 제국의 학대와 절망 속에서 허덕이던 전체 소수민족들은 시월혁명이 약속한 많은 구호를 믿고 내일을 바라보면서 어려움을 참고 세차게 노력하며 살아갔다. '착취 없는 세상', '자유와 평등의 세상', '인민들의 친선과 평화의 세상', '세계 피압박 근로자들의 조국'—— 이렇듯 고상하고도 만백성의 세기의 숙망이 빛나는 구호를 믿고, 이 구호들의 실현을 기대하면서 우리는 사회주의, 공산주의를 신앙처럼 믿었다. 그러나 브라질의 작가 조르제 아마두Jorge Amado가 슬프게 인정했듯이 "사회주의는 위대한 거짓"으로 되였댔다.

이와 같은 그 당시 현실에서 1923년 3월 1일에 3·1 봉기 4주년

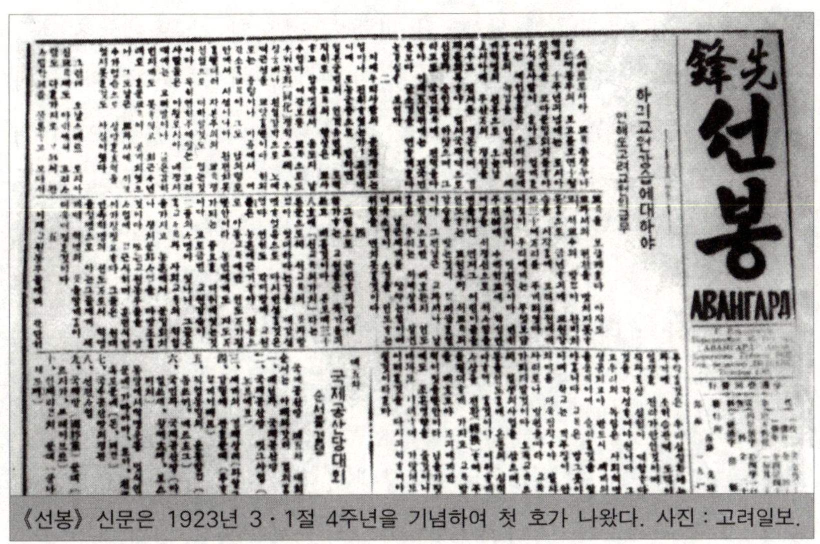

《선봉》 신문은 1923년 3·1절 4주년을 기념하여 첫 호가 나왔다. 사진 : 고려일보.

을 기념하여 《선봉》 신문 창간호가 세상에 나왔다. 이것은 러시아 연해주 고려인의 사회생활, 그의 역사에서 커다란 사변으로 되었다. 강제이주 전까지 《선봉》이 한 구실은 자못 크다. 러시아 말을 모르는 고려인에게는 《선봉》이 세계와 접할 수 있는 유일한 보도·통신 수단이었다. 연해주 조선인 집집마다 《선봉》은 어느 때나 기다리고 기다리는 기쁜 소식통이었다. 부모들이 글을 모르면 학교 다니는 자녀들이 신문을 읽어 주기도 했다. 이처럼 《선봉》은 러시아 연해주 고려인에게는 생활에 필수적인 문화 양식으로 되었댔다.

그 뒤 지금까지 우리 신문은 그 당시 《선봉》의 위신, 높이에 서 본 적이 없다. 그때 《선봉》은 진실한 의미에서 연해주 조선족의 민족지로, 계몽지로, 지도자로 되어 있었다. 1920~1930년대 《선봉》의 절대적인 창시자들로, 지지 후원자들로 이동휘 선생, 홍범도 장군, 최고려 선생, 황운정 선생, 계봉우 선생, 오창환 선생, 조명희 선생, 김 아파나시 선생, 김 미하일 선생과 같은 애국지사들이 서 있었다. 나는 이 선생님들을 신문사와 기념 행사들에서 자주 봤으며, 또 이들의 연설을 들은 바 있다. 이들의 뒤를 이어 최호림, 김기철, 조기천, 강태수, 김국천, 전동혁, 한 아나톨리, 김준, 주송원, 남해룡과 같은 문인들이 신문기자로, 작가로, 시인으로, 계몽가로 민족지의 발전과 유지·부흥에 전 생애를 바쳤다. 이들이 소련에서 고려인 문화의 발전과 유지에 바친 공헌은 세계 한인 문화발전사에서 한 페이지를 차지한다고 나는 진심으로 믿고 싶다.

나는 《선봉》과 《레닌기치》 지상에서 1930년대부터 조명희 선생의 시와 평론, 한 아나톨리의 서사시와 서정시, 전동혁·강태수·이은영의 시편들, 김준 선생의 중편소설 《지홍련》과 《십오만 원 사건》, 김세일의 장편소설 《홍범도》, 주송원의 아름다운 시편들을 읽었다. 또한 《레닌기치》 문예면에는 한진과 한상욱의 단편들이 발표되어 독자들의 관심을 끌었다.

여기에서 《레닌기치》 신문사 부주필로 여러 해 동안 활동했던 김국천 선생에 대하여 특별히 이야기하고 싶다. 김국천 선생은 70년 말에 은퇴하면서 여생의 사명에 대해 친구들께 말한 바 있다. 홍범도 장군에 대하여 우리가 너무 등한하다고 몇 번이나 반복하면서 홍범도 장군의 영구靈柩를 좀 더 좋은 곳에 옮기면서 새로 반신상半身像을 제작하여 세울 것을 주장했었다. 그래서 1980년에 김국천 선생은 이길수, 최승준, 필자 등을 포함한 '홍범도 장군 반신상 건립준비위원회'를 조직하고 고려인 속에서 기금 모집을 열심히 진행하였다.

유감스럽게도 이와 같은 위업에 그 당시 《레닌기치》 지도부는 참가할 것을 거절하였다. 동시에 조선극장도 참가하지 않았다. 이것은 너무나 우울한 사실이었다. 그러나 우즈베키스탄 조선족 집단농장 지도자들인 황만금, 김 드미트리, 타지키스탄 국영농장 지도자들인 김 표트르, 김 알렉세이, 카자흐스탄 협동농장 지도자들인 채정학 등과 같은 뜻있는 인사들의 적극적인 지원 아래 장군의 반신상이 크질오르다 시에 모셔져 카자흐스탄 조선족 사회와 한국대사관의 끊임없는 관심사로 되어 있다.

김국천 선생의 창의를 반대하여 크질오르다 시 공산당 위원회가 적극 방해했고 시 당위원회 기관지의 주필 한 예브게니가 적극 반대하여 나섰다. 그러나 김국천 선생은 "나는 공산당증을 반납해서라도 홍범도 장군의 반신상은 반드시 건립하겠다!"고 우리에게 강경하게 말한 바를 나는 잊지 않는다. 이렇게 1982년에 크질오르다 시에 장군의 반신상이 건립되어 어린 세대를 계속 애국사상으로 교양하고 있다.

김국천 선생은 홍범도 장군의 반신상 제막식 뒤 너무나 만족하게 느끼면서, "우리가 반드시 해야 할 위업을 해 놓았습니다. 이제는 죽어도 여한이 없습니다"라고 말하였다. 이런 분들을 우리는 잊어서는 안 된다. 그 당시 김국천 선생은 진실로 한 개의 위훈을 세웠다고 나는 생각한다.

80년이 지난 오늘 생각해 보면 우리 민족지는 진실로 애국지사들, 애국 문인들에 의하여 창간, 성장, 유지돼 왔다. 정말 너무나 긍지롭다. 나 자신이 이상 모든 분들과 동시대에 살았으며 노력해 왔다는 것을 생각하면 너무나 자랑스럽다. 민족지가 걸어온 길은 평탄하지 못했다. 탄압, 숨 막힐 정도의 통제, 재정난, 인재의 부족 — 이 모든 난관을 이겨 가면서 민족지는 80년이란 긴 세월을 걸어왔다. 포석 조명희, 김 아파나시, 김 미하일, 최호림 등과 같은 애국자들은 스탈린의 추종자들에 의하여 학살되었다. 이처럼

해방 10주년을 기념하여 소련을 순회공연중인 북한 예술단의 카자흐스탄 방문에 대한 《레닌기치》 1955년 9월 17일자 기사. 신문의 한 면 전체에 걸쳐 예술단의 공연에 대해 자세하게 소개하고 있다. 왕수복, 정남희, 유은경, 나숙희, 안성희 등이 공연하는 모습이 사진으로 실려 있다.

무시무시한 극난極難들 속에서도 민족지는 살아 오늘까지 왔다.

나는 1940~1970년대에 《레닌기치》 신문을 계속 유지해 온 너무나 충실했던 동지들을 잊을 수가 없다. 박 표트르, 임하, 김세일, 김광현, 김두칠, 마경태, 채병도, 차원철, 염사일, 기석복, 강성문, 이은영, 한병년, 조만근, 이춘근, 한상욱, 고 표트르, 염동욱, 송진파, 주동일, 한혜원, 박주옥, 박 베라, 장인덕, 정순희, 임 리지야, 허원용, 최정옥……. 이들은 진정 민족지를 위하여 일생을 바친 너무나 정답고 충실한 사람들이었다. 이들 가운데서 92세의 주동일 씨가 현재 카자흐스탄의 수도 아스타나에서 살고 있다. 신문사 내 경리를 담당하여 깨끗하게 일하면서 신문지상에 시편들과 기사도 종종 쓰신 분이다. 너무나 아름다운 분이어서 잊을 수가 없다.

미술가 김형윤에 대하여 특별히 말하고 싶다. 김형윤은 카자흐스탄에서 유명한 화가로서 《레닌기치》 창간 때부터 신문사의 일원으로 줄곧 일해 왔댔다. 사내 사람들은 그를 무척 존경했으며 사랑했다. 또한 중국에서 온 정태홍이라고 하는 미술가가 장기간 충실히 일하였다. 아름다운 인간이었으며 착실한 일꾼이었다. 그리고 또 장 표트르라고 하는 사진사도 여러 해 동안 일하면서 《고려일보》의 지면을 빛냈다.

1980년대 알마아타 시절의 《레닌기치》, 《고려일보》에 대하여 말하고 싶다. 바로 이 시기의 이정희 씨에 대하여 특별히 이야기하고 싶다. 이정희 씨는 1965년에 그때 19세의 처녀로서 노인들이 모여 일하는 크질오르다 시 《레닌기치》 신문사를 찾아왔다. 사할린 섬에서 온 첫 사람이기도 했다. 이정희 씨는 고목 숲 속의 장미인양 너무나 아름답고도 인정스러웠다. 그는 우리들의 총애 속에서 배우면서, 일하면서 커갔다. 김기철, 김준, 차원철, 김두칠과 같은 유명 문인들과 함께 일하면서 살게 된 것을 이정희 씨는 늘 긍지롭게 생각했으며, 아마 지금도 그 시기를 잊지 않고 있을 것이다.

나는 그 당시 신문 문예면에 발표되었던 그의 단편들 〈아름다운 심정〉, 〈상봉과 이별〉, 〈차간에서〉를 기억하고 있다. 사내社內 사람들은 이 단편들 속에서 이정희의 심정 세계를 찾아볼 수 있었다. 그 세계는 너무나 깨끗하고, 소박하고도 순진하였다. 그 뒤 물론 그의 창작에서 〈소나무〉 같은 아름다운 단편도 나왔지만, 나는 지금도 그의 단편 〈아름다운 심정〉에서, "사람들이여, 부러워하라! 나는 끝없이 행복스럽다"고 소리치는 이정희 씨를 보는 듯싶다. 이 시기는 이정희 씨에게 잊혀질 수 없는 순간이기도 할 것이다. 귀중하고도 소중한 순간들이었기에…….

그 뒤 윤수찬, 정장길, 남경자, 김춘순, 정성도, 조영환, 최영근, 박현, 박경란, 안재길, 김효연, 김옥려, 한옥자, 최미옥, 김만수, 김기원 등이 사할린에서 와 우리 《고려일보》지를 빛낼 수 있었다. 이들 가운데 나는 시인 박현(박영준)을 무척 생각해 주었다. 박현은 이곳에 친척 하나 없는 사람이었다. 그러나 사내 사람들은 그를 사랑했다. 그는 인간으로서, 시인으로서, 일꾼으로서 충실한 사람이었다. 그리고 그는 자기의 아내 박경란을 무한히 사랑했다. 나는 그와 함께 미국·한국·일본을 여행하면서 그의 건강에 대하여 늘 우려하곤 했다.

박현은 자기의 고향 북한을 잊은 적은 없어도 한국을 모국으로 삼아 사랑했다. 그는 한국을 생각하면서 노래했다.

환성 없이 맞아도 좋았다.
친척 하나 없고 아는 이 없어

서운해도
동포애로 눈시울 뜨거우면
그만이다.
서울이란 그리움이고
그리움이 서울이기에
……

　　조영환 주필을 나는 존경했다. 어려운 신문사의 무거운 짐을 지고 많은 난관을 헤쳐가면서 능숙하게 운영해 나갈 수 있었다.

　　그리고 나는 카자흐스탄과 카자흐 인민에게 머리 숙여 고마운 인사를 드리고 싶다. 신문사, 극장, 라디오, 텔레비전 전부가 카자흐스탄에 정착하여 일하게 된 것을 나는 다행으로, 축복으로 생각한다. 나는 카자흐스탄과 카자흐 사람들을 1937년 강제이주 때부터 지금까지 변함없이 너무나 존경하고 있다. 인정 많고, 동정심이 너무나 뜨거운 카자흐 사람들을 나는 잊을 수 없다. 세상에 또 다른 이런 인민이 있다고 하면 믿지 않을 정도로 나는 이들을 존경한다. 앞서도 이야기했지만 여기서 한 번 더 말해두지 않을 수 없다.

—— · ——

　　1937년 11월 추운 날 크질오르다 주 촬라가스 구역 초원에 조선족 이주민들이 도착하였다. 집도 식량도 없는 초원이었다. 어린이들과 여인들이 울기 시작하였다. "죽으라고 이런 곳에 실어 온 거야" 하는 통곡이 터졌다. 그러나 땅도 하늘도 무심하였다. 구역 행정기관에서 와서는 위안하듯이 약속을 던지곤 가버렸다.

　　그런데 그 주변 카자흐 사람들이 이름 모를 민족 사람들이 초원에 실려 와서 어려운 형편에 처하여 있다는 소문을 듣고는 빵을 구워 식을까봐 이불에 싸서 당나귀에 싣고 와 먼저 어린이들과 노인들에게 나누어 주었다. 우리는 그 빵을 먹으면서 울었다. 카자흐 여인들도 우리의 어린이들을 포옹한 채 우리와 함께 눈물 흘렸다.

이들은 누구의 지시도 없이 자진하여 우리를 찾아 온 것이었다. 우리는 — 서로 말을 모르니 — 악수하면서 감사를 표시했을 뿐이었다. 그 뒤 이처럼 선한 일들이 다른 고장들에도 있었다는 이야기를 듣곤 했다. 이처럼 착하고 선한 인민과 함께 우리는 어언 65년을 형제처럼 살고 있다. 우리는 이런 인민을 영원히 잊어서는 안 된다. 영원한 형제들이다.

카자흐스탄 지도자들도 우리에게는 위대한 은인들이다. 위대한 쿠나예프 동무는 조선극장과 《레닌기치》 신문사를 알마아타에 불러 놓고는 먼저 청사를 주었고 배우들과 신문사 사원들에게 주택들을 주었다. 배우들과 신문사 사원들은 지금도, 앞으로도 쿠나예프 동무를 잊지 않을 것이다. 나자르바예프 대통령도 우리 민족에 대하여 똑같이 높은 배려를 끊임없이 돌리고 있다. 얼마 전에 대통령께서 조선극장을 찾아오셔서 배우들에게 격려의 말씀을 하셨다는 소문은 우리 민족을 무한히 기쁘게 하였다.

《고려일보》 창간 80주년을 맞이하면서 양원식 씨와 김종훈 씨에게 감사의 말을 하지 않을 수가 없다. 이들은 북한에서 망명하여 거의 50년 동안 소련 카자흐스탄에서 살면서, 카자흐스탄과 그의 인민을 진심으로 사랑해오면서 《레닌기치》, 《고려일보》의 발전, 유지에 기여를 아끼지 않은 분들이다. 특히 양원식 씨는 작가로서, 시인으로서, 기자로서 지금까지도 《고려일보》의 어려운 사업을 김성조 씨와 함께 꾸준히 해가고 있다.

■ 《고려일보》 기자들이 신문편집에 대해 의논하고 있다. □ 러시아말과 우리말 제호
가 함께 실려 있는 1면. 원래는 순 한글로 만들어졌으나 한글을 아는 기자와 독자가 줄어
들어 1991년부터 지면의 일부가 러시아말로 만들어지기 시작했다. 사진 : 고려일보.

　80주년을 맞이하는 《고려일보》의 전망, 운명은 어떠한가? 선배
들이 목숨을 바쳐가면서 사수해 온 민족지의 운명은 어떻게 될
것인가? 질문 자체가 신문의 내일에 대한 불안, 근심, 소란을 품
고 있다. 신문의 운명은 절망에 가까운 정도다. 오늘에 와서는 재
정 문제, 언론의 자유 문제도 아니다. 인재 문제다. 독자들의 문제
다. 불안한 장래에 신문을 만들 수 있는 인재와 읽을 수 있는 독
자들이 있을 것인가? 진실로 《고려일보》가 극적인 상황에 처하
여 있다는 것을 인정하지 않을 수가 없게 되었다. 과연 그렇다!
　현재 양원식과 김성조 두 사람이 한글신문을 만들고 있다.55)
한글로 글을 쓰고 있는 사람들도 몇 분이 안 된다. 양원식, 이정
희, 최영근, 김성조, 정장길, 정상진(필자)—— 이들이 전부다. 80년

---

55) 1994년 현재 주당 1천 7백 부가 발행되고 있는 《고려일보》의 전체 12면
　　가운데 한글판은 4면뿐이다. 한편 카자흐스탄의 고려인 대상 TV방송인
　　'고려사람'은 일주일에 20분 전파를 타는데, 이 또한 방송시간의 4분의 3
　　은 러시아말, 나머지는 한국말로 방송된다.

동안 모든 극란들을 겪으면서 살아 온 민족지는 반드시 살아야 한다. 한글로 된 신문말이다. 한글판 신문이 죽는다는 것은 독립 국가연합에 살고 있는 우리 민족의 얼, 영혼이 사라진다는 것을 뜻한다.

　그래도 나는 믿는다. 우리의 영혼인 《고려일보》는 살아서 우리 민족의 정신세계에 모든 조선적인 아름답고도 고상한 것을 계속 심어 줄 것을 나는 굳게 믿는다.

5. 66년 만에 다시 찾은 옛 고향
— 러시아 연해주 방문기 —

나는 2003년 9월 말에 서울서 진행된 민주평화통일자문회의(평통) 제11기 대회에 본 자문회의 해외위원으로 참석했다. 이때 나는 반병률 교수(한국외국어대 한국사)와 전화로 인사를 나누게 됐고, 그분의 아주 반가운 부탁을 하나 받게 됐다. 시월 초에 러시아 연해주에 가서 여러 기념행사들에도 참가하고 해삼위(블라디보스토크)를 비롯하여 연해주 일대를 함께 돌아보자는 부탁이었다. 옛 고향을 오래간만에 찾아가 볼 수 있는 드문 기회였기 때문에 무조건, 기쁜 마음으로 동의했다. 오래전부터 간절히 희망해 오던 나의 염원을 하나님도 알아주시고 베풀어주신 은혜라고 생각했다.

해삼위, 정다운 아무르 만, 금각만金角灣56), 독수리산, 신한촌, 소왕령(우수리스크 시) 등 어린 시절과 청춘 시절을 보낸 옛 고향 땅을 66년 만에 다시 만날 수 있게 됐으니 고령자인 나의 가슴은 청춘 시절처럼 흥분되기도 했다. 원동 한인의 헤아릴 수 없는 고

---

56). 러시아말로도 '잘로토이 로그'Zolotoi Rog, 즉 'Golden Bay'이다.

통과 눈물에 젖은 땅……. 어느 때나 정답고 변함없는 푸른 아무르 만! 얼마나 정든 고장인가! 그 땅을 떠나가면서 무릎을 꿇고 앉아 통곡하던 나의 어린 시절의 신한촌!

반 교수에게서 이런 초청을 받게 되자 몇 번이고 감사의 뜻을 표시했다.

— · —

반 교수는 최근 10년 사이 나의 손에 쥐어져 깊은 감흥을 느낄 수 있게 한 첫 책의 저자이다.《임시정부 초대 국무총리 성재 이동휘 일대기》는 제목부터가 나의 관심을 끌지 않을 수 없었다. 이 책을 이동휘 선생의 손녀, 알마티 시민 이 류드밀라 씨가 선사해 주었는데 필자는 한때 연해주 해삼위 신한촌의 기념행사들에서 이동휘 선생님의 연설을 자주 들은 바 있다. 전설과도 같은 그의 생애에 대한 이야기를 부친에게서 종종 듣기도 했다. 이 책을 나는 밤을 새워 가면서 단숨에 읽었다. 받은 인상은 대단히 컸다. 맺음말에 다음과 같은 글줄이 있었다.

이동휘, 그는 조국의 광복과 근로대중의 해방을 위한 것이라면 어디든지 어떤 것이라도 마다하지 않고 앞장서 달려간 인물이었다. 조국광복을 위한 일이라면 모든 일에 앞장서서 ‘선봉’에 서고 마는 그의 진보적 행동성, 전통적인 권위와 사회적 제약과 굴레를 과감히 개혁하고자 했던 그의 혁명성은 다른 사람들의 추종을 불허했다.

전기출판준비위원회 위원장 전택부 선생의 간행사에는 다음과 같은 글도 있었다.

그가 쓴 이 전기는 한 인물의 전기라기보다는 하나의 종합적
인 한국독립운동사라 할 수 있습니다. …… 이 전기로 인해서,
그동안 모르고 있었거나 의도적으로 무시당해왔던 애국지사들
이 햇빛을 보게 될 것이며 왜곡된 한국독립운동사가 바로잡아
질 것이라고 확신합니다.

반 교수는 자기 저서 서문에 아래와 같이 썼다.

글을 마무리하면서 영웅적인 애국자 이동휘 선생의 그 깊고 넓
은 애국심과 뜨거운 열정을 얼마나 제대로 전달했는지 두려움이
앞선다. 다른 한편으로는 그의 삶과 꿈에 접근하기 위해 응당의
마땅한 노력을 했는가 자문하면 한없이 부끄러울 뿐이다.

반 교수는 너무나 겸손하다. 젊은 시절부터 책 읽기를 좋아한
나는 문학 서적이나 그 밖의 여러 갈래 서적들의 좋고 나쁜 점을
가릴 줄은 알고 있다. 아주 훌륭하고 신뢰 가는 책이라고 과장 없
이 말하고 싶다. 앞으로도 반 교수는 훌륭한 글을 많이 쓸 것이라
고 기대한다.

이 책을 읽고 나자 이 노작勞作의 저자에 대해 될수록 많이 알고
싶었고, 직접 만나서 통성명을 하고 감사의 말도 하고 싶었으며,
계속 교제하고 싶었다.

——— • ———

마침내 이런 기회가 생겼다. 2003년 여름 《고려일보》 창간 80
주년 기념행사에 참가하고자 한국에서 언론계 인사 20여 명이 내
도했다. 이 일행 가운데 상기 노작의 저자인 역사학 박사, 반 교수

도 있었다. 반 교수와 함께 그의 부인 김보희 씨도 오셨다. 김보희 씨는 작곡가로서 옛 소련 지역 고려인들의 구전 민요들을 수집 정리하는 아주 유익하고 필요한 연구 사업, 창작 사업을 열심히 하고 있는 미덕 있는 분이었다. 알마티에서 그분들과 일주일 동안 교제하면서 친한 사이가 됐고, 다시 만나고 싶었다. 그러던 차에 원동 옛 고향을 같이 가게 됐으니 그보다 더 큰 행운은 있을 수가 없었다.

해삼위

1937년 강제이주 전까지는 해삼위에 공항이 없었다. 블라디보스토크 공항은 탄광 도시인 아르춈 시 교외에 놓여 있다. 그 당시에는 해삼위에 약 20만 명의 주민들이 살고 있었다. 그 가운데 5~6만 명이 조선 사람이었는데 주로 신한촌에 살고 있었다. 그때의 신한촌은 물론 가난한 촌락이었다. 전기도, 수도도 없었고 90퍼센트가 목조 건물들이었다. 그래서 화재도 자주 있었다.

그러나 바로 이 신한촌에 연해주 전체 조선 사람들이 즐겨 찾아오던 스탈린 구락부가 있었으며, 그 구락부에서 연해주 조선 사람의 자랑이었고 사랑이었던 조선극장이 활동하고 있었다. 그 당시 조선극장의 명성은 지금엔 상상조차 할 수 없이 높았다. 《춘향전》, 《심청전》, 《장한몽》, 《올림피크》와 같은 연극들이 상연될 때엔 전 연해주 농촌들에서 찾아와 구락부 마당에서 며칠씩 자면서 연극 구경을 하고 돌아가곤 했다. 이것은 진실로 조선극장 역사에서 최고봉의 시대였다고 생각된다.

나는 이 극장의 모든 연극들을 다 봤으며 그 극장 원로들인 연

66년 만에 고향을 다시 찾은 필자가 블라디보스토크 포그라니치나야 거리(옛 카레이스카야 거리)에서 옛 추억을 떠올리며 생각에 잠겨있다.

성용, 채계도, 이함덕, 이경희, 김해운, 송 타치야나, 이장송, 박춘섭 등과는 몹시 친숙한 사이였다. 이젠 영 흘러가 버린 역사로 된 행복스럽던 그 시절을 추억해 보면 슬픈 감이 저절로 떠오른다.

해삼 신한촌! 옛 모습은 전혀 찾아볼 수 없을 정도로 변하여 버렸다. 옛 목조 건물들 자리에는 5~12층 아파트들이 높이 솟아 있다. 하바로프스카야, 아무르스카야, 멜리니코프스카야 같은 옛 거리들의 이름만이 남아 있을 뿐 '스탈린 구락부'도, '파리꼼무'나 초급중학교의 2층 벽돌 건물들까지도 없어져 버렸다. 현대 고층 건물들 속에서 나는 그래도 옛날의 나무집들이 보고 싶었다. 마음속에서 계속 슬픔만이 나를 괴롭혔다.

나는 하바로프스카야 거리에서 여전히 변함없이 푸르고 여전히 너무나 다정스러운 아무르 만을 바라보면서 내가 그처럼 존경하던 연성용 선생의 시 〈신한촌〉을 마음속으로 읊었다.

    잘 있느냐, 그 동안
    정깊은 신한촌아!
    지난 밤 꿈결에도
    또 너를 보았다.

    내 살던 작은 집
    내 심은 버드나무
    행복에 넘쳐 딩굴던
    바다언덕 금잔디

    오, 항상 그립다.
    진정 못잊겠다.
    나를 고이 길러준
    은혜많은 신한촌!

    아무르만의 신비로운 달밤
    오리알 물결우에
    한숨도 지였고
    희망에 뛰는 맘
    청춘의 마음
    수평선에 뜬 배와 함께
    만리에 보냈다.
    ……

한도 락도 한데 엉킨

뜻 깊은 신한촌아

옛추억에 타는 마음

내 노래 들으라!

……

이 시편을 마음속으로 읊을 때 기쁨보다 슬픔이 앞섰다.

——— · ———

나는 소칭거우재(페르바야 레츠카)[57) 역을 지나가다가 발걸음을 멈추었다. 심장이 너무 뛰어 걸어갈 수가 없었기 때문이다. 나는 1937년 9월 25일의 소칭거우재 역을 보는 듯싶었다. 첫 이주 열차가 바로 이 날 이 역에서 떠났다. 눈물 없이 이야기할 수 없는 사연이다. 울음소리, 통곡소리, 저주의 울부짖는 고함소리! 어떤 사람들은 땅바닥에 주저앉아 땅을 치면서 저주의 통곡을 했다. 나는 지금도 이 모든 함성이 나의 심정을 뒤집는 것 같은 느낌이 속에 잠겨 있다.

우리는 온 민족이 멸시를 당했던 날, 비운의 날을 영원히 잊어서는 안 된다. 바로 이 신한촌에서, 2003년 10월 3일 아침 10시에 애국선열추모비 앞에서 개천절을 계기로 애국선열 합동추모제가 성대히 진행됐는데 나도 그 추모제에 참가할 수 있었다. 애국선열추모비 입구에는 이동휘 선생, 홍범도 장군, 최재형 선생, 계봉우 선생, 황운정 선생, 한창걸 선생 등 우리 민족의 자랑스러운 애국

---

57) '페르바야 레츠카'는 첫 번째 개천, '후타라야 레츠카'는 두 번째 개천이라는 뜻인데, 중국식 지명으로는 각각 '소小칭거우재', '대大칭거우재'라고 했다.

2005년 10월 3일 개천절을 맞아 블라디보스토크 신한촌 기념공원에서 열린 러시아 연해주 애국선열 합동추모제.

선열들의 초상화들이 진열돼 있었다. 나는 이 추모비와 선열들의 초상화를 보면서 저도 모르게 눈물을 흘리었다.

해삼 신한촌에 독립문58) 대신 애국선열추모비가 웅장하게 건립되었던 개천절을 맞이하여 애국선열 합동추모제가 거행되었다는 사실은 독립운동사에서 하나님이 주신 기적이기도 하다. 이동휘 선생, 홍범도 장군, 최재형 선생, 계봉우 선생, 황운정 선생 등 선열들이 아직 생전일 때 이런 날을 꿈이라도 꾸었을 수 있었던

---

58) 정확하게 말하면 '독립선언기념문'이다. 1923년 3·1독립선언 4수년을 기념하여 블라디보스토크 신한촌 입구에 세웠다. '삼월 일일 조선독립'이라는 문구를 크게 새긴 붉은색의 목조로 된 커다란 문이었는데, 3·1절을 비롯한 국치기념일, 5월 1일 노동절 등을 기념하던 집회 장소로 쓰였다. 현재는 남아 있지 않은데, 한인들이 1937년 중앙아시아로 강제이주된 이후 없어진 것으로 보인다.

가? 이날은 그들이 꿈꾸던 날이기도 했다.

추모식에서는 대한민국 국가보훈처 김종성 차장, 주 블라디보스토크 최재근 총영사의 추모사가 있었다. 추모제는 양국 국가가 연주되는 엄숙한 분위기 속에서 거행됐다. 추모제가 끝난 뒤 아무르 만을 건너 마아산을 바라보면서 학교에 다니면서 부르던 교가가 머리에 떠올랐다.

아물만이 쑥 들어가
돌아 나가고
마아산이 울먹줄먹
둘러선 곳에
붉은 기를 휘날리며
높이 솟았네
우리의 9년제
……

이것도 역시 연성용 선생의 작사, 작곡으로 된 교가이다. 아무르 만과 교가는 변함없이 우리와 함께 있다. 인걸과 도시, 세상과 세월은 쉴 사이 없이 어데론가 미칠 듯이 달리고만 있고나!

하나님이 모든 것을 지으시되 때를 따라 아름답게 하셨고 또 사람들에게 영원을 사모하는 마음을 주셨느니라. 그러나 하나님이 하시는 일의 시종을 사람으로 측량할 수 없게 하셨도다(전도서 3 : 11)

진실로 그렇다. 나는 다시 한번 하나님의 거룩함에 탄복했다.

나홋카 시, '고려인 문화의 날 축제'

제3회 '연해주 고려인 문화의 날 축제'는 2003년 10월 3일부터 12일까지 러시아 연해주 고려인 민족문화자치회의 주최로 나홋카 시청, 블라디보스토크 한국교육원이 주관하여 진행되었다. 행사의 후원자로는 연해주 정부, 주 블라디보스토크 대한민국 총영사관, 국가보훈처, 재외동포재단, MBC 문화방송, 한겨레신문 등과 여러 사회단체들이 나섰다.

이번 축제에는 고려인 사회단체들인 '아리랑 가무단', '우수리스크 호랑이 태권도단', 극동국립대학교와 우수리스크 사범대학, 블라디보스토크 경제대학교 학생들로 구성된 국악동아리 등 예술단체들과 한국에서 온 '온누리 국악 예술단', 아리랑 가수 최은진과 북한에서 온 평양 청년예술단, 일본에서 온 재일동포 민악예술단, 그리고 중국에서 온 조선족 민족예술단 등이 출연하였다. 그 출연의 범위와 내용, 의의로 보아 전례 없는 그야말로 대범위적이고 성대한 축제였다.

행사의 주제인 '하나 되는 우리 민족' 자체가 모임의 내용을 잘 말하여 주고 있으며, 2001년부터 시작된 '연해주 고려인 문화의 날'의 성과를 토대로 축제의 연속성을 확보했으며, 특히 한민족 러시아 이주 140주년 기념행사로 재정립하여 민족문화를 통한 연해주 고려인들의 정체성 및 자긍심 고취와 단결을 도모하여 지역사회 문화 발전에 기여할 취지를 뚜렷이 하고 있다.

이와 같은 축제는 광복 뒤 처음으로 성대하게 대성황리에서 진행됐다. 이번 축제의 개막식에서는 대한민국 주 블라디보스토크 최재근 총영사와 조선민주주의인민공화국 주 나홋카 김영근 영사가 저마다 개막사를 하였으며 개막식이 끝난 뒤 두 영사는 술

'고려인 문화의 날 축제'에 참가한 한국과 러시아의 공연단원들이 사진기를 향해 웃고 있다.

잔을 높이 들어 축배를 올렸다. 그리고 옛 소련 지역 50만 동포가 존경하고 있는 동북아평화연대 이광규 이사장(서울대 명예교수)이 또한 축사를 했다.

모든 행사들은 나홋카 시 해양구락부와 해양운동장에서 아주 다채롭게 진행되었다. 북한 예술단의 출연이 관중들의 절찬을 받았다. 배우들의 미모와 출연 기교가 대단히 높았다. 우수리스크 시의 '아리랑 가무단'의 출연이 또한 관중들의 박수갈채를 받았다. 특히 노래 속의 춤이라고 할 수 있는 가무 〈모스크바 교외의 밤〉(안무가 김 발레리야)은 대단히 인상적이었으며 서정적이었다. 축제 무대에서는 연해주 소수민족들의 예술도 공연됐다. 러시아, 아제르바이잔, 유태인, 우크라이나, 아르메니아 등 각 민족 예술단의 출연은 연해주 소수민족들과 러시아 민족 사이의 친선을 찬란하게 보여주었다.

　2003년 10월 5일 해양운동경기장에서 마지막 종합공연이 친선적인 분위기에서 대성황을 이루었다. 종합공연의 마지막 순서로 대한민국 최은진 여가수와 조선민주주의인민공화국 강영필 공훈배우가 〈아리랑〉을 이중창으로 부르면서 악수하는 장면은 진실로 감동적이었다. 이 장면은 이번 축제의 상징으로 되었다. 나는 이 장면을 보면서 평통 수석부의장 신상우 선생의 시 〈남과 북〉을 마음속으로 읊기도 했다.

　　　긴 기다림
　　　배신의 그리움
　　　어처구니없이 엮어낸
　　　통분의 세월
　　　울음인들 여기서 그칠 수
　　　있을 것인가?

　　　가자
　　　가다가 또 만나거든
　　　부둥켜안고
　　　실컷 울어도 보고
　　　고래고래 고함도 질러보고
　　　하나가 되는 것이
　　　이렇게도 어렵던가?
　　　〔신상우, 《아 세월아》〕

　나 자신도 이 경기장에서 통분의 눈물을 흘리면서 물었다. 왜 이렇게도 하나가 됨이 어려운가? 이 축제에서처럼 서로 손잡고 노래할 수도 있고, 이야기를 나눌 수도 있고, 한상에 앉아 밥도 나누어 먹으면서도 왜 우리는 갈라져 살아야만 하는가? 이 축제에서처럼 하나가 되어 살 수가 없단 말인가? 내가 울고 있는 것을 본 북한 예술단원들은 묵묵히 하늘을 쳐다볼 뿐이었다. 이렇게 우리를 갈라놓은 괴물은 누구며, 하나가 되지 말도록 방해하는 자는 누구인가? 하나님도 이 비운에는 무심하지 않을 것이다.

축제의 테두리 안에서 나홋카 시 소수민족들의 전통음식 박람회도 화려하게 차려졌다. 한국, 아제르바이잔, 유태인, 우크라이나, 러시아, 심지어는 중국의 요리까지도 친선의 분위기를 조성해 주었다. 많은 요리들 가운데서 한국 김치는 특별한 인기를 끌었다. 아침부터 폐막 때까지 태평양함대 군악대의 음악이 축제의 기분을 더 돋워 주었다. 이처럼 '연해주 고려인 문화의 날 축제'는 그 범위로 보아 러시아 소수민족들과 함께 한국, 북한, 중국, 일본 동포들의 합동 축제로 되었던 것이다.

독립국가연합 안에서 진행된 이처럼 방대한 한민족 축제는 처음일 것이다. 이와 같은 축제가 모스크바, 알마티, 타슈켄트 등지에서도 반드시 개최돼야 할 것이라고 생각한다. 이 위업에서 연해주 고려인 민족문화자치회가 모범을 보여주었다. 정면에는 나타나지 않고 실제로 주동적 구실을 담당한 분은 블라디보스토크 한국교육원 박희수 원장님이었다. 나는 그의 겸손성, 조직자적 수완, 성실성에 감탄하지 않을 수가 없었다. 이런 분들이 있는 한 우리 세계는 계속 진보하게 될 것이다.

김광섭 사장

10월 2일 반병률 교수와 함께 블라디보스토크 공항에 도착하자 김광섭 사장이 우리를 마중해 주었다. 반병률 교수와 김광섭 사장은 학창시절 민주화운동을 함께 한 사람들이었으며 친구 사이였다. 우리는 6박 7일 동안 김광섭 사장의 댁에서 머물렀고 연해주 관광을 하면서도 큰 도움을 받았다.

김광섭 사장은 연해주 일대에서 '사진 센터'라는 회사를 운영하고 있다. 그 지사들은 하바로프스크, 우수리스크, 나홋카 등지에서 활발하게 사업을 전개하고 있다. 그런데 김 사장이 손수 만들고 있는 《연해주 소식》이란 신문이 나의 특별한 주목을 끌었다.

이 신문은 독립국가연합 전 지역에서 찾아볼 수 없으리만큼 광범한 독자 마당을 갖고 있다. 5천 명의 북한 노무자들, 2만 명의 중국 조선족, 5만 명의 러시아 고려인들, 5백 명의 한국 동포들이 《연해주 소식》이 보급되고 있는 독자 마당이다. 《연해주 소식》은 월간지로서 16쪽이며 2천 부가 무료로 배포되고 있다. 북한 노무자들과 중국 동포들은 이 신문을 통하여 세계 뉴스를 알아보고 있다.

신문에는 연해주 소식, 북한 소식, 한국 소식, 러시아 소식, 세계 주요 소식, 연해주의 사회·정치·문화·경제·생활 각 측면에 대한 정보들이 보도되고 있다. 북한 노무자들과 중국 동포들은 이 신문을 통하여 세계의 동향을 정확하게 볼 수 있게 되었다. 때문에 이들은 《연해주 소식》을 자기들의 신문으로 여기고 있다.

이 신문의 능력과 의의에 대해서는 김광섭 사장까지도 아마 희미하게 생각할 수도 있다. 실은 지금 이 신문이 놀고 있는 구실과 의의는 대단히 크다. 이 신문은 김광섭 사장에게는 경제적으로는 아무런 이익이 없는 신문이다. 그저 신문 보는 사람들에게 필요하다고 생각하면서 만들고 있을 뿐이라고 말했다.

김광섭 사장은 사업가로, 계몽가로, 고상한 뜻에서의 문화인으로 진심으로 유익한 사업을 하고 있다. 김광섭 사장은 연해주 고려인 사회의 발전, 그들의 생활에 대한 관심도 크다. 그리고 그의 부인 김영순 씨도 남편을 적극 도와주고 있으며 러시아말 공부를 열심히 하고 있다. 우리가 김 사장 댁에서 유숙하고 있는 동안 실로 많은 폐를 끼쳤음에도 불구하고 항상 친절하게 대해 주었다. 우리 일행은 그저 고마움을 표시하면서 항상 즐겁게 건강하게 살아가시기를 바랐을 뿐이었다.

고려인의 옛 마을들을 찾아서

우리는 반병률 교수와 함께 우수리스크, 쉬코토보, 시넬리니코보, 허커우河口(코르사코프카), 황거우黃溝/黃巨隅(크로우노프카) 등 고려인들의 옛터를 돌아보았다.

반 교수는 '지신허' 마을과 남다른 인연이 있다. 반 교수는 자신의 학술조사서에 다음과 같이 썼다.

연해주 고려인 역사에 관심을 갖기 시작한 10여 년 전부터 '지신허'는 역사학자인 필자의 오랜 화두였다. 그러다 마침내 2년 전인 2001년 7월 국가보훈처 학술 조사단을 이끌고 '지신허' 마을의 옛터를 발굴, 조사해 학계의 관심을 불러일으켰다.

그는 연해주 일대를 답사하면서 "이제 흔적조차 찾아보기 어려운 한인 마을들"의 운명을 연구하기 시작했다. 결과는 비참했다. 606개의 한인 마을들이 황폐해졌으며 60~70년 전에 오곡이 황금 파도를 일으키던 밭들이 풀밭으로 변하여 버렸다. 지금 그곳은 바람이 주인 노릇을 하는 황야로 되어 버렸다.

우수리스크 시에서 내 청춘 시절에 몇 번 다녀간 유명한 '청도공원'을 찾아 그 숲 속에서 옛날을 추억하기도 했다. 옛날, 1930년대에 소왕령 사범전문학교 학생들이 즐겨 다니면서 사랑을 속삭이면서 울기도 했고 행복을 느끼기도 했던 '청도공원'. 나는 이 숲 속에서 지금도 그들의 행복한 웃음소리를 듣는 듯싶었다. 고려 사범전문학교 청사도 찾아보았다. 그 청사에는 지금 문화전문학교가 자리 잡고 있다.

우수리스크 시에는 약 1만 5천 명의 고려인들이 살고 있다. 그들은 주로 우즈베키스탄과 타지키스탄에서 돌아온 분들이었다. 고려인 문화회관에는 무용단, 한글학교, 태권도실, 한인 식점이 있어 고려인들의 존재를 잘 말해주고 있다. 우리는 이 곳에서 아리랑무용단 단장 김 발레리야와 그의 남편 김 발렌친을 만나 식사도 함께 하면서 고려인들의 생활 이모저모를 알아볼 수 있었다. 김 발레리야는 너무나 아름다운 분이었고 한국말도 깨끗하게 하였다. 그는 안무가로 활약하고 있다. 그리고 고려인 회관에서 일체 사업을 주관하는 분이었다.

우수리스크 시에 대한 인상은 좋았다. 그러나 허커우와 황거우 마을들은 너무나 우울한 인상을 남겼다. 죽어가는 촌들이었다. 60~70년 전에는 이 촌들에서 생활이 들끓었고 청년들의 웃음소리, 노랫소리들이 울렸다. 조선족이 강제이주된 뒤 수백 개의 촌락들이 죽어 버려 메마른 땅으로 되었으며, 남은 촌들도 죽어가고 있었다. 이렇게 만들어 놓으면서 집권자들은 대체 무엇을 생각했는가?

소수민족들에 대한 탄압, 멸시, 총살, 강제이주, 고급 인텔리들의 학살! 이런 정치를 해 가면서도 인민들을 위한다고 외치던 자들! 이것은 배신이었으며 인민에 대한 변절이었다. 이들은 천벌을 받아야 마땅할 것이다. 오늘의 해삼위도 병든 도시다. 공공시설들이 파괴 상태에 처하여 있다. 나는 8일 동안 머물면서 목욕 한 번, 샤워 한 번 해보지 못하였다.

최재형 선생59)이 손수 건설한 '최 비지깨 집'을 찾아 다녔는데 집은 없고 그 집터만을 찾았다. 1910, 1920년대에는 너무나 좋은 돌집이었는데, 그 집은 헐어버리고 그 터전에 큰 대리석 건물이 일어섰다. 그 청사에는 '황금, 보석 제품 판매점'이라는 간판이 크게 걸려 있었다.

해삼시에서 내가 다니던 8호 모범중학교 청사를 찾았을 때는 특별히 기뻤다. 시내에서 그 당시 좋은 건물에 속하는 청사였다. 우리가 다니던 조선사범대학 청사도 그대로 남아 있었다. 옛날을 추억케 하는 알버스 쿤스트Albers & Kunst 백화점, 해운구락부, 블라디보스토크의 유명한 철도 역사, 포크로프스크 공원이 자기 면모를 아직 보존하고 있었다. 이렇게 나는 마지막으로 내 고향 도시, 고향 하늘, 고향 바다를 보았다.

---

59) 러시아 한인 사회의 지도자로서 교육·계몽운동가, 독립운동가였던 최재형(표트르 세모노비치)는 함경북도 경흥 출신으로 1869년에 연해주로 이주하여 자수성가한 입지전적인 인물이다. 연해주의 연추, 크라스키노, 스라뱡카, 블라디보스토크 등지에 여러 채의 가옥과 건물을 소유하고 있었다. 최재형은 블라디보스토크에만도 2~3채의 가옥을 갖고 있었다. 현재의 블라디보스토크 오켄안스카야 프로스펙트(대통로) 16번지에 위치했고 '최 비지깨 집'으로 불렸던 건물은 최재형이 1918년 우수리스크로 이주한 뒤 우체국으로 쓰였다.

지금은 보석상이 들어서 있는 최재형의 블라디보스토크 옛 집터 앞에 서 있는 필자.

나는 해삼시에 살고 있는 동포들에게 이렇게 말하였다.

"카자흐스탄은 이곳에 견주면 지상 낙원이다. 보라! 카자흐스탄에서 이곳에 온 사람은 한 명도 없지 않은가?"

그러나 나는 러시아의 재생의 힘을 믿는다. 러시아는 죽지 않는다. 위대한 로모노소프60)가 말하였듯이, 러시아는 시베리아로 하여 더 부강해질 것이다. 이렇게 나는 러시아의 내일에 축복을 빌 따름이다.

---

60) 로모노소프M. V. Lomonosov(1711~1765)는 시인이자 과학자, 언어학자, 계몽사상가였다. 《러시아어 문전文典》을 저술하여 러시아어 문법의 체계를 확립하였고, 1755년 러시아 최초의 대학인 모스크바대학을 창립하였다.

역사의 산 증인이 남긴 값진 선물

반 병 률*

이 회고록의 저자 정상진 옹은 1918년 러시아 연해주 블라디보스토크 신한촌에서 출생하여 현재 카자흐스탄 알마티에 거주하고 있는 고려인 사회의 원로이다. 북한에 있을 때 정 옹은 정률鄭律이란 이름을 썼고, 러시아 이름은 정 유리 다닐로비치이다.

정 옹은 러시아혁명 다음 해에 태어나 어린 시절 소비에트화 과정을 경험했고, 1937년 중앙아시아로의 강제이주와 스탈린 대탄압을 겪었으며, 제2차 세계대전 종전 직전에 북한 해방전투에 참여했고, 소련군정기 동안 북한의 사회주의 건설과정에 참여했다. 당시 30대 청년이었던 정 옹은 북한 정권에서 문화선전성 제1부상을 지내는 등 고위직에 있다가 숙청된 뒤 1957년 소련으로 망명하였다. 소련으로 귀환한 뒤 정 옹은 중앙아시아 카자흐스탄, 우즈베키스탄, 타지키스탄 등지에서 30년의 오랜 세월을 《레닌기치》 신문사에서 기자로 활동하다 은퇴하였다.

---

* 한국외국어대학교 사학과 교수

정 옹은 안정된 연금 생활을 해야 할 노년인 70대 중반 이후에
도 소련과 공산주의체제의 붕괴, 각 공화국들의 독립과 자본주의
체제로의 전환 과정을 겪고 있다. 그야말로 어느 한때 시름없는
시절이 없을 정도의 파란만장한 인생을 살아온 이로서 '러시아 공
산혁명과 소련의 수명'보다 더 오랜 격동의 세월을 살아온, 말 그
대로 역사의 산 증인이다. 정 옹은 지금 고려인 가운데 러시아어
와 한국어를 완벽하게 구사할 수 있는 몇 안 되는 사람들 가운데
한 분으로 고려인 사회에서는 그야말로 '살아있는 역사', '걸어다
니는 역사'로 불리고 있다.

정상진 옹은 1918년 5월 5일(음력 3월 23일)에 러시아 연해주
블라디보스토크시 신한촌 체레바노브즈카야 27번지에서 출생했
다. 정 옹의 부친 정치문(1883~1937)과 모친 최채련(1885~1971)
은 모두 함북咸北 명천明川 출신인데, 부친은 1910년 나라가 국권을
상실한 직후에, 모친은 그 뒤에 이주한 이민 1세대이다.

정 옹은 5, 6세 때의 일을 아직 기억하고 있다. 당시 빵공장에
다니며 막노동을 했던 부친은 술만 마시기만 하면 앉아서 눈물을
흘리며 조선에 대한 애기를 자주 하며 비통해 했다. 부친은 안중
근 의사의 하얼빈 의거 등 애국지사들에 대한 애기도 자주 들려
주었다. 이처럼 반일의식이 철저했던 부친은 정 옹에게 몸소 한글
과 한문을 가르쳐주었다.

정 옹의 기억에 남아 있는 부친에 관한 또 다른 일화가 있다.
하루는 부친이 일하러 간 사이에 어머니가 어린 아들을 러시아
학교에 입학시켰다. 나중에 이 사실을 안 부친은 어머니를 크게
야단치고 학교로 쫓아가 아들을 끌어내어 다시 한인 학교에 입학
시켰다는 것이다. 부친은 "러시아는 우리 나라가 망해서 잠시 와
있는 것이며 조국이 광복이 될 때까지 잠시 머물다 갈 곳"이라고

말했다. 또한 부친은 기회가 있을 때마다 아들에게 철저한 반일 의식을 불어넣었다.

정 옹은 "너는 반드시 일제와의 성전에 참전하게 될 것이다. 그래야만 조선 사람으로서 모국 땅에 발을 들여놓기가 부끄럽지 않을 것이다"라는 부친의 말을 가슴깊이 새겨두었다. 뒷날 소련군의 일원으로 북한 해방전투에 참여했을 때 정 옹은 부친의 이 말을 절감했다. 그러나 이처럼 반일의식이 철저했던 부친은 강제이주 직전인 1937년 8월에 체포되어 그해 11월에 총살되고 만다. 정 옹이 부친의 최후에 관한 진실을 알게 된 것은 스탈린 사후의 일인데, 정 옹이 북한에 있을 때인 1955년 소련대사관을 통해 확인할 수 있었다.

정 옹은 자신의 어린 시절 러시아 원동에서 만나보았던 저명한 독립운동가 등 한인 지도자들에 대해 기억하고 있다. 항일독립투사 이동휘·홍범도 등은 3.1절 기념행사 때마다 대중 앞에 나타나 기념연설을 했다. 이외에도 정 옹은 저명한 공산주의자였다가 스탈린 대탄압에 걸려 희생된 김 아파나시와 김 미하일 등 지도자들의 모습을 생생하게 기억하고 있다. 특히 이동휘는 감동적인 연설로 어린 아이들에게 반일의식과 혁명정신을 고취하곤 했다. 소년단 단장이었던 정 옹은 이동휘와 김 미하일 등 지도자들을 초청하여 강연을 듣기도 했다. 정 옹은 삐요네르(소년단), 공청동맹, 문화브리가다의 일원으로서 연해주 일대를 순회하기도 했다.

정 옹은 소년단 연예부의 '붉은 기'라는 명칭의 어린이 연극부에서 활동하기도 했는데, 뒷날 조선극장(고려극장)에서 활약하게 되는 인민배우 이장송은 '붉은 기' 시절의 동무였다. 정 옹은 1935년 블라디보스토크 8호 10년제 학교를 졸업하고 조선사범대학 노문학부에 입학했다.

1932년에 창설되는 조선극장은 1935년에 신한촌 스탈린 구락부에서 〈춘향전〉을 첫 공연하였는데, 탁월한 연출가이자 작곡가·시인이었던 연성용의 연출과 이종림의 극본으로 이함덕이 춘향 역을, 최봉도가 월매 역을, 그리고 김진이 이도령 역을 맡았다.

어린 시절 정 웅은 김동환의 시집 《국경의 밤》, 김동인의 〈발가락이 닮았다〉, 최서해의 〈탈출기〉 그리고 이상화, 김소월의 시를 애송하였다. 어린 시절 정 웅은 조선으로부터 온 카프KAPF 작가 조명희의 강연도 들었는데, 조명희는 저자가 즐겨 읽었던 이광수, 최남선을 몹시 욕하였다고 한다. 이 두 사람이 퇴폐적이고 항일抗日할 수 없는 문학을 만들었다는 것이다. 이와 대조적으로 조명희는 최서해, 이상화, 박팔양 등은 좋게 평가했다고 한다.

블라디보스토크 신한촌에서의 어린 시절에 대한 정 웅의 회상은 제2부 제2장 '소련의 고려인 작가들', 제3장 '70년을 조선극장과 함께', 제4장 '70년을 민족지와 함께', 제4장 '66년 만에 다시 찾은 옛 고향'에 실려 있다. 이 가운데 제4장은 정 웅이 어린 시절의 추억을 간직하고 있는 한인 유적지들을 다시 찾아본 감동을 기록한 것이다. 정 웅은 필자와 함께 2003년 10월 초 8일 동안 블라디보스토크의 신한촌과 우수리스크의 한인 유적들, 그리고 코르사코프카(허커우河口), 크로우노프카(황커우黃口) 등 수이푼 지역의 옛 한인 마을들, '고려인 문화의 날' 행사가 열렸던 나홋카를 찾았던 감동을 잔잔히 그리고 있다. 특히 정 웅은 자신이 다녔던 조선사범대학 건물(현재 파제예프 명칭 공공도서관)과 8호 10년제 모범학교(현재 러시아정교회 부속병원) 등을 찾았는데, 옛 모습을 그대로 간직하고 있는 이들 건물들을 돌아보고는 깊은 감회에 젖기도 했다.

조선사범대학 재학 시절 겪었던 강제이주의 첫 출발지 페르바야 레츠카 역에서는 강제이주 당시의 쓰라린 고통을 떠올리고 몹시 힘들어했다. '한번 들어가 보시지 않겠냐'는 필자의 권유를 모른 척했다. 정 옹은 자신의 어린 시절 부친이 훌륭한 지도자라며 자주 얘기하였던 최재형이 살던 집의 위치를 찾아냈다. 2층 벽돌 집이었던 최재형의 집은 그 뒤 우체국 건물로 쓰이다가 어느 땐가 헐리고 지금은 보석가게가 들어서 있다. 이 집터는 당시 최재형이 살던 때나 지금이나 블라디보스토크의 요지인 오케얀스카야 거리에 위치해 있는데, 현재 블라디보스토크 최대의 고급호텔인 현대호텔과 지척의 거리에 있다.

1937년 정상진 옹은 고려인 사회가 공통적으로 겪었던 스탈린 대탄압과 강제이주를 몸소 겪는다. 당시 블라디보스토크에 있던 조선사범대학 노문학부 2학년에 재학 중이던 정 옹은 9월 25일 화물만을 다루었던 페르바야 레츠카 역에서 강제이주 열차를 타게 된다. 32개 차량으로 된 이 열차에는 조선사범대학은 물론, 조선사범전문학교(우수리스크), 사범노동학원, 사범기술학교, 4개의 고급중학교, 8개의 초급중학교, 23개의 인민학교 학생들과 교직원 및 가족들이 동승했다. 뿐만 아니라, 조선극장, 고려말 라디오방송국, 선봉신문사 등 문화기관의 직원과 가족들이 함께 타고 갔다. 열차는 한 달 만인 10월 말에 카자흐스탄의 크질오르다에 도착했다.

정 옹은 강제이주 다음 해인 1938년 9월 1일 조선사범대학이 러시아말로만 강의하는 대학으로 바뀌어 버린 상태에서 개학을 맞았고, 2년 뒤인 1940년 7월 어문학부를 졸업했다. 당시 어문학부에서 세계문학을 강의했던 교수가 바로 뒷날 저자와 함께 북한에서 활약했다가 한국전쟁 중인 1951년에 사망한 시인 조기천이다. 결국 1931년에 창설되어 한인 교사들을 양성하던 조선사범대

학은 1940년 고골리 명칭 크질오르다 사범대학으로 완전히 바뀌
게 된다. 이때 카자흐스탄에서만 118개의 조선 학교가 모두 러시
아 학교로 개조되었다.

정 옹은 사범대 졸업 뒤 크질오르다 주 쫄라가스 구역의 농촌
중학교 교원으로 노어노문학을 가르쳤고 교무주임으로 5년 동안
을 근무했다. 이때 카자흐 주민과 어울려 살면서 카자흐말도 어느
정도 배웠다. 현재 고려인 사회에서 정 옹은 1937년 강제이주 전
후 조선사범대학의 사정을 증언해 줄 수 있는 유일한 인물이라
할 수 있다. 강제이주 당시에 대한 정 옹의 회상은 제1부 제5장
가운데서 '민요가수 왕수복'에 일부 실려 있다.

1941년 독일과의 전쟁이 발발하자 조선극장은 크질오르다에서
우쉬토베로 이주하였는데, 1942년 조선극장은 연극 〈홍범도〉를
공연했다. 〈홍범도〉를 위해서 조선극장 측에서 수직원守直員이라
는 명목으로 월급을 주며 대접했던 홍범도를 희곡작가 태장춘이
자기 집에 모셔다 놓고 희곡을 썼다. 〈홍범도〉가 공연되었을 때
홍범도가 앞줄에서 관람하였는데, 연극이 끝난 뒤 홍범도는 "나
를 너무 치켜 올렸다", "내가 마치 홍길동처럼 되었다"고 말했다
고 한다.

정상진 옹은 독일과 전쟁 중인 1944년 8월 태평양함대 정보처
에서 고려인들을 징병한다는 이야기를 듣고 이후 7차례 군사동원
부에 전선 출전을 탄원하였고, 마침내 7개월 뒤인 1945년 3월 소
련군 태평양함대 해병대에 배속 명령을 받았다. 그리하여 정 옹은
8월 9일부터 15일까지 웅기·나진·청진·어대진에서 벌어진 해
방전투에 참가하였다. 당시 일본군과 전투가 치열했던 청진전투
에서 소련 해군에서도 다수의 사망자가 나왔는데, 해병대의 60명
대원 가운데 29명만이 살아남았다. 해방전투에서 거둔 공로로 정

옹은 소련 정부로부터 소련 최고 훈장인 적기훈장, 제2급 조국전
쟁훈장, 영예표식훈장을 비롯하여 13개의 기념 메달을 받았다.
1945년 9월까지 해병대 특무장으로서 해군정찰 척후대에서 복무
했다.

 역사적으로 중요한 이 시기에 대한 고려인 사회의 유일한 역사
적 증언자로서 정 옹은 1960년대 이래 8·15해방과 같은 기념일
에는 어김없이 《레닌기치》와 그 뒤 《고려일보》에 해방전투나 광
복과 관련하여 여러 글들을 기고하게 된다.

 북한의 해방전투와 관련한 정상진 옹의 증언은 제일 먼저 일본
어로 출간된 임은林隱의 《북한 김일성 왕조 비사》에 실렸고 중앙
일보사에서 나온 《秘錄·조선민주주의인민공화국》에도 인용되
었다. 《북한 김일성 왕조 비사》는 북한에서 망명한 허진(허웅배),
이진(이경진), 한진(한대용), 정상진 4인이 함께 쓴 작품이다. 4인
이 구술한 내용을 이진과 한진이 정리하고, 원고 정리 뒤 토론하
여 마무리하였던 것이다. 주 소련 대사로 있다가 망명한 이상조가
주요한 자료들을 제공하였는데, 처음에 책의 제목을 '피바다의 역
사(비화)'로 정했었다고 한다.

 웅기·나진·청진·어대진 해방전투에 참가한 유일한 생존자
로서 정 옹은 김일성이 소련군 태평양함대 소속 푸가초프 호를
타고 원산에 상륙한 장면에 대한 생생한 기억을 전하고 있다. 당
시 원산시 인민위원회 교육부 차장으로 김일성을 마중 나갔던 정
옹에게 김일성은 자신을 '김성주'라고 소개했다고 한다. 뒷날 북
한에서는 오백룡 장군이 이끄는 조선인민혁명군이 처음으로 웅
기를 해방시켰다고 해서 웅기의 명칭을 선봉으로 바꾸기까지 했
지만, 해방전투에 직접 참가한 유일한 생존자의 증언 어디에서도
그 근거를 찾아 볼 수 없다. 한편 제2장에 실린 원산시절의 이야

기 가운데 시인 구상과의 일화가 남아 있다. 즉 구상이 《시와 삶의 노트》에서 《응향》 필화사건을 회고하며 "정율이라는 우리 2세 소련군 장교"라고 소개한 이가 바로 정상진 옹이다.

해방전투가 끝난 뒤 소련 정부의 파견으로 북조선에 남아 원산시 인민위원회 교육부 차장을 시작으로 1947년에는 함경남도 교육국 부국장을 지낸 뒤 평양으로 가 문학예술총동맹 부위원장직에 이어 1948년도부터 김일성종합대학의 교수로서 노문학부 학부장을 맡아 세계문학과 문학원론을 가르쳤다. 한국전쟁이 일어난 이후 정 옹은 총참모부 병기총국 부국장으로 근무하고 있었는데, 1952년 10월 허가이許哥而가 부르더니, "김일성이 정률 동무를 문화선전성 제1부상으로 일하게 하라고 했다"는 것이다. 이후 정 옹은 1955년 10월까지 문화선전성 제1부상(차관)으로 활약했다. 정 옹은 한국전쟁 직후 잠깐 서울에 다녀온 일이 있는데, 한국전쟁 종전 직후인 1953년 7월 포로 교환을 위해 서울지구 적십자 대표로서 인천에서 포로들을 넘겨받아서 서울 영등포에 하루 머물다가 평양으로 되돌아갔다.

문화선전성 부상으로 있을 때인 1955년 8월 정상진 옹은 해방 10주년을 맞이하여 18명으로 이루어진 해방 10주년 경축 예술단 단장으로서 소련의 모스크바, 레닌그라드, 타슈켄트, 알마티, 노보시비르스크 등에서 경축공연을 가졌다. 이 예술단에는 가야금 대가인 정남희와 민요가수 왕수복, 가수 유은경, 무용가 안성희, 나숙희 등이 포함되었다. 이 책 제1부 제5장 가운데 '민요가수 왕수복'은 예술단의 소련 방문 당시에 왕수복에 대한 저자의 추억을 기록한 것이다. 카자흐스탄 알마티의 국립영화기록보존소에는 이 예술단의 알마티 도착과 공연을 보도한 영상뉴스가 필름으로 남아 있다. 당시 카자흐스탄에 살던 정 옹의 어머니는 이 뉴스에 나오는 아들의 모습을 보기 위해서 필름 돌리는 사람에게 부탁하여 7번을 되풀이해서 보았다고 한다.

1955년 9월 정상진 옹이 소련 순회공연을 끝내고 북한으로 돌아왔을 때는 과학원 과학도서관 관장이란 직책이 주어져 있었다. 이른바 연안파·소련파에 대한 숙청이 진행되어 있었던 것이다. 숙청 이유는 정 옹이 사대주의(코스모폴리치즘)자라는 것이었다. 과학원 과학도서관 관장 시절 당시 김두봉金枓奉이 몸소 찾아와 "정 선생, 어떻게 사는가?" 하고 인사한 적이 있다는데, 정 옹은 뒤에 김두봉이 소달구지를 몰고 다니다가 타살되었다고 들었다고 한다. 소련과 관계가 좋지 않게 되자 《노동신문》 주필이었던 명월봉, 조선인민군 육군중장인 기석복, 박헌영의 비서를 지낸 박태섭, 송진파 등과 함께 김일성에게 소련으로 보내줄 것을 청원하였고, 이들이 북한에 있는 것보다는 소련으로 가게 내버려 두는 것이 낫다고 판단한 김일성이 출국을 허락함으로써 이들은 공식적인 서류를 갖고 기차를 타고 모스크바로 갔다. 1957년 10월 정 옹 일행은 모스크바의 소련공산당 중앙위에 출두하였다.

정상진 옹이 북한의 사회주의 신흥국가 건설에 참여하였던 1945~1957년의 12년 동안 북한에서 만났던 월북 문화예술인들에 관한 절절하고 생생한 기록이 제1부의 제2~5장인데, 이 회고록의 가장 핵심적인 부분이기도 하다. 정 옹은 홍명희, 이기영, 이태준, 한설야, 김사량, 조기천 등 문인들과 작곡가 박영호, 무용가 최승희, 가야금 대가 정남희와 안기옥, 인민배우 문예봉과 황철, 작곡가 김순남, 민요가수 왕수복, 만담가 신불출, 연극연출가 신고송 등 많은 문화예술인들에 대한 값진 회상들을 전해주고 있다.

특히 가까이 지냈던 이태준, 최승희, 김순남과의 인간적 교류는 우리가 몰랐던 이 대가들의 내면세계 가운데 일면을 보여준다. 그리고 정 옹이 전해주는 박영호, 김사량, 조기천의 비극적인 최후는 애절하다 못해 비통하기조차 하다. 북한에서의 생활에 대한 저자의 회상은 2002년에 창간된 《통일문학》 창간호와 제2, 3호(2003년), 제4호(2004년)에 일부가 연재된 바 있다. 지금도 정 옹은 이 이야기들을 〈잊을 수 없는 순간〉이란 제목으로 고려인 독자들을 위하여 《고려일보》에 연재하고 있다.

소련으로 망명한 직후 정상진 옹은 북한에서 함께 나온 기석복과 조선인민군 대좌를 지낸 고 표트르와 함께 우즈베키스탄공화국 타슈켄트의 고급당학교(공산당 중앙위 산하) 당기자부에 입학하였다. 정 옹 등은 4년 뒤인 1961년에 졸업하자 당시 카자흐스탄의 크질오르다에 있던 《레닌기치》에 들어가게 된다. 당시 남해룡 주필 등이 찾아와서 기자로 와줄 것을 요청했다고 한다.

정 옹은 7, 8년 근무했던 크질오르다 시절의 《레닌기치》에서 문화부를 담당하며 '문예페지'난을 전담하여 신문사에 투고한 문예작품들에 대한 평론을 썼다. 《레닌기치》는 크질오르다 사범대학 노문학부에서 함께 공부하였고 북한에서는 《새조선》의 주필을 지낸 송진파가 주필로 활약했던 1962~1965년이 가장 전성기였다고 정 옹은 회상한다.

1968년 크질오르다를 떠나 우즈베키스탄 타슈켄트주 나만간 구역으로 옮긴 뒤에는 《레닌기치》 특파기자로 2년 동안(1968~1969) 일했고, 1970년부터 1987년까지 17년간 타지키스탄의 두산베에서 특파기자로 근무했다. 두산베에 있는 동안 가까이 지냈던 사람이 전기사업소장이었던 박 알렉산드르 이바노비치였는데, 그는 초기 한인 공산주의운동의 탁월한 이론가이자 상해파 고려공산당의 지도자였던 박진순(이반 표트로비치)의 아들이었다. 박 알렉산드르는 은퇴 뒤인 1994년 정 옹과 함께 서울을 다녀간 일이 있는데, 당시 소련 시절 전국적으로 유명했던 폴리타트젤 콜호스(집단농장)의 황만금 위원장도 함께 왔었다. 당시 황만금은 "공산주의를 반대하는 사람들과는 인터뷰하지 않겠다"며 기자들과의 인터뷰 요청을 모두 거절했다고 한다.

1987년 정상진 옹은 카자흐스탄 알마티로 와서 1991년까지 논설위원으로 활약했다. 1991년 《레닌기치》는 《고려일보》로 이름을 바꾸면서 독립채산제의 자유 신문이 되는데, 정 옹은 '신문로련가'라는 직함으로 전 주필인 한 인노겐치와 함께 《레닌기치》 마지막 호인 1990년 12월 29일자(11,878호)에 〈《레닌기치》 독자들과 작별〉이라는 제목의 마지막 사설을 썼다. 그만큼 정 옹이 《레닌기치》와 맺은 오랜 인연을 짐작할 수 있게 한다. 1년 뒤인 1992년에 정 옹은 30년 동안의 오랜 기자 생활에서 은퇴하고 연금年金생활에 들어간다. 소년 시절인 1932년부터 《선봉》을 읽기 시작한 이후 《레닌기치》에서의 오랜 기자 생활을 압축적으로 회상한 글이 제2부 제4장의 '70년을 민족지와 함께'이다.

정상진 옹은 원로 언론인이기도 하지만 소련 고려인 문학계에서 잘 알려진 문학평론가이자 예술평론가이다. 1941년 처음으로 시 작품을 발표한 뒤 〈시인과 현실〉, 〈로멘찌즘에 대하여〉 등의 평론으로 문단에 데뷔했다. 제2부 제1장의 '소련 고려인 문단에 대한 단상'은 조명희로부터 시작하는 소련 고려인 문학계의 주요 작가들과 주요 작품들을 소개한 글이다. 이들 작가들 가운데서 정 옹은 3명의 주요 작가들을 특별히 회상하고 있는데, 시인이자 희곡작가·연극연출가였던 연성용를 비롯하여, 작가 김기철과 김준이다.

정상진 옹이 서울을 처음으로 방문하게 된 것은 서울올림픽 다음 해인 1989년이다. 고르바초프의 페레스트로이카 이후 소련의 개방정책과 한국의 북방정책으로 한·소 관계가 개선되면서 한국 정부가 소련 전 지역에서 정 옹을 비롯한 140명의 고려인들을 제1회 세계한민족체전에 초청한 것이다. 당시 정 옹은 서울로 떠나기 전에 90세의 독립운동가인 황운정을 만났다. 황운정은 "야, 서울 못 보고 죽는구나!" 하고 한탄했는데, 결국 한을 풀지 못하고 그해 마지막 날인 12월 31일에 세상을 떠나고 말았다.

정 옹은 1990년에 MBC의 초청으로 다른 14명과 함께 다시 서울을 방문하였다. 이때는 평양에서 강동학원(대남 비밀공작원 양성소) 원장이었던 박병률이 동행했는데, 서울에서 과거 자신이 '꼬마'라고 불렀고 남한으로 밀파되었다가 체포되어 전향한 사람들을 만나게 되는 기막힌 일도 있었다.

현장 언론인에서 은퇴한 뒤 정상진 옹이 새로이 시작한 사회활동은 소련에 생존해 있는 북한에서 함께 활동했던 인사들과 그들의 가족들을 돕는 일이었다. 정 옹은 이를 위하여 1991년 3월 24일 모스크바에서 '조선에서 활동한 고려인 유가족 후원회'라는 자선사업 단체를 창설했다. 이 단체의 창립대회에는 북한 건국과 한국전쟁에 참가했던 다수 동료들과 탄압당한 전우들의 유가족들이 참석했다. 정 옹은 북한에서 일한 전문가들과 노동자들, 한국전쟁에 참가한 재소 고려인들과 독립지사들을 물심양면으로 돕는 이 단체의 회장직을 맡아 사업을 이끌어 갔다. '유가족 후원회'는 "전우들에 충실하면서 유가족들을 돕기 위하여"라는 정신으로 과거 북한에서 활동하다 나온 이들 가운데 생활이 곤란하고 나이가 많은 고려인들과 유가족들에 대한 물심양면의 후원, 북한에서 행방불명된 전우들의 행방 추적, 소련 거주 독립지사들과 유가족에 대한 배려, 북조선 건국 참가 고려인들의 역사 편찬 등을 구체적인 사업으로 삼고 있다.

정상진 옹이 주도하고 있는 또 다른 단체는 '조선민주통일구국전선'이다. 정 옹은 1992년 1월 모스크바에서 박갑동(일본 동경), 이상조(민스크), 유성철, 허진, 정추, 박병률, 남봉식 등과 함께 이 단체를 결성하였다. '구국전선'은 당시 김일성이 출생 80주년을 기념하여 책을 내자 이상조 전 소련 대사가 중심이 되어 '반김일성 단체'를 만들자고 해서 결성한 것이었다. 정 옹은 처음에 '구국전선'의 초대 사무총장으로 조직을 이끌다가 지금은 공동의장으로 활동하고 있다.

정상진 옹은 과거 소련의 적국이었던 미국을 두 번 방문하였다. 먼저 1992년 3월 25일부터 4월 19일까지 유성철, 강상호 등과 함께 남캘리포니아주 성우회(대한민국 예비역 장성들의 단체)의 초청으로. 미국 전역을 순회하며 강연하였다. 정 옹은 이때의 미국 방문을 〈재미동포들과 함께 40일간〉이란 제목의 회상기로 남겼다. 두 번째 미국 방문은 1993년 9월인데, 음악가 정추, 《고려일보》 주필 조영환, 교육·계몽운동가 박일 교수, 영화감독 최국인, 시인 박영준 등과 함께 미국 워싱턴을 방문하였다. 이에 앞서 정 옹은 조선민주통일구국전선의 사무총장 자격으로 1993년 6월 14일에서 25일까지 오스트리아 빈에서 열린 유엔 세계인권대회에 참석하였는데, 상임의장 박갑동, 국제부장 김영훈 목사가 동행했다. 현재 정상진 옹은 대한민국 민주평화통일자문회의 해외자문위원으로서 카자흐스탄 지역대표를 맡고 있다. 1998년 《고려일보》는 정상진 옹의 팔순을 맞아 〈보람있는 생애〉(1998년 9월 17일자 3면)라는 제목의 인터뷰 기사를 실었다.

문필가로서 정상진 옹이 가진 글에 대한 철학은 그가 쓴 평론한 대목에 잘 드러나 있다. "우리는 인간을 위하여, 인간의 미와 복을 위하여 그에게 매 순간 아름다움을 주기 위하여 살며 글을 쓰며 노력하고 있다. 사물 특히 사람들에 대하여 글을 쓸 때에는 정중해야 하며 좋은 감정을 품고 좋은 생각을 해야 한다." 이러한 글쓰기 철학이 정 옹의 회고록을 관통하고 있다고 해도 지나친 말은 아닐 것이다.

정상진 옹은 2004년 12월 10일 서울 출판문화회관에서 열린 '제3회 나라안팎 기록문화상' 수상식에서 "기억이 분명치 않은 일들은 회고록에 아예 포함시키지 않았다"고 말했는데, 확실하게 기억하는 사실만을 기록하여 뒷날 역사가들의 혼란을 조금이라도 덜겠다는 나름대로의 원칙이었다. 같은 자리에서 또한 다음과 같이 말하여 참석한 사람들을 숙연하게 했다. "유럽과 러시아 사람들에게 백조라고 하는 새는 특별한 존엄의 상징으로 되어 있습니다. 백조는 일생 한 번 노래를 부르는데, 노래를 부르고는 죽는다고 합니다. 그래서 '백조의 노래'라고 하면 마지막 사랑 노래로 강조해 오고 있습니다. 나의 회고록이 바로 나의 '백조의 노래'로 되어 있다고 생각하니 좀 슬픈 마음이 없지 않습니다."

필자는 마지막이라 생각하고 부른 '백조의 노래'인 이 회고록이야말로 남북문제를 고민하고 남북통일을 염원하는 학자들과 국내외 동포들에게 정 옹이 남긴 값진 선물이라고 믿는다.

정 옹은 문학평론가로서 쓴 평론 외에도 수필, 단편소설, 연극평, 음악평, 영화평, 만화평, 작가론, 시론, 여행기, 회상기 등 다양한 글들을 남겼다. 이 책의 부록으로 정상진 옹이 《레닌기치》와 《고려일보》에 기고했던 글들의 목록을 첨부했다. 문학, 특히 고려인 문학에 관심 있는 이들에게 참고가 되었으면 한다.

저술 목록

문학평론

〈발표되지 않은 시 몇 편을 읽고서〉, 《레닌기치》, 1960년 6월 5일, 3면.

〈발표되지 않은 시편들을 읽고서〉, 《레닌기치》, 1961년 4월 2일, 3면.

〈몇 편의 시를 읽고서〉, 《레닌기치》, 1962년 3월 25일, 3면.

〈진실한 미를 찾아서(김창욱의 시편을 읽고서)〉, 《레닌기치》, 1962년 7월
　　　1일, 3면.

〈진실한 시가를 위하여(본사에 보내온 리꼰쓰딴찐의 시편을 보고서)〉,
　　　《레닌기치》, 1962년 7월 22일, 3면.

〈소설평－보통사람들에 대한 이야기(한상목 동무의 단편소설 '보통사람'
　　　과 '경호 아바이'를 중심으로)〉, 《레닌기치》, 1962년 8월 31일, 3～
　　　4면.

〈작품소개－처음 나오는 장편소설〉, 《레닌기치》, 1962년 9월 14일, 3면.

〈시 창작에서 제기되는 몇 가지 문제〉(강태수와 공저), 《레닌기치》, 1963년
　　　4월 7일, 3～4면.

〈실감 있고 향기로운 작품을 위하여(신춘 문예 페지들에 실린 단편 소설
　　　들과 시들을 중심으로), 《레닌기치》, 1963년 5월 19일, 3～4면.

〈평론－교양에 대한 이야기(한진의 단편 '녀선생'에 대하여)〉, 《레닌기
　　　치》, 1963년 10월 27일, 3면.

〈소설평－높은 정에 대한 이야기(한상옥의 작품 '옥싸나'에 대한 평)〉,
　　　《레닌기치》, 1963년 11월 24일, 3면.

〈리진의 시편들을 읽고서〉, 《레닌기치》, 1964년 1월 26일, 3면.

〈단상－우리 시가에 깃든 봄〉, 《레닌기치》, 1964년 5월 23일, 3면.

〈몇 편의 치에 대한 단상〉, 《레닌기치》, 1965년 2월 28일, 3면.

〈25년간 '문예페지'에〉, 《레닌기치》, 1965년 11월 27일, 3면.

〈소설평－인간문제에 대한 이야기(한상욱의 단편소설 '어머니의 생일'과
　　　김두칠의 단편소설 '어머니'를 읽고서)〉, 《레닌기치》, 1966년 6월

5일, 3면.

〈발표되지 않는 시편들에 대하여〉, 《레닌기치》, 1967년 5월 6일, 3면.

〈리정희의 세 편의 단편소설을 읽고서〉, 《레닌기치》, 1967년 7월 9일, 3면.

〈발표되지 않은 작품들을 읽고서〉, 《레닌기치》, 1967년 9월 13일, 3면.

〈단편소설과 그의 구성〉, 《레닌기치》, 1967년 10월 15일, 3면.

〈수상작품들에 대하여〉, 《레닌기치》, 1967년 11월 28일, 3면.

〈인간성, 소중한 사랑에 대한 이야기(김광현의 단편소설 '새벽'과 조정봉
　　　의 단편 '보배'를 읽고서)〉, 《레닌기치》, 1968년 3월 29일, 3면.

〈소설평 ─ 단편소설 '기계화분조'를 읽고서〉, 《레닌기치》, 1968년 7월 16일,
　　　3면.

〈소설평 ─ 김준 작 '쌍기미'를 읽고서〉, 《레닌기치》, 1968년 8월 7일, 3면.

〈평론 ─ 단편소설 '꽃송이를 읽고서〉, 《레닌기치》, 1968년 12월 28일, 7면.

〈문예페지에 실린 몇 가지 작품을 읽고서〉, 《레닌기치》, 1969년 7월 25일,
　　　3면.

〈평론 ─ 단편소설 '복별'을 읽고서(김기철 작 '복별'에 대한 평론)〉, 《레닌
　　　기치》, 1970년 9월 16일, 3면.

〈시평 ─ 친선의 노래, 정다운 이야기〉, 《레닌기치》, 1970년 10월 7일, 3면.

〈평론 대신에 ─ '행복의 척도'(윤수찬의 '행복의 척도'에 대한 평론)〉, 《레닌
　　　기치》, 1970년 10월 24일, 3면.

〈평론 대신에 ─ 영용무쌍한 사람들에 대한 이야기 ─ 김원봉 저 '빠르찌산
　　　김안똔과 그의 일가'를 읽고서〉, 《레닌기치》, 1975년 7월 16일, 4면.

〈문예평 ─ 우필아주머니에 대한 이야기〉, 《레닌기치》, 1976년 10월 20일,
　　　4면.

〈문학평론 ─ 시련도 많은 사랑과 인정의 세계에서(지난해 《레닌기치》 신
　　　문 문예페지들에 발표된 단편들을 읽고……)〉, 《레닌기치》, 1985년
　　　2월 21일, 4면.

〈시평 ─ 묶음시 "'세월, 량심' 중에서"를 읽고〉, 《레닌기치》, 1985년 8월 4일,
　　　4면.

〈평론 ─ 도덕과 인간성 문제 ─ 1986년도에 《레닌기치》 문예페지들에 발표
　　　된 산문작품들을 읽고〉, 《레닌기치》, 1987년 2월 12일, 4면.

〈쏘련 조선인 문단에 대한 단상〉, 《레닌기치》, 1990년 11월 29일, 4면 ;
　　　11월 30일자, 4면.
〈환희의 송가〉, 《고려일보》, 1991년 9월 25일, 4면.
〈바이칼은 흐르고 있는가?—동토의 시베리아 유형기〉, 《고려일보》, 1992년
　　　1월 14일자, 2면.
〈인정의 향기—박현의 시집 '꼴호즈의 들길에서'를 읽고서〉, 《고려일보》,
　　　1997년 12월 13일, 3면.
〈한국 시인 이인석 씨의 한 편의 시를 읽고서〉, 《고려일보》, 1991년 5월
　　　21일, 4면.
〈재소련 고려인 문학의 정체성〉(중앙대학교 해외민족연구소 제20회 세미
　　　나 발표 요지문), 《고려일보》, 2002년 4월 5일, 3면 ; 4월 12일, 3면.

수필 · 단편

〈점잖은 주정군〉, 《레닌기치》, 1963년 8월 20일, 3면.
〈어느 한 일요일에〉, 《레닌기치》, 1965년 4월 2일, 3면.
〈오체르크—아름다운 심정〉, 《레닌기치》, 1966년 6월 26일, 3면.
〈신년맞이 이야기—세 번의 상봉〉, 《레닌기치》, 1967년 1월 1일, 3면.
〈질투〉, 《레닌기치》, 1970년 11월 4일, 3면.
〈새해이야기—삶의 탄생〉, 《레닌기치》, 1971년 1월 1일, 3면.
〈실화—유일한 나의 어머니〉, 《레닌기치》, 1971년 8월 10일, 4면.

자작시 · 번역시

〈피아노 노래(그대에게 삼가 올림)〉, 《레닌기치》, 1963년 7월 28일, 3면
〈아. 또크 미감베또브의 '레닌의 초상'과 '기쁨'〉, 《레닌기치》, 1965년 9월
　　　1일, 3면.
〈까. 꿀리예브의 '녀인이 강가에 몸을 씻는다'〉, 《레닌기치》, 1967년 9월
　　　24일, 3면.

연극 · 음악평

〈극평—연극 '무지개'를 보고서〉, 《레닌기치》, 1964년 3월 21일, 3면.

<성황리의 순회공연(관객들의 평론을 중심으로)>, 《레닌기치》, 1964년 8월
　　　30일, 3면.
<극평-'막동의 혼청'>, 《레닌기치》, 1965년 2월 14일, 3면.
<극평-영원한 사랑의 노래(연극 '양산백'을 보고서)>, 《레닌기치》, 1965년
　　　3월 23일, 3면.
<극평-향상의 길에서(연극 '북쪽의 길'을 보고서)>, 《레닌기치》, 1966년
　　　3월 27일, 3면.
<극평-연극 '탈을 쓴 승냥이새끼'를 보고서>, 《레닌기치》, 1966년 12월
　　　25일, 3면.
<극평-'고용병의 운명'>, 《레닌기치》, 1967년 3월 14일, 3면.
<경쾌한 음악>, 《레닌기치》, 1968년 1월 23일, 3면.
<극평-연극 '춘향전'을 보고서>, 《레닌기치》, 1969년 8월 19일, 4면.
<극평-고상한 인간성과의 상봉(연극 '의부 어머니'를 보고서)>, 《레닌기
　　　치》, 1976년 3월 18일, 4면.
<모쓰크와 사람들의 뜨거운 환영 속에서(고려극장 모스크바공연)>, 《레
　　　닌기치》, 1982년 9월 15일, 4면.
<연극평-비참한 추억, 영원한 삶>, 《고려일보》, 1998년 11월 12일, 3면.
<꼰쩨르트평-우리의 생활을 주제로 하는 꼰쩨르트를 위하여>, 《레닌기
　　　치》, 1963년 4월 21일, 3면.

영화평

<아름다운 심정에 대한 이야기(쏘·일 영화 '도망친 아이'를 보고서)>,
　　　《레닌기치》, 1967년 7월 28일, 3면.
<영화소개-전설의 주인공들(영화 '의지강한 사람들에 대한 평')>, 《레닌
　　　기치》, 1967년 12월 10일, 4면.
<영화소개-총천연색 광폭영화 '안나 까레니나'>, 《레닌기치》, 1968년 5월
　　　10일, 3면.
<영화소개-'모아비츠 옥중수기'>, 《레닌기치》, 1968년 10월 30일, 3면.
<기록영화-오늘과 래일의 사람들>, 《레닌기치》, 1976년 7월 20일, 4면.
<새 예술영화 소개-'먼 곳에서 온 녀자'>, 《레닌기치》, 1979년 10월 31일, 4면.

〈인민의 위훈에 대한 서사시〉, 《레닌기치》, 1980년 5월 6일, 3면.
〈기자수첩에서 - 제13차 전국 영화축전〉, 《레닌기치》, 1980년 4월 26일,
    4면

만화 · 미술평

〈카사흐쓰딴 화가들의 이동 미술전람회〉, 《레닌기치》, 1962년 10월 28일,
    3면.
〈오체르크 - 풍자의 무기를 높이 들고〉, 《레닌기치》, 1969년 5월 28일, 3면.

회상기

〈노래는 죽지 않는다(조선해방전에 참가한 군관의 수기 중에서)〉, 《레닌
    기치》, 1962년 8월 14일, 3면.
〈수필 - 딴꼬의 불타는 심장(조선 군관의 수기 중에서)〉, 《레닌기치》,
    1963년 3월 24일, 4면.
〈해방자의 긍지감을 품고서〉, 《레닌기치》, 1966년 8월 14일, 3면.
〈오체르크 - 조선해방을 위한 성전에서(쏘련 군관의 수기 중에서)〉, 《레
    닌기치》, 1970년 8월 15일, 3면.
〈조선해방전투를 회상하면서〉, 《레닌기치》, 1985년 8월 15일, 4면.
〈회상의 한토막 - 작곡가 김순남의 발자욱을 찾아〉, 《고려일보》, 1991년
    1월 22일, 3면.
〈참전자의 증언 - 나는 라진시의 해방참가자로서〉, 《고려일보》, 1991년 4월
    24일, 2면.
〈작가 김사량〉, 《고려일보》, 1991년 8월 6일, 4면.
〈조국해방전투를 회고하면서〉, 《고려일보》, 1993년 8월 14일, 2면 ; 8월
    21일, 2면 ; 8월 28일, 2면.
〈광복절 50주년을 앞두고 - 광복의 첫날을 회상하면서〉, 《고려일보》,
    1995년 8월 12일, 4면.
〈모국해방전투를 회상하면서〉, 《고려일보》, 1997년 8월 16일, 3~4면.
〈노병은 죽지 않는다〉, 《고려일보》 2002년 8월 9일, 2면 ; 8월 16일, 10면.
〈70년을 조선극장과 함께〉, 《고려일보》, 2002년 9월 6일, 3면 ; 9월 13일, 3면.

〈70년을 민족지와 함께〉, 《고려일보》, 2003년 1월 10일, 3면 ; 1월 17일,
　　　3면 ; 1월 24일, 3면,

작가·예술가평

〈탁월한 쏘베트 시인 아. 트롸르돕쓰끼(그의 출생 50주년에 제하여)〉, 《레
　　　닌기치》, 1960년 6월 22일, 3면.

〈인민 속에서 나온 시인(세르게이 예쎄닌 출생 65주년에 제하여)〉, 《레닌
　　　기치》, 1960년 10월 5일, 3면.

〈일리야 에렌부르그〉, 《레닌기치》, 1961년 1월 24일, 3면.

〈쏘베트 력사소설의 개척자(녀류작가 오. 데. 포르스 출생 90주년에 제하
　　　여)〉, 《레닌기치》, 1963년 5월 28일, 3면.

〈위대한 로씨야 문호 이. 에쓰. 뚜르게녜브〉, 《레닌기치》, 1963년 9월 3일,
　　　3면.

〈저명한 작가이며 국가 활동가인 윌리쓰 라찌쓰(그의 출생 60주년에 제하
　　　여)〉, 《레닌기치》, 1964년 5월 12일, 3면.

〈투쟁과 정열의 시인(빠블로 네루다의 출생 60주년에 제하여)〉, 《레닌기
　　　치》, 1964년 7월 12일, 3면.

〈무한한 사랑을 품고서(리경희 출생 50주년 기념)〉, 《레닌기치》, 1964년
　　　12월 27일, 3면.

〈탁월한 독일 작가 또마쓰 만(그의 출생 90주년에 제하여)〉, 《레닌기치》,
　　　1965년 6월 6일, 4면.

〈높은 희망을 품고서(카사흐공화국 공훈배우 리장송의 출생 50주년에 제
　　　하여)〉, 《레닌기치》, 1966년 1월 8일, 3면.

〈저명한 미국작가 제크 론돈(그의 출생 90주년에 제하여)〉, 《레닌기치》,
　　　1966년 1월 12일, 3면.

〈위대한 인도주의자 알리세르 나워이(그의 출생 525주년에 제하여)〉, 《레
　　　닌기치》, 1966년 2월 9일, 3면.

〈청춘과 사랑의 시인(한 아나똘리 출생 55주년에 제하여)〉, 《레닌기치》,
　　　1966년 7월 22일, 3면.

〈소따루쓰따웰리(그의 탄생 100주년을 맞이하여)〉, 《레닌기치》, 1966년

9월 11일, 3면.

〈부흥시대의 위대한 인도주의자(에라슴 로떼르담쓰끼 출생 500주년에 제
　　　하여)〉, 《레닌기치》, 1966년 10월 28일, 4면.

〈저명한 쏘런 작가이며 사회활동가(니꼴라이 찌호노브의 출생 70주년에
　　　제하여)〉, 《레닌기치》, 1966년 12월 3일, 3면.

〈저명한 작가 웨. 웨 웨레싸예브(그의 출생 100주년에 제하여)〉, 《레닌기
　　　치》, 1967년 1월 15일, 3면.

〈노위꼬브-쁘리보이(그의 출생 90주년에 제하여)〉, 《레닌기치》, 1967년
　　　3월 24일, 3면.

〈오체르크-한 꼴호스원 일가의 어머니에 대한 이야기〉, 《레닌기치》,
　　　1967년 7월 22일, 3면.

〈완강한 투사 윌리얌 쥬부아(그의 출생 100주년에 즈음하여)〉, 《레닌기
　　　치》, 1968년 2월 24일, 3면.

〈보리쓰 뽈레워이(그의 출생 68주년에 즈음하여)〉, 《레닌기치》, 1968년
　　　3월 16일, 3면.

〈율리우쓰 푸치크(그의 참사 25주년에 제하여)〉, 《레닌기치》, 1968년 9월
　　　8일, 3면.

〈오와네쓰 뚜마냔(그이 출생 100주년)〉, 《레닌기치》, 1969년 2월 19일, 3면.

〈위대한 불란서 작가(오노레 데 발사크의 출생 170주년에 즈음하여)〉,
　　　《레닌기치》, 1969년 5월 28일, 3면.

〈일생을 극장과 함께 살아온 작가 연성용 : 노래에 대한 이야기〉, 《레닌기
　　　치》, 1979년 12월 15일, 4면.

〈시인의 평탄치 않았던 생애-강태수의 탄생 80주년에 즈음하여〉, 《레닌
　　　기치》, 1989년 4월 29일, 4면.

〈개척자의 위업은 영원하다-연성용 선생의 탄생 80주년에 즈음하여〉,
　　　《레닌기치》, 1989년 5월 5일, 4면.

〈예술의 항구한 꿈속에서(리길수 출생 80주년 기념)〉, 《레닌기치》, 1990년
　　　3월 15일, 2면.

〈일생을 무대예술에……(카자흐쓰딴공화국 공훈배우 리길수선생 85주년
　　　출생에 즈음하여)〉, 《고려일보》, 1995년 3월 11일, 4면.

〈박갑동 선생과 구국전선의 활동(박갑동 출생 80주년 기념)〉,《고려일
　　　　보》, 1999년 4월 1일, 9면.
〈작곡가이며 학자인 정추 선생에 대한 이야기〉,《고려일보》2002년 3월
　　　　8일, 3면.

시론 · 논평

〈아동교양문학─아동들의 세계를 보다 더 아름답게 하자!〉,《레닌기치》,
　　　　1968년 8월 1일, 3면.
〈제삼자가 본 쏘련(강원식의 논문 '대해부─고르바쵸브의 쏘련'에 대한
　　　　논평)〉,《고려일보》, 1991년 3월 22일, 3면.
〈전우들에 충실하면서 유가족들을 돕기 위하여〉,《고려일보》, 1991년 4월
　　　　3일, 3면.
〈조국전쟁 개시 50주년과 나의 인상〉,《고려일보》, 1991년 6월 21일, 2면.
〈조선해방절을 맞이하여 '조선에서 활동한 고려인 유가족 후원회'에서〉,
　　　　《고려일보》, 1991년 7월 19일, 4면.
〈새해를 바라보면서─조선에서 활동한 고려인 유가족 후원회에서〉,《고
　　　　려일보》, 1993년 1월 1일, 2면.
〈웨나 숲속의 옛이야기를 들으면서〉,《고려일보》, 1993년 7월 31일, 4면.
〈통일에 향한 세계 한민족의 갈망〉,《고려일보》, 1995년 8월 26일, 7면.
〈제12차 한민족 통일문제 토론회─화해와 협력의 정신은 지속돼야 한다〉,
　　　　《고려일보》, 2002년 7월 12일, 3면 ; 7월 19일, 3면.
〈《고려일보》신문을 반드시 구독합시다〉,《고려일보》, 2002년 11월 22일,
　　　　4면.

여행기

〈재미동포들과 함께 40일간〉,《고려일보》, 1993년 2월 13일, 5면 ; 2월 20일,
　　　　5~6면.
〈옛고향을 찾아서〉,《고려일보》, 2003년 11월 7일, 6면 ; 11월 14일, 8면 ;
　　　　11월 21일, 8면 ; 11월 28일, 8면 ; 12월 5일, 8면.